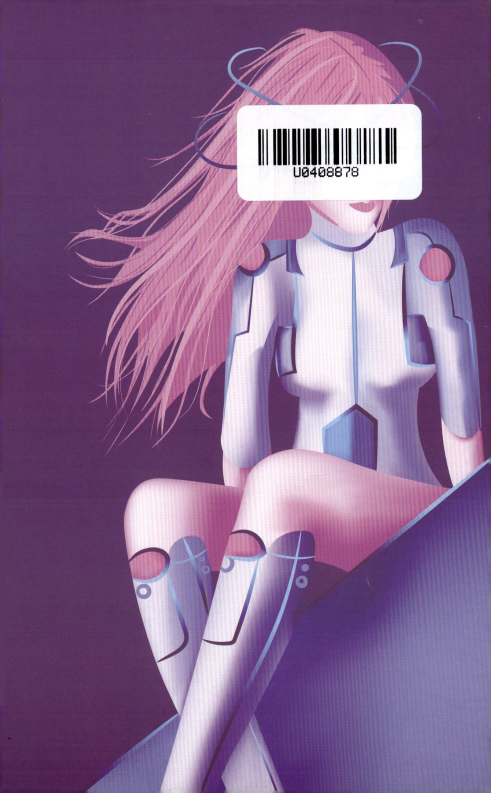

灵魂游舞者
Soul Wanderer

段子期/著

北京理工大学出版社

版权专有　侵权必究

图书在版编目（CIP）数据

灵魂游舞者 / 段子期著. -- 北京：北京理工大学出版社，2022.7

ISBN 978-7-5763-1226-3

Ⅰ.①灵… Ⅱ.①段… Ⅲ.①幻想小说—小说集—中国—当代 Ⅳ.①I247.7

中国版本图书馆CIP数据核字(2022)第056584号

出版发行 /	北京理工大学出版社有限责任公司
社　　址 /	北京市海淀区中关村南大街5号
邮　　编 /	100081
电　　话 /	（010）68914775（总编室）
	（010）82562903（教材售后服务热线）
	（010）68944723（其他图书服务热线）
网　　址 /	http://www.bitpress.com.cn
经　　销 /	全国各地新华书店
印　　刷 /	北京欣睿虹彩印刷有限公司
开　　本 /	880毫米×1230毫米　1 / 32
印　　张 /	8.5
字　　数 /	190千字
版　　次 /	2022年7月第1版　2022年7月第1次印刷
定　　价 /	48.00元

责任编辑 / 李慧智
文案编辑 / 李慧智
责任校对 / 刘亚男
责任印制 / 施胜娟

图书出现印装质量问题，请拨打售后服务热线，本社负责调换

序：段子期和她的"东方觉性科幻"

生而为人，到了一定的年龄和阶段，会对所执愈来愈固执，对无法迁就的，也不再虚与委蛇。生命匆匆，每个历经世事的人都万分珍视从这世界里已获得的和将要保护的实相。真实的意义，就是希望越来越真实并守护它。

我认识段子期很偶然，是在一个科幻会议的电子大屏幕上先看到她的，她画了一个奇异博士的符咒，仿佛打开了异度空间。后来，我们竟成了同事，几乎每天都见面。当然，我们年龄、心理和审美鸿沟巨大，谈不到一处去，但我对她的敬意却一直在。如果在中国科幻界找一位女作家来扮演亚马逊女战士或神奇女侠，我觉得她是不二人选。

段子期是一位著名编剧，擅作曲，还射箭。只是我几乎从没有看见她写作，至少不像刘慈欣那样在办公室写作。有一次，我听段子期和她的朋友说：若把这一生所爱排序，那会是电影、音乐和小说。小说《永恒辩》就是一个证明，证明了她对电影的如数家珍和无限狂热。我那时吃了一惊：还这么年轻，就排序了！当一个人开始排序时，其实就已在舍去，到底是一个挑剔的人啊。

更有趣的是，身为作家的她，把电影和音乐排在小说之前。她也是这样身体力行的。偶尔见到她，总是和艺术家朋友一起观影和弹唱，还这么年轻，就已这么确乎不拔地思考、回答甚至取舍了。往后余生里，这答案会改变吗？电影、音乐和小说，这三种不同的艺术形式，在她的生命中究竟起何种作用？和段子期一样的当代中国青年，又如何面对这生命的繁复和时间的迷宫？

读者们，如果你要理解段子期的小说，那么首先就要觉察到这种早慧般的"觉性"。段子期很早就开始了"我和宇宙"的思考。我一开始读，就注意到段子期的小说强烈、潇洒而高超的"精神性"追求。我觉得，段子期写的是"东方觉性科幻"。看段子期的小说经常会让我想起科幻大师特德·姜。但二人又明显不同。

也许，凡创作中短篇小说的科幻作者，都会在某个夜晚，打开昏黄的台灯，取出放大镜，"祭起"特德·姜的小说集，带着不甘和偷窥的心态，在字里行间细密地揣摩、品咂，仿佛探索与我们相异的平行世界，试图归纳模型，推演写作的奥秘。有很长一段时间，我以为世界上只有两种科幻小说：特德·姜的，其他的。这就令人有些沮丧了。《呼吸》和《你一生的故事》——他仅有的两部小说集，是世界最高等级的中短篇科幻创作水准的试剂。特德·姜的小说太浓了，仿佛浓缩原液，浓到有科幻作家注意到，他总是把一部长篇的构思写成短故事。

我想说的是，特德·姜产量极小的写作，其核心秘密在于——他的创作理念决定了他必须这样做。在他所有的小说创作中，技术与科学都分开了，他厌弃前者，只青睐后者，焦点在于抽象的科学理念。技术的进步和发明并非他关注的对象，他写作的核心理念是对一般意义上的科学的哲学之问——疑虑、诘问和反思，推翻其系统，从而将系统替换为命运的世界和世界的命运。他把宗教、历史、神话都当成了科学理念在某一时代的现形，探究这种变化，指出其或然性。这种质问多少是自问自答的、独角戏式的，并不在乎故事长短，故事仅用来图解和昭示他对一般科学的哲学思考。在短篇小说里，无法鱼和熊掌兼得，他干脆把认为最根本的"哲学问题"留下来，把故事剥离。这有些像托尔斯泰在讨论自由意志时，执着地放弃小说的叙事——尽管所有人都不赞同这样的写法。对这些小说家来说，命运的追寻比故事的形式更重要。

特德·姜虽为华裔，却是土生土长的美国人，尽管特德·姜也努力借用阿拉伯世界的神话和幻想，但这种征引却是西方式的、理性的，建立在自古希腊以来建构的推理逻辑中。科幻小说在内在写作逻辑上遵循认知性，某种程度上正是推理小说。但很多人对这种"推理"有误解，以为科幻小说的"认知性"所要求的只是纯粹的科学和技术。我举《格列佛游记》为例，著名科幻学者苏恩文认为这是"科幻小说"。它之所以是"科幻小说"的原因不在于有超前的飞岛，不在于小说的结构就是凡尔纳般的"奇妙的航程"，而在于当斯威夫特写作这类小说时，它讽喻的对象就是英国和欧洲的社会结构和政治痼疾，它文本的内在辩论和表达，并非奇幻式的、童话式的，而具有严肃而稳定的社会科学的逻辑。这种对人如何和谐地与社会、自然及宇宙相处,正是科幻小说推理性的魅力所在。

善造比喻的段子期,跨越了想象,写的正是这一类宏大而富有精神架构和生命寓言的小说。我将其称为"东方觉性科幻",显然有异于特德·姜。

段子期的高密度写作的精神性,我将其称为"东方觉性"。这是她精神觉悟的实证体现,也是试图将宗教、艺术和文学融于一炉的尝试。她并不追求哲学和科技的逻辑,而明悟东方式的直觉、实相和自在。段子期是当代文坛具有东方哲学玄想的典型的科幻诗人,她的小说自带宗教情感和宇宙时空哲思,指涉着"缘起性空"和时空之殇,形式和精神异常独特。她有意在理性世界加入了经验、直觉甚而秘境般的心理升沉,探索宇宙的感性逻辑。甚至于,这种心理升沉让人觉得她的小说纠结缠绕、颇为难读,理性与感性如日升月落,如昙花一般飘浮在虚空混沌中。但是,如果厘清了其间的千头万绪和诗性,心会异常平静,如在巴比伦河畔,坐下来观看和谛听。

例如在《初夏以及更深的呼吸》这篇小说中,父与子、诗歌与物理、文学与科学、家庭与乡村、相爱与隔阂、淡然与执着、怀念与释然、宏大与精微,多种主题写进这一小说,语言优美而忧伤,文体苍凉而静谧,宛如李白的春夜,光晕照遍桃李的庭院;又如初夏的孤蝉,声嘶力竭到似水的未来。儿子的古诗、父亲的钟表是这篇小说的核心意象。无处不在的对仗,从宏观层面,体现着古典和未来的双程、技术与文学的复调、时间和空间的纠缠。从个人命运看,则是情与理、灵魂与心的最终释怀与平静。这是一首科幻时代的光辉诗篇。

而"东方"何为呢？科幻小说的叙事传统，长久以来，在西方更为昌明，体现了工业革命以来现代人对未来具有的深刻心理冲动。现代人的时空观念，打破了古人循环的时间观和静态的空间观，这种时空观的转变，带来了对经验世界的过度否定和重新认识。现代的未来意识，不但体现为对未至时间的预测、预期和预演，也体现为对空间和环境的改造愿望。而段子期的"觉性的东方"，并未一谓否认知觉和直觉宇宙的伟力，体现在写作上，颇有理性和直觉的"量子纠缠"，她舍弃了单向的未来观，而投入了"永恒辩"。

随着科技的爆炸式增长、未来对现实的日益入侵，科幻小说面临着种种危机，旧的叙事方法、题材和素材，全面落后于真实世界和心理世界的种种状况。科幻小说写作的最大危机在于：未来早已到来，科技发展超越经验世界的感受和预估，未来与科技对现实造成了双重入侵。当前大量的科幻小说中所描述的未来和科技，已成为写实主义的窠臼。

当科技和奇观的推理，已不再能最大幅度地描述人类心理世界的内爆，"东方的觉性"反成为更整体的诠释宇宙的钥匙，为我们绘制科幻世界的恒河一沙与灿烂星云。

张凡

学者，钓鱼城科幻学院院长

目 录
Contents

001/ 灵魂游舞者

040/ 永恒辩

072/ 深夜加油站遇见苏格拉底

101/ 逆转图灵

128/ 乌有乡

163/ 悲眼

201/ 无伤嘉年华

224/ 雾中风景

244/ 万物生长

258/ 后记

灵魂游舞者

我常常会做一个梦。

梦见一个巨大的透明圆球，矗立在远远的黄色沙砾之上，圆球边缘和周围的景物有微微的错位感。我父亲被那圆球包裹着，微笑着跟我挥手，然后那圆球渐渐消失，他也变得透明。

这不是他离世前的场景，只是我的一个梦，但那个圆球，据说站在它面前能看到自己的圆球，可能是真实存在的。在我小时候，父亲去世前几天，他跟我说他看到了，表情痴迷而神往。后来的日子，我时常会做这样的梦，就像有人在我脑子植入了不可删除的程序一样，那个圆球成了我生命的终点之一。

我在附近的城市读完大学，主修理论物理学专业，还选修了应用气象学、计算电磁学，没人对我说的那个圆球感兴趣，也没有任何科学理论能解释父亲所说。我一无所获，带着挫败疲乏的灵魂，回到酷似火星一样的家乡。在找到答案之前，我想，我成了被困在这里的守望者。

几天前，我收到李老伯的订单，有预感，这趟旅行对于两夫妇来说，会是人生中最艰难的一次，毕竟火星之旅更加适合热恋中的小情侣或者年轻家庭。当然，不管什么客人我都接，我需要认识更多的人，然后在旅程结束后问他们，你们有在这里看到过一个巨大的透明球体吗？当然，大多数人对这个无聊问题一笑了之，这或许是我在做过所有努力之后最愚蠢的尝试了。

到了机场，到达口旁的屏幕在播放几则新闻，标题耸人听闻——"冷湖近日出现异常光波辐射，疑似有外星人造访""上世纪石油小镇人口失踪案或与地外文明有关"……我已经习以为常，当地政府为了发展旅游业，经常把这种陈年旧闻再添油加醋重新播出，让刚来的游客提前感受气氛，活像进入魔法世界前的九又四分之三站台。我仔细研究过这些新闻，和那个神秘圆球好像扯不上什么关系。

一对年迈的夫妻向我走来，长途飞行让他们看上去十分疲倦，不过打扮举止中依然流露出不俗的气质。我背着行李往前带路，自我介绍后，正准备为他们说明接下来的行程，李舜老伯摆了摆手，示意我先不要讲。他搂着老伴，不停跟她轻声说着什么，她步履蹒跚、左顾右盼，眼前陌生的环境让她有些紧张，缩在老伯身旁仿佛一个没有安全感的小孩。

她刚上车便熟睡了过去，李老伯紧紧握住她的手，像是两根缠绕在一起的枯树枝。我开车行驶在最熟悉不过的无人区地带，黄色的沙尘被风吹得游移不定，姿态各异的山岩、塔堡林立在看不到尽头的戈壁之上。从机场出来不到几十分钟,我们的嘴唇开始起皮,身体内的水分正以最快的速度流失,我常跟客人开玩笑说,在这儿流眼泪都是一件很奢侈的事。是啊,青海省海西州的冷湖是地球上最像火星地貌的地方,它可不会对任何来到这儿的人表示友好。

正值正午,土地里密布的盐碱晶体在阳光的反射下闪烁着刺眼的光亮,我有些睁不开眼睛。"怎么样?太太还好吗?"我看向后视镜。

"没事儿,让她休息一下。"李老伯扶了下眼镜,紧绷的神经终于放松下来。

"嗯,那接下来的行程您都知道了吧?这里的气候和环境的确有些恶劣,毕竟火星嘛……特别是像您和太太这样的游客,很多导游都不敢接的。"

"我知道,沐沐,我们老两口要是给你添麻烦了,费用方面不会委屈你的。但我还是想要拜托你一件事情。"

"嗯,您讲。"

"我老伴精神方面不太好,这次旅行,我骗她是去真正的火星,希望你一路上能帮我圆这个谎。"

"真正的火星?这个,您确定能瞒得住她?"

"没问题的。"李老伯深情地看了看她,又望向窗外,他脸上刀刻般的皱纹和这千百万年来寒风塑刻的山峦岩石一样沧桑。

"可是,为什么呢?"

老伯开始讲述,似乎令这一望无尽的苍凉景色都有了故事感。

他们的儿子死在了真正的火星上。

十几年前,全人类瞩目的联合火星任务启动,不同国籍的宇航员乘坐"先驱者号"飞船一起踏上了那片猩红色的蛮荒星球,开始进行火星基地建设和地外生命的初步探索工程。李蒙恩是唯一一个"黄皮肤",他是我们的英雄。

可就在几年前,李蒙恩在火星上去世的消息令所有人哀叹。关于他的死,官方说法是在土质勘探时出现意外,他的身体被压在了火星机械车下面。没有任何图片、视频来佐证官方的宣判。只有从火星上发回的冰冷文字,和一张李蒙恩刚踏上火星时穿着橙黄宇航服的照片。而且直到现在,他的遗体还留在火星上。尽管李舜夫妇无数次奔走,做过他们能想到的一切努力,国际火星任务项目组依然没有批准单独派飞船将他遗体运回的请求。

他被当成地球烈士,被放逐的火星之子。

我很早以前就听过他的新闻,但现在听到李老伯平静的讲述,还是感觉这辆车上忽然多了些重量。

坊间流传着一些说法。有人猜测智能机器人在火星上突然叛变,人机之战将提前在火星上开演;有人分析是地球上几国之间的角力影响到了太空,李蒙恩不过是宇宙政治的牺牲品;还有人说火星上早已存在致命的生命体……

不管真相如何,死亡的确可以让一个人、让他背后代表的团体变得更加伟大。他成了一个符号,所有地球人都会记得李蒙恩,第一个死在火星上的地球人,就像一提到月球,大家会立马想起阿姆斯特朗一样。

对国家来说或许只是牺牲了一位先驱者,但对李舜夫妇而言,是失去了心爱的独子以及未来的人生。

老伯掏出李蒙恩穿宇航服的照片，我接过一看，那是一张充满生气的脸，跟道路前面的深黄色沙丘比起来，我在他眼里看到了一片绿洲，感觉自己这二十多年来缺失的所有生命力，都能在这双眸子的光亮里寻得。

在我的请求下，李老伯又发了一些音频给我，那是李蒙恩死前不久在火星上的录音日志。他说，太太晚上睡不着的时候会听这些录音，儿子的声音比药管用。我对他在火星上的生活表现出极大的兴趣，或许是因为内心深处的嫉妒，一个男人对另一个男人的嫉妒，并非因为他的家庭或地位，而是他那段闪耀的人生经历，毕竟那是真正的火星啊。我也知道，我可能连嫉妒他的资格都没有。

李蒙恩，连他的名字都那么特别。我能想象这对夫妻在抱着那个粉红色皮肤的婴儿时，他们多想找到宇宙中最闪耀的字眼来送给这个完美的新生命，蒙恩，蒙受万物的恩典。

而我的名字，陈沐沐，是自己取的，在这片荒芜的土地上，水和木是稀缺的，我把它们放在名字里，好像能弥补一些内心和土地的贫乏。我大口大口地喝水，胃里淌过一阵清凉，我发觉我和他都是留守在火星上的人，但至少有人牵挂他，有人纪念他，而我，什么都没有。

我的火星，不过是一个复制品。

作为先驱的人类向着宇宙空间高歌迈进，活在地上的人们也同样为了这举世无双的盛事而欢欣鼓舞。那时地球上掀起了好一阵"火星热"，歌颂火星、赞美火星的音乐、游戏、娱乐节目风靡一时，印着火星符号的 T 恤、玩具都不愁销量，火星似乎成了我们的精神符号，代表着勇气和未来。人们仿佛陷入了巨大的集体无意识里，在火星英雄们的探索与牺牲中，看到了人类自身的光明前景。

在我小时候，位于柴达木盆地的冷湖因为地理上的天然优势而受到了前所未有的关注。这儿的雅丹地貌跟火星相似度极高，因此，不断有人和资本朝这里涌来，他们把这片干旱寂静、被人遗忘的废土复刻成了第二个"火星"，加之丰富的想象力，还打造了不少外星人主题的娱乐项目，这里渐渐恢复了生机，成了火热的火星旅游小镇。

对很多出生在冷湖的年轻人来说，会选择回到家乡成为火星导游，而我也放弃了前景不错的工作，跟他们一样回到这里。我以为，要解开那个谜题，就必须回到问题发生的地方，如果那个透明圆球是一种电磁屏障，那么一定存在着一个力场发生器，火星小镇在建设过程中兴许还藏着很多不为人知的秘密。但是很可惜，我的脚步踏遍了小镇的每一个角落，依旧没有任何发现。

"所以，太太她……"

"对，她得了病，很重的病，"李老伯指了指自己的头，"是这里的病，活不长了……她最大的愿望就是去火星，把蒙恩的遗体带回来，但有的时候，她好像又忘记了这件事，以为蒙恩还活着，天天吵着要飞到火星去看儿子，看看他每天都在干些什么。"

"那你们这次会待多久？"

"不知道，如果最后她想起来了，我想，孩子你能不能帮我找到一盒假的骨灰，好让我们带回家。"

"嗯，如果太太她想不起来的话呢？"

李老伯沉默了一会，干涸的喉咙冒出机械般嘶哑的声音："还没想过。"

我很懂事地打开音乐，来掩盖他喉间和鼻翼的喘息，车里循环播放着《火星奇迹》《宇宙，我们来了！》《火星之恋》《去火星2033》……我最喜欢的一首是一个叫林深的女歌手唱的，这首歌最初的版本年代比较久远，林深的翻唱版改掉了歌词。有人说这歌听上去有点怪怪的，分不清流派和风格，但我就是喜欢。她的声音有些沙哑，像是风沙灌进了喉咙，那张电子专辑的封面，是她半张脸的黑白特写，那清澈的表情我忘不了。

> 我们逃向火星啊，
> 寻找下一个寄身之处，
> 我们奔波在陌生的恒星系，
> 星辰亲吻着疲乏的身体，
> 哪里，哪里才是灵魂的徜徉地……
> 你的双眼私奔，去为我看见万物，
> 我说我看见了，
> 看见了生灭不息，循环无尽，
> 宇宙浩渺，磅礴中孤寂……

这首歌的旋律很特别，跟我听过的所有歌都不太一样，节奏和韵律让人找不到规律，但组合在一起，却有一种难以抵抗的魅力。我听朋友说，林深会时不时地去火星酒吧现场驻唱，如果这次能碰到她，我想我会鼓起勇气问她那个问题。

一个多小时后，我们快要到达火星小镇。眼前是一座在沙丘上拔地而起的大型乐园。通过了几道关卡，我带他们来到入口，这段时间是淡季，游客不多，要圆这样一个谎应该很容易。

我在一旁搀扶着太太，她的手很放松地搭在我手上，"我们要去火星啦，是真的呢！"

"是啊，准备好了吗？"我轻轻回答她，李老伯朝我微微点头，充满感激。

她笑了起来，昏黄色的瞳孔里突然有了一道光，岁月在她脸上留下的痕迹不足以掩盖她与生俱来的优雅，她年轻的时候肯定是个大美人。

为了给游客营造浸入式的体验，火星小镇的第一站就是飞船登陆舱，模拟从地球到火星的星际旅途。我们走进一栋弧顶的白色建筑，开始进行跟国际航天局完全一样的标准流程，消毒、身体测试、数据录入……大家都换上了稍显轻便的宇航服，他们没了之前的疲惫，显得很兴奋。

游客们从不同的通道出来，跟随舱体内壁的语音指示，排队进入主舱室。里面是圆柱形的空间，可以容纳四十人以上，座位面对面排布，四周全都是精密的仪器和按钮，没人会怀疑下一站就将抵达火星。

我已经数不清多少次坐在这里，对那些烂熟于心的流程早已没了新鲜感。而这一次，看到李老伯把手放在她手上，身旁这两个相依为命的太空人，竟然让我有了一种说不出来的安全感。

一个充满磁性的男声响起："亲爱的旅客们，欢迎各位登陆先驱者号，我是陈进舰长，在磅礴浩瀚的宇宙中，火星会是我们的下一个归宿吗？比答案更重要的是，我们人类拥有的无比高尚的探索精神！准备好了吗？三十秒后，我们的火星之旅即将开始。"随后，舱内开始模拟火箭升入空中的气流振动、压强变化以及各种复杂的音效。

先驱者号离开地球大气层，推进器回收脱落，向着广袤又陌生的黑暗空间进发。

我开始想象李蒙恩当时的心境，那可是真正的太空，他会恐惧吗？他会迷失吗？他会在一片寂静中看到自己澄澈的内心吗？此刻，地球上最牵挂他的人就坐在我身旁。

过了一会儿，座椅开始一齐朝背后转动，舱体的外壁层立刻向上收缩，上下四周露出弧形的晶屏，瞬间，一幅广阔绮丽的宇宙图景倏然呈现在眼前。这种极致的美足以将所有人吞噬，五彩的星云光辉映在人们脸上，流动、跳跃，接着又有无数的星辰从我们的眼睛钻入身体和大脑，此刻，我感觉自己被压缩成一颗密度无限大的光点，不断往上飞升，最终成了这星河的一部分，万物寂静，连心跳都是多余的。这一刹那，没有时间和空间的存在，甚至没有我的存在。只有在这短短的十几分钟，我才可以暂时忘记这里的荒芜和苍凉。

一个女声开始为我们介绍不同行星和星云的名字，我透过面罩看到每个人眼里闪烁着一种如同见到神迹的光芒。那些极度瑰丽斑斓的电脑模拟特效影像在他们的面孔上游移，游客们不断发出的惊叹，像是在附和这诡谲的一幕。

距离火星的航程还有二十几个小时，舰长让我们自由活动，主舱外面的空间很大，各种生活设施都有，他们换上贴身的专属制服，寻找标上了自己名字的胶囊舱。

李老伯的胶囊舱是双人间，洁白的内壁和无处不在的电子屏，让这方不大的空间充满前卫的科技感。将他们安顿好后，太太拉着我的手说："我们家蒙恩啊，在你这么大的时候，可没你这么细心呢！"她又转向李老伯，"咱们明天就能见到他了，是吧，老伴儿？"

我回以微笑，李老伯也点点头。

这里炫目的一切对我来说，不过是一家容身的酒店而已。我住在隔壁，躺下来伸出手掌对着空气滑动，选择前方屏幕里的视听节目，电影、动漫、音乐应有尽有，最后选了一部黑白喜剧默片。

我双手枕在头后面，发梢触到指尖，才发觉头发已经长过脖颈。在这个不大的空间里面，我感觉足够安全，屏幕上演员滑稽的动作似乎在用一根羽毛搔动我皮肤的敏感地带。我边看电影边拿出折叠晶屏在上面画画，画那个挥散不去的梦、画那个圆球，这样的画在我的晶屏里可能存了上百张。

睡觉前，我想起了李蒙恩的录音，打开文件，屏幕上显示着不断起伏的声波，他的声音清亮而有力，"今天是第四次在基地外执行任务，继续建设火星地表上的第二百二十四个穹顶居所，预计还有一周时间建设完工……另外，火星大气层增厚计划今天也有进展，用于抵挡太阳高速粒子流的基站已经稳定工作一千四百二十八天。我们检测到，太阳风抵达火星后，并未改变火星的保护磁场，新的电场也未产生，大气层中的带电原子数量还在稳步增加，这项工程也预计将在一个月内完成第一阶段的进程……今天的数据都已传回地球总部，刚刚跟大家开完会，好累啊，有点想家了。"

录音的背景声中，好像有一段类似音乐前奏的声音。我看着天花板，想象着他所描述的那些热血情景，他们在改造一颗行星，截止到现在的人类文明发展史上，有什么事业能比他们正在做的更伟大呢？我盯着晶屏上潦草的黑白画，瞬间被一种挫败感包围。

一夜安眠后，游客们在飞船里接受了火星安全知识普及、生物圈环境模拟、个人基因检测等，确保他们在正式登陆火星地表之前有充足的准备。在这些人造的神迹面前，他们的惊奇表情像是走进了一个宇宙版的兔子洞，或许，外在的形式更能引起大家心理上的认同，这对提升娱乐体验很有效果。

我早上起来把头发剃得能看到青皮，太太看到我，脸上堆满阳光般的笑容，眼睛眯成一条缝，"我们家蒙恩越来越帅了呢！"她的牙齿跟胸前的珍珠项链一样纯白。

我一直跟在太太身边，像个守卫，尽量不让她跟其他游客接触，她不稳定的情绪状态需要时时有熟悉的人在身边安抚。李老伯就像她身上的一层保护膜，为她过滤掉所有不安全的信息。我感动于这样的相濡以沫，盛满痛苦的天平失去了平衡，总有一端要承受两份。李老伯总是会让我想起父亲，想起那个梦。父亲的血肉早已和这片土地融为一体，在砂砾和尘土中，他的灵魂静静流淌。

登陆火星的时候终于到了，我们重新换上户外宇航服，从飞船上下来，望着一望无际的猩红色土地，就像看到火星先驱者眼中暂时蛮荒的乐土。为了模拟火星上只有地球三分之一的地心引力，宇航服的足部设计了一套可以改变重力体感的装置，踩在地面上会有种飘起来的错觉。我看着他们蹦跳着调整步伐努力适应，跟那部黑白喜剧片一样滑稽。

"慢点，小心一点……蒙恩以前也是这样走下来的吧。"李老伯搀扶着她，他们的透明面罩好几次快要撞在一起。

"是啊，他在哪里呢，我怎么还没看到呀？"

"可能他在忙呢。"

远处的土地仿佛在炙烤的炭火上沸腾，空气因光的折射而变得扭曲，但实际上却是冰冷的。岩峰耸立，沙丘交错，尖峰状、垄状、鲸背状等不同雅丹体貌的山峦相连，高高低低，跟人的命运一样找不到蜿蜒的规律。这个巨大的暗黄色迷宫将我们吞没，在这些真正的神迹面前，我们太容易忽略自身的存在。所有人都在努力适应着外面的环境，像离开了妈妈独自蹒跚学步的小孩，往前踏出的每一步都意味着冒险。

我回头看了看有些疲乏的李老伯，他弓着身子，步伐缓慢，忍受着这里的荒芜与寂静，仿佛一个人走到了生命的终点站。我忍不住想起父辈们曾经在这里的坚守，在被打造成火星小镇之前的很多年，冷湖曾有一段热火朝天的石油年代。他们的生命连同不断翻滚的沙丘一起被更迭，理应顺着时间的潮流抵达一个应许之地。

我对父亲印象最深刻的是，他总是喜欢戴着耳机边听音乐边干活，还有他身上黏糊糊的汗水、衣服上淡淡的石油原液的味道。他身体强壮有力，不管干任何体力活都是一把好手。他爱这片荒凉的土地胜过爱自由和思考，在那时的我眼里，父亲比这里的山还要高大，他身上那股原始的男性荷尔蒙气息成了冷湖最好的注解。

但如果父亲没有缺席我的大部分人生，我不会像现在这样，踩在前人留下的车辙上，不知该向前还是向后。我曾经根据父亲留下的只言片语，试图用我所学的知识解开那个谜题，我建立过无数个数学模型，翻遍图书馆里所有实证科学的论文，拓扑相、熵理论、量子态，都无法印证他所描述的那个圆球。我不敢承认那是他的一个幻觉，也没能力肯定那是真实存在的。唯一确认的一点，它跟我父亲的死有关。我只有守着渺茫的希望，等待着它再次如神迹般降临。

时不时地，林深那首歌窜入脑中，我不由自主地哼了起来："你的双眼私奔，去为我看见万物，我说我看见了，看见了生灭不息，循环无尽……"

"这歌儿真好听呀！"太太在通信系统里回复我。

"好听吗？我帮您下载下来？"

"好啊，好啊，这么好听，蒙恩肯定也听过！"

游客们互相为对方拍照，在苍茫的背景下比起剪刀手，遇到一处处特制的路标，然后找到下一个目的地的提示。那些以前只能在电影里看到的情景成真了，除了一种虚拟入侵到现实的荒诞感，还有生命里自带的对未知文明的探索欲。我在想，如果真的有外星生命，如果我们真的相遇了，为了向对方展示自身文明的优越性，各自会做出怎样的牺牲和努力？

头顶的太阳被浓稠的云雾掩盖，那颗此刻发着淡蓝色光芒的恒星,不管是从这里,还是在真正的火星上看,都像是一种穿越时空的遥远对视。在火星地表上的漫步快要结束了,前方有一处步道履带在迎接我们,往里是有着弧形穹顶的观景通道,我们排队进入,像是从荆棘地回到母亲温暖的子宫。

我轻声对太太说:"今天蒙恩还在忙,估计暂时见不到他。"

她很失望,带着孩子气地抱怨:"这样啊!那你能不能跟他说说,让他明天忙完了来找我们,你看行吗?"

"等他忙完,我试试联系他吧。"

步道的尽头是一座小型模拟科研基站,游客们在那里将自己的收获和发现与AI舰长分享,并完成一路上设置的游戏拼图。晚餐,太太依旧把我当成李蒙恩,我跟她汇报这些年在火星上度过的日子,编造一些在太空中工作的近况。

"我们今天坐着火星车去了基地外几十公里的地方勘探,地面下好像有一些我们不认识的金属元素……刚刚跟地球汇报了日志,明天还有新的任务!"

"好好好,就知道我儿子最有出息了,明天,明天,妈还来看你啊!"她不停往我餐盘里夹菜,眼睛笑起来眯成了一条缝。

回到住处,我打开李蒙恩的下一个录音文件,"这几天我们在等待地球总部的答复,这个抉择可能会改变整个火星计划的进程。事实上,不管怎么选,最后结果都将孕育着一个潜在的方向,和人类文明的过去、未来紧紧相连。"我能听出李蒙恩语气的异样,焦虑中又有一丝隐隐的期待。

他们也许是在火星上有了新发现,这个发现的重要程度足以跟人类最初发现新大陆相媲美。要么下决心启程向更广阔的星辰大海出发，要么放弃这个机会、继续守在原地等待合适的时机。尽管与我毫无关系，可还是对地球总部或者说是人类的决定充满好奇。但是接下来，他的一段话仿佛在我脑中敲响了洪钟。

"我又在基地外看到了那个奇怪的圆球，好像是透明的，它很大，如果是三维球体，里面应该能容纳下一个小型游泳池。"

我几乎从床上惊起，在房间里不停地来回踱步，眼前这个重大发现就这样静静躺在我手里。这是我守望多年的唯一线索，是来自真实火星的信息，那不是父亲的幻觉，更不是我的幻觉！我彻夜未眠，翻开以往写下的所有数学方程式，密密麻麻的符号和图形占满了我的眼睛。再复杂的方程式一定都有一个解，而解题的过程就像攀登一座高山，路很多，唯一的终点就在那里，而现在，我却像个负重的登山者被暴风雨拦在了山下。

还有一个关键问题，李蒙恩提到的"火星抉择"，是否也跟这有关？我脑海中上演了好多部情节跌宕的电影，可守望不到结局就宣告提前落幕。后半夜，我翻看着晶屏里的那些梦境画，不知道脑子空白了多久，我开始策划着把这些发现报告给国内的科研机构或航天局。可是，既然李蒙恩在等待地球总部的答复，那三维球体的存在或许已经不是秘密了，而且，他们掌握的信息可能比我更多。除非我得到实质性的突破，否则，试图让那些顶尖科学家知道我也有类似的发现，不过是浪费时间。我像一个跟太阳炫耀自己捉到萤火虫的小孩一样，感觉刚刚的热血被一盆冷水浇透，然后陷入了跟长夜对峙的焦灼之中。

天早早就亮了，平复心情后，我还是打算先搜索关于火星任务的所有细节，同时试着去了解李蒙恩的一切。

这些天太太的心情好了不少，她依然糊里糊涂地把我当成李蒙恩，这倒为我了解他提供了不少方便。他从小就跟其他孩子不同，人家还在计算勾股定理的时候，他已经开始在草图上演算从太阳系行星到半人马星座的距离。十六岁曾独立解出过世界级的数学难题，高考前直接被国内顶尖航天大学挖走，在沉醉于宇宙星辰的同时，他还选修了哲学。

终于，他等来了火星任务，那是他一生中最大的梦想。李蒙恩完美得像是一个电脑程序，我似乎在扮演他的过程中，找到了一点短暂且虚假的自信和快乐。关于他的死，跟父亲的情况一样，我相信也跟那个三维球体有关，但又无法用现有的物质科学理论来解释，如果是来自宇宙空间内的暗物质，那我们根本无从下手。或许，那圆球就是某种意义上的上帝，它将李蒙恩这个程序回收、升级，可能很快会换另一种方式再重启。可是，我平凡卑微的父亲，为什么也得到了它的恩宠？

我没有把我的猜测告诉李老伯，不想再为他增添困扰，他似乎也看出我这几天的心不在焉。我的搜索和计算没有任何进展，除了三维球体出现时已知的两个共同点，第一，它出现在他们俩离世前不久；第二，它出现在荒芜的类火星地貌上。就算之后它还将降临，可谁能保证这不是与规律绝对值相悖的"农场主假说"？比挫败更痛苦的，是找不到解决问题的方向，通往山顶的每一条路都让人迷路。

我决定用喝酒来缓解郁结的烦闷。

小镇除了广阔的火星地貌，在东南边还有一处配套乐园，火星主题的博物馆、酒店、餐馆、影视基地，各处还分布着花样繁多的娱乐设施。晚上，我请夫妇俩去一家常光顾的酒吧，当作结束整天火星勘探后难得的家庭聚会。

这里的服务员都打扮成外星人的样子，戴着头套、尖耳朵，或者将荧光涂料涂在皮肤上，还有千奇百怪的服装道具。空气在不断闪烁的五彩霓虹下变得浓稠，弥漫着一种后人类时代的幽默感，让人仿佛置身于星际旅途之间的中转站俱乐部。

我提前跟关系够铁的 DJ 打好招呼了，今晚不要放迷幻的星空电子乐，来一点不那么刺激心脏的火星民谣最好。那些服务员端着发光的酒水饮料穿梭在地球客人之中，故意说着听不懂的外星语，再由桌面的翻译器投射成全息文字："你们的 mojito 好了，请慢用，享受火星之夜，bibakuludebaba！"最后一句是我们这儿的日常问候语，类似于"愿原力与你同在"或者"生生不息，繁荣昌盛"。

李老伯和太太坐在我对面，他笨拙地教她从一个造型酷似克莱因瓶的杯子中吸出饮料，又为她擦了擦嘴，他们宛若一对相恋了几个世纪的火星恋人。要是当初母亲没有离开父亲，我也能常常看到这样的情景吧。我点了一杯名叫"宇宙尽头"的烈酒，小半口下肚，身体似乎被一种发光的冰凉液体充盈，半个脑子渐渐凝结成霜，一种来自宇宙尽头的虚无感窜入我的每一个毛孔。太太似乎不适应饮料最初的味道，又忍不住继续尝试，老伯看着她的样子笑起来。我把他们想象成一部电影结局时的场景，只知道他们共同经历的痛苦和甜蜜，值得我珍藏。

　　对面的舞台上，一位女歌手开始演唱，熟悉的旋律抓住了我的耳朵。就是那首我最喜欢的火星民谣《荧惑》，没想到她今晚真的来这儿现场演出！烦闷暂时一扫而光，我的注意力从发光液体后面的老夫妇身上抽离，目光随着她的吟唱而变得灼热。林深唱歌时的表情给人一种清冷、难以接近的感觉，现场观众中被她吸引的人不多。

　　歌曲渐入高潮，我不由自主跟着她一起轻轻唱起来："宇宙浩渺，磅礴中孤寂……"

　　尽管听过无数次，在这氛围下，我还是有种想流泪的冲动，不管是旋律还是歌词，总感觉其中有一些暂时解读不了的东西存在，就像那个圆球。还没从气氛中缓过神来，下一曲便开始了，是优雅的舞曲，由一位新歌手演唱，夫妇俩在我的鼓励下步入舞池。

　　我脑门一热，掏出裤兜里的零钱冲到吧台点了一杯"万物一体"，蹑手蹑脚地四处寻找林深的身影，她就像一只猫的影子，上一秒还在视线范围内，下一秒就可能去了另一个维度的世界。

　　就在我准备放弃的时候，回过头发现她竟然坐在我刚刚的位子上。我有种触电的感觉，慢慢走过去，将粉红色的"万物一体"放在她面前。

　　"bibakuludebaba！"她抬起头看了看我，微笑着说。

　　"林小姐，这是，我……"

　　"谢谢你！"林深端起饮料，从杯底往上看。

　　"我是这儿的导游陈沐沐，我……很喜欢你的歌！没想到能在这儿见到你，我……"我有些语无伦次，手心里都是汗。

"对了，你有看到过一个透明的圆球吗？很大很大，就像一个巨大的肥皂泡……它老是出现在……或者没看到也没关系，我一直在找它，你要是有线索，可以告诉我吗……"我应该是喝醉了，她在我眼中出现了两个重影。

"他们是你的父母吗？"她没回答，转而看向舞池中央正跳着交谊舞的老夫妇，尽管他们的动作比音乐慢半拍，却让人心安。

"不是，是我的客人"，我的嘴角泛起微笑，"我给他们听过你的歌，对，我给很多客人都听过！我喜欢这个名字，荧惑，古人对火星的称呼，很棒。"

"但是，你们都没听出它的真正含义。"她呷了一口饮料，淡然地说。

"那你能跟我说说吗？"

在我以为我们的对话快要渐入佳境时，接下来她的话，却犹如一记刺耳的尖声插入和谐的音律之中。

"你跟你的爸爸长得很像。"

我瞬间清醒过来，感觉喉中被一团铅块堵住，她手中那杯"万物一体"在我眼中变成了外星人皮肤黏液一样的存在。

我猜不到她究竟是谁，我也不想去猜，既然她提起了父亲，那我最好相信这场相遇一定不是偶然。

在二十世纪六十年代，冷湖还是一片希望之地，地下储藏着的丰富石油资源让这里成为待开发的宝藏。于是，人们到处修建基地和处所，一起打捞这里的地下黄金。最繁荣的时候，有接近十万人从五湖四海来到冷湖，希望为这份伟大事业奉献自己的热血，颇有点淘金年代的盛况。我爷爷就是其中之一，他是经验最丰富的石油工人，在油田、在运输道路、在基地，总能见到他风风火火的身影，他在这里娶妻生子，度过了一生中的大好时光。

我父亲出生后的三十年间，石油资源渐渐被开发殆尽，冷湖像是经历了一场文明的兴衰，所有人像羽毛开始感受到寒冷的候鸟一样，毫不犹豫地离开，去寻找新的栖身之地。当年能容纳十万人的石油小镇也很快成了一座空城，被日复一日的风沙侵蚀，最后只剩下荒凉的骨架。我曾经很多次走在那些废墟上，就像走过自己内心的死寂之地，比纯粹的破败更令人惋惜的是，那里消失殆尽的繁盛文明曾经如水草丰茂的肥沃湿地。

但父亲的血液已经和这里的水土融合在了一起，他放不下，说不出原因，就是放不下。他常常抱着我回到那片早已荒芜的小镇，自顾自地说起他父辈的故事，不管年幼的我是否能听懂。第一批石油工人相继老去，他们的后代也都领着他们一起离开，而我父亲却一直坚守在这片沙丘上，盼望着那些人能够重新回来。

在我很小的时候，母亲也离开了他，去往葱绿、湿润的内地，她没有带走我。我那时还叫陈思尔，因为母亲的名字叫"燕尔"。父亲此后变得更加沉默，他留在这里的决心也越来越大，我时常注视着他黝黑的脸，仿佛冷湖的地图都被刻在了他的皮肤纹理之中，我以后也会是那个样子吧。

幸运的是，那时国际联合火星任务正开始起步，很快有人看好在冷湖发展旅游产业，在地球上复刻一个火星，这里也许将重新焕发生机。于是，父亲将全部精力投入新的事业之中，在短短两代人的生命里，他看到了一片土地的兴盛与衰落、破败与重建。

他是冷湖的见证者。

说来也巧，父亲说看到圆球的那一年，在冷湖发现异常光波辐射的新闻当时正闹得沸沸扬扬，火星小镇在外界眼中又多了一层神秘的色彩。我曾经将两个事件对比研究过，这些巧合让我不得不重新审视，外在事物的显现背后或许有着某种隐秘的联系。父亲的离世只是因为一场建筑事故，和李蒙恩一样，他的身体和灵魂被遗落在火星。

他出事的一周前，牵着年幼的我站在建筑工地旁："思尔，你看到了吗？"

"什么？"

"一个球，透明的圆球，像个肥皂泡，上面还有淡淡的彩色光晕，就在那条路的尽头。"

"没有啊，爸爸，我没看到呢。"

"你看，就在那儿嘛，要用心去看。"

"爸爸，你骗人，根本就没有！"

"爸爸没骗你，是真的，他们来了……"

"他们？"

父亲没有再回答，我从他的眼神中看到了一种虔诚和期待。之后的几天，父亲又陆续提起过几次，他说在那圆球前能看到自己的影子，还能看到自己的一生，我以为那不过是他讲的睡前故事。在我睡着之前，他会为我戴上耳机，里面循环放着一首老歌，那天晚上我做了一个梦，就是那个之后无数次梦到过的场景。

"死亡只是一扇门，我已经见到了那扇门。"父亲在离去的前一刻，牵着我的手，他并没有因肉体的疼痛而表现出半分痛苦，反而是一种说不出来的宁静跟愉悦，"有一个更好的世界在等着我们……我们会再见的，以另一种方式，思尔，一定会的。"

夜空中有无数颗星星，最亮的那颗熄灭了，可对我来说，整个世界就像陷入了无边黑暗。我那时听不懂他在说什么，更不懂什么是死亡，也就是从那以后，那个圆球就住进了我的脑子里。

我跟随留在这里的乡亲们长大，狠心改掉了名字，拿到新身份证的那一刻，像是身上有一块肋骨被自己生生抽了去。其实，我害怕变得跟爸爸和爷爷一样，将所有人生奉献给一片荒凉，还试图在看不到前路的年岁中寻找一种渺茫的希望。

那段时间就像全世界只剩下我一个人，只能茫茫然看着这里一天天被修建、改造，外面的物资像充满活力的血液一样灌入。在这片重新复活的热土上，我单薄的童年和青春成了一种陪衬。

所有人都开始重新期待火星小镇的未来，像期待那些先驱者从真正的火星上传回可能改变人类文明进程的消息一样。

此时此刻，我木然地望着林深如黑洞般深邃的眼睛，说不出话来。

"你认识我爸？"

"嘿，别紧张，"她嘴角微微上扬，中指指腹在杯口边缘来回摩挲着，"如果看得够远，你不会这么紧张的。你能想象吗？千百万年前，这里曾经是一片海洋，后来地壳慢慢运动、挤压，海洋渐渐被蒸发，海底隆起成山峦，又被风沙侵袭，周而复始……宇宙真的很伟大啊，这里真的很像……"

"像什么？"

"像荧惑！"她眼睛发亮。

"可是，你到底是谁？我爸爸……"

她没有直接回答，而是自顾自地轻轻哼起了一段旋律。

"你是为了写新歌才来这儿跟陌生人搭讪找灵感的吗？"我的情绪有些激动，看了看舞池里的老夫妇，他们还在跳着。

"如果要写这些歌，我脑子里的能量足够一秒钟写出成千上万首，但是有什么用呢？你们连一句话都听不懂。"

我回答不上来，眼前这个漂亮女人让我琢磨不透，她如果怀有某种目的，那我身上也没有什么可供掠夺的，至少，她让我感觉自己还算有些独特，"你为什么和我说这些？"

她忽然看向外面，脑中似乎有天线接收到了某种天外来的信息："跟我来！"

她站起身将"万物一体"一饮而尽，但仿佛彻底喝醉的却是我，一股混着酒精味的灼热气体往头脑上涌，在那一刻，我彻底迷上了她，不管她让我做什么，我都心甘情愿。她拉着我的手朝外面跑，我回头跟李老伯打了声招呼，他没有听到。

我们一路来到冷湖的暗夜星空保护区，只要天气正常，这片沙丘上每晚都能看到漫天的繁星。今晚有些不一样。尽管太阳下山后温度骤降、寒风割面，但我并不觉得冷。我和她四目相对，在这片如火星一般的旷野上。在她眼里，跟我在一起的一秒钟就像过去了百万年，而对我来说，这一秒钟，意味着一切。

"你看！"我顺着她手指的方向望去，星罗棋布的夜空像一张巨网。她接着说："《荧惑》的旋律，是一种语言，我把要告诉你们的信息都放在了里面。"

我看着她的侧影："什么信息？你，和我的爸爸见过吗？"

她轻轻握着我的手，我瞬间有种过电的感觉。皮肤之间最近的距离，哪怕贴在一起都留着几十微米，比一个细胞还大。我相信此刻的觉受是末端神经受到压力，产生电信号传到脊髓的一些部位，再反馈、再继续运动、压迫，产生电信号，进而促进各种腺体分泌，就像打开了一通电路，我脑海中所有带电的神经元都像头顶上的星辰一样发光、起舞，下一秒就要从天灵盖盘旋着奔涌而出。

我知道什么也没发生，但一切都在发生。

我学着通过她的眼光去看星空，仿佛天上所有的星星都开始跃动闪烁，它们相互之间连成曲谱，那是一种跨维度的语言。把一百万个人全部压缩成中子星的物质，也才只有一滴水的体积，而那首歌，《荧惑》，单是一个音符就包含着无数字节的信息。

"你是？"

"灵魂游舞者，用你们的话讲。"

没了之前的疑惑跟犹豫，我百分之百相信她说的每一句话。甚至，每一个音节、每一个停顿对我来说都意义非凡。但是，她并没有说话，而像是住进了我的脑子里，成了我的一部分，一切的语言都成了我自身的回音。

她来自系外行星，火星是他们探访太阳系的第一站。

非要用语言来解释我感受到的一切，关于灵魂游舞者，我相信是徒劳的。但是，她的出现兴许是个突破口，离我要探寻的那个秘密好像越来越近了。

如果宇宙中的一切事物都来自爆炸后的能量，那这能量正在经历着从简单到复杂的演变，智慧是目前最复杂的能量形式，而我们人类的生命，只是这能量形式的第一阶段载体，它将继续发展，朝着下一阶段努力攀升。站在我旁边的林深，就是这种努力的结果，在他们的文明里，物质世界不过是毫无用处的烂泥，她的肉体也只是一个随时可以丢弃的包装袋。

"质量转化为能量？$E=MC^2$ 果然很伟大……"我自言自语。

"用 $E=hv$ 来参考可能更合适，量子常数乘以振动频率等于能量，频率最高的成为无形的物质，频率其次的成为有形的生命体。"

他们用光速思考，为了达到这一极限的思考速度，他们本身就以光的形态存在。在他们的身体里，对任何信息的处理是每秒百万次，因此需要极大的能量来维持他们的生存状态。

只有恒星，伟大的恒星，才能提供最佳的生存环境，这种超级文明只有住在恒星里面，才能让一个个完全能量状的智慧生命，永远以光的速度思考。

但是，他们的恒星即将熄灭。

这是我无法理解的时间尺度，不像冷湖几十年来的兴衰与变迁，他们生命的攀升历程应该用整个地球的进化史来做对比。

"这是一种什么感受？"

"感受？我们没有感受。只是思考，一刻不停的思考。"

他们脱离物质的存在，穿越虫洞时根本不会像物质一样被瓦解成基本粒子；在两个时空区的闭合处时空曲率并不是无限大，他们更不用害怕被掠夺一丝一毫的能量；宇宙间再强的力场都可以通过负质量来中和，因此什么都不会影响到他们能量场的稳定。除了明确的目的地，他们一路上还探访智慧生命，红色的、蓝色的、灰色的行星，邀请各个层级的生命形态加入他们的能量之中。

在我们还是草履虫的时候，他们就出发离开母星，终于，在人类自以为创造了独一无二的文明时，他们抵达了我们这个位面的恒星系。而太阳，是他们思考出来的最佳答案。

"你们从来没有诗意地审视过自己吧，人体大约 99% 是由氢、碳、氮和氧原子组成的，这就是你们人类和宇宙的深远关系，你体内的氢原子是在宇宙大爆炸中产生的，而碳、氮和氧原子则是由恒星产生的。每一秒，都会有成千上万的不稳定放射碳原子在你的细胞内和细胞之间爆炸；当你割伤自己时，星星的残骸便撒了出来；你血液中的每个铁原子，帮你的心脏将肺中的氧带到你的细胞，却曾经帮助摧毁过一个巨大行星……"

"所以呢？"

"所以，人类本质上和灵魂游舞者一样，你们来自宇宙，最终将回归宇宙，以一种更好的方式回归。"

我突然想起古希腊人说过的一句话，"要理解物质，我们必须理解无物质。"这句话看似与现代物理学相悖，实则是这门学科的终点。

当他们降临在火星，命运如时空重叠般，人类的火星任务正如火如荼地展开，我试图去想象两个文明曾经在火星上的相遇，一种纯物质跟纯能量的伟大会晤，但这种尝试是愚蠢的。李蒙恩在日志中所说的"面临抉择"，或许正是因为遇见了他们。

"李蒙恩……被你们收编了吧？"以我对李蒙恩不多的了解，我猜他不会错过这个机会去完成生命最终形式的伟大攀升，这可比探索火星有意义得多，毕竟他将得到的是整个宇宙。

"是的，他和我们在一起。"

"你们杀死了他？"

"不，我们不会以任何方式去干涉所有个体生命的行为和命运，即使我们有能力这么做，事实上，我们的能力超过你的想象。他的死的确是一场意外，而我们很早就发出过邀请，死后的他欣然接受这样的接引而已。对很多人类来说，死亡就像一个终点，但其实，死亡只是一扇门。"

那个神秘的三维球体！

一套完整的理论模型霎时出现在我脑中，那是我梦寐以求的答案。非要用地球上的科学来演示的话，注定是苍白的，圆球的组成元素未知，密度无法测算，形态相状不稳定，内部有一个巨大的能量反应场。我相信，用物理方程来描述超越概念的事物是一种徒劳。不过，从某种意义上讲，它就是灵魂游舞者的"飞船"。

"那扇门，我爸爸他看到了！为什么他能看到……"我来不及问第一个问题，接下来还有更重要的议题值得探究，"那你的意思是……人死后真的有灵魂？"

"我们更愿意把它称为能量，能量永不消灭，它会更换不同的载体，直到最后，抛弃掉所有有形载体，完成回归。"

地球上不是没有这类神神秘秘的心识科学，但那些论调大多数只停留在臆想而已。我此刻想的是，有没有一个能让人看懂的公式或数据，可以将这个伟大发现用相对科学的形式解释出来，如果我是第一个这样做的人，那我也会跟阿姆斯特朗和李蒙恩一样，成为人类历史上永垂不朽的存在吧。

但是，她好像看穿了我的心思："用一种低等认知去验证比它更高等的，这是很可笑的……而且，这也不是我们来地球的目的。"

"你们为何要来地球？"

"我说过了，这是一种邀请。"

"邀请我们去太阳？如果所有人类都接受邀请，那对人类文明来说，可意味着毁灭呢。"

"物质世界不过是你们做的一个梦，从这个梦醒来，你可以得到更高层次的永生，对人类来说，这是无本的买卖。"

"那首歌就是一封邀请函？"

"你终于懂了。"

"为什么要以这种晦涩的方式？"

"我们尽量降低自己的能量振动频率，以你们的方式去思考，以为可以通过谎言让你们看到背后的实相，却高估了艺术这门谎言是如此的……你们执着于表面上的假信息，却忽略了它的本质，所以很少有人回应。"

"我们应当怎样回应？"

"你爸做出了回应。"

"他？他可是一个什么都不懂的工人！怎么会从一首歌里……"

"一个人的知识多少、地位高低，跟是否有被邀请的资格无关。"

"你们用圆球接走了他？"

"是的。"

"那为什么他在死亡之前，才做出回应？"

"尽管他的死亡是意外、是偶然，但事实上，生命体自身的能量场会对未来的衰落有所感知，这是不自觉的。就像看不到磁场，鸽子总能找到对的路，他能在之前看到我们，就说明他做出了回应。"

"我……能再见到他吗？"

"会的。"

林深蹲下来，抓起一把沙子，在月光的照耀下，沙子中有晶体在闪闪发光，我仿佛看到她的手指也变成了沙，不断往下流，然后她纤细的手又好像重新生长出来。不管是如何的跟科学常理相背离，在我看来，眼前这诡异的一切却浪漫至极。

"这里跟火星真的很像……"

"所以在地球，你们先选择了这里？"

她手心留下了一颗小小的透明晶石，像散落在地球的流星碎片，不小心从天外落在了她手里。

这种晶体在冷湖的土地中到处都是，或许跟千万年前地貌形成的历史有关，在山峦和砂石里，它们如同镶嵌在云端的宝石，从来没人想过要把它们取下来。

每当行走在沙丘上，阳光照在上面一闪一闪的。爸爸有的时候会站在沙丘凝望着那些光点，很久很久，直到睁不开眼睛，我猜不透他在想什么。我牵着爸爸的手,问他那是什么,他说,内心真正单纯无畏的人,才能看到这些光亮。

实际上,这里的晶体能产生一种特殊的振动磁场,而这种磁场正是能量信号的放大器,可以想象,当数量像星星一样的晶体发生共振时,我们可以接收到的信息是不可估量的。因此,地球上的火星小镇成了他们扩散邀请信息的绝佳选择。

此时此刻,我和她四目相对,仿佛有一束巨大的光亮在她眼中跳跃。她又望向远处,夜空在她的凝视中变得有些不一样。我仿佛听见这首歌在整个宇宙中悄然唱响,夜空中那荧荧离离的光点如点燃引信般,连成一篇没有休止符的乐谱。

那一刻,我感觉有一千万首音乐窜入我薄如蝉翼的耳膜里,身体里每一个细胞都随着它们的律动而起舞,冰凉、热烈、静默、喧嚣,忽然明白,眼前这磅礴的宇宙像是母亲一样伸出双手,对我发出一种回家的邀请。

我凝视着她,眼角挂着泪水:"那首歌,为什么是我?那么多人都在听你的歌。"

"你相信奇迹吗?"

我没有理由不点头,遇见她已经是我一眼能看到尽头的生命里最大的奇迹。我现在知道,神级文明灵魂游舞者一秒钟就能读完人类所有图书馆里的书,只用说一句话,数据量就能撑爆地球上所有的硬盘。灵魂游舞者用于通信的功率达 10 的 36 次方瓦,约等于整个典型星系的功率输出,不仅是信息传递的速度,还有所有的生命形式……肉眼能看到的一切显现,耳朵能听到的所有声音,心念所能达到的境界,只要他们愿意,就能凭借能量创造出接近其振动频率的所有物质现象。

也就是说,整个世界都可以是他们自身能量的游舞幻化!

"言之所尽,知之所至,极物而已。我现在终于明白这句话的意思了,林深!"我激动地看向她,她的表情微妙动人,我知道,人类的情绪对她来说不过是假象,但她依然牵着我的手,没有松开。我嘴唇有些颤抖,"还有《荧惑》,我明白了……"

我明白了,灵魂游舞者前往火星、来到这儿的目的,只是顺便带我们汇入这能量的无限巨流河中,尽管初级智慧生命所携带的能量,只是一片大海中一粒水分子的几十万分之一。

但他们,愿意这样做。而我把这理解为一种慈悲,神对蝼蚁的终极关照,不是赐给它们一块甜食,而是让它们最终变得跟神一样。

"人类的爱也是奇迹中的一种,在我们的能量洪流里,依然能清晰地感受到你爸爸那颗水分子的振动,全都是关于你,思尔,在我们眼里,大海和水滴都是平等的,所有的智慧文明都有权利航向恒星,脱离物质的二元世界,拥抱永恒。"

林深转过头看向我,眼里发着幽幽的光。

"这是一种基于自由意志的选择吗?"我问她。

她轻轻点头。

爸爸临终前的神情浮现在我眼前,宁静而安详。说到底,人体不过是一团原子的特殊聚合体罢了,当我们的肉体死去,这一特殊的聚合体便解离开来,我们体内的原子总数在我们呼出最后一口气时并不发生变化，之后，原子和空气、水、土壤混为一体。物质四散，留下能量。灵魂游舞者对所有灵魂敞开，所以在那一刻，父亲以能量的形式对灵魂游舞者做出了一个简单回应——I'm in。李蒙恩也同样如此。

"可是，我们的恒星，会因此提前熄灭吗？"

"你们的恒星还在主序星阶段，靠把氢聚变成氦为生，当恒星走向死亡的时候，它会启动新的聚变并抛出外层物质，最后剩下一个昏暗的小小内核，那就是——恒星墓碑。恒星墓碑即使提前出现，人类文明的长度也绝对撑不到那个时候。"

我有些迟疑，"可是……"

陆续有人来到暗夜星空保护区，三五成群，他们抬起头注视着这片幽蓝色的广袤深空，不知道此刻他们脑海中会否浮现出同样熟悉的旋律。我似乎看到了那半弧形的星轨排成线，将人类命运的波纹延伸至无限。

"生命应当是没有寂灭，奔流不息的！"这是她的最后一句话。

我紧紧抓住她的手，希望这一刻就是世界末日。

不知道过了多久，我又回到火星酒吧，推开那扇门，空气凉爽而新鲜，四周的全息投影刚为观众下过一场电子流星雨，一种淡淡的银亮色包裹着人们，大家看上去都比平时要高兴。老夫妇还在舞池里悠然起舞，随着缓慢的音乐转圈踏步，我看向他们，时间就像过了一个世纪。

我呆坐在原地，眼睛不知该看向哪里，此刻我的心像是被洒上了一层柠檬汁,仿佛灵魂游舞者刚刚吸食过我的大脑和内脏,只留下一架空空的皮囊。我暂时失去了判断跟思考的能力,凝视着面前那个空杯出神。

不一会儿,杯中粉红色的"万物一体"又重新盛满,似乎是从克莱因瓶的另一个瓶口涌出来一样。

直到太太过来叫我,我才感觉自己重新落到地面。

"沐沐,我们回去吧!"

"太太您……"

"今天玩得很开心,多谢你的照顾啊!"太太笑起来,在她的深褐色瞳孔里,我看不到自己的影子。

那晚经历的一切就像是一个梦,一个被储藏了几个世纪的梦,在某个特定的时候被打开。如果命运可以用量子轨迹来解释,我会把跟她的相遇当作一个微不足道的交叉点,一种奇迹,或者是一种必然,因为她,我生平第一次认真地审视自己的过去,第一次可以看到自己可能的未来。

本来计划的行程剩下最后两天,我托人做了一个假的骨灰盒,如果太太想起来,这便是给她的交代。可第二天再见到她时,她却像是换了一个人,之前笼罩在她头顶上的阴云全都消散了一般。

我们前往位于小镇边缘的影视基地,去那里为游客们拍摄一段以他们为主角的火星短片。在大巴上,我为大家介绍了几个可供选择的故事剧本,有先驱者初到火星的探险,有最后的地球人在火星基地上的坚守,也有人类和外星人的浪漫爱情……

人类骨子里的英雄主义值得歌颂,有的时候,我们又似乎把这种英雄主义想得过于美好。因为不管多么动人,都是对真相的扭曲,没有悲观和乐观之分,二元都是一种假象,这是我从林深身上学到的。

老伯和太太接过他们的剧本细细研究,表情像是在偷看对方的情书。太太今天没有喊错我的名字,也没有提起李蒙恩,神智格外的清醒,用以前的说法,她看上去就像是回光返照。

车子经过一片零零落落的墓群,那里被矮小的围墙围起来,里面有不少父子、夫妻的墓碑,大多数被风沙掩盖得只露出一半,在这片辽阔的土地上长久地静默着。老司机带头脱下帽子,一声鸣笛当作致敬,这种小小的仪式对冷湖当地人来说是一种惯例。我爷爷和父亲的墓碑就屹立在这里,每时每刻,向着东方。

此刻,我很清楚地知道,我父亲并不在这儿。

我拜托大家给我一点时间,下车后,我在墓碑群的角落里找来大大小小的石块,垒成小尖塔的形状,就当是为李蒙恩在火星上树立的一方墓碑。

夫妇俩透过车窗看着我,眼睛瞪得大大的。待我回到车上,太太抓住我的手:"你刚刚在干嘛呢?"

"帮一个重要朋友办点事。"

太太满意地点点头。

快要接近目的地了,前方的空中出现了一团彩色的云雾,伴着耀眼的光,越是往前接近那光就立马消失,乍看是一种光线折射的自然现象。我想起了从前的新闻,光波辐射的奇异现象或者是疑似地外文明的痕迹,不管光背后的本质是什么,那些猜测和理论都已经不重要了。

"我们马上就能见到他了！"太太兴奋起来，但和以往的兴奋截然不同。

李老伯看了看我，表情有些无奈。

游客们根据自己选择的剧本去各自的试衣间换戏服，夫妇俩拿到的是橙色宇航服。我们来到占地几百亩的户外基地，除了天然的半沙丘，还有一些人造景观，从摄像机的视角里看，这里绝对百分百还原了火星地貌。

摄影组还在架机器，我代导演帮他们顺剧本，这个故事讲的是两位驻守火星基地的夫妻遇见了外星人，他们决定跟随外星人去到它的母星，去学习更先进的知识。

"您一会儿就这么念啊，'高台孤矗昂首望，穹凄尽兮宙宇敞。车马纵兮雁飞翔，春复秋往世无常'，这句古词在描述友人互相告别时的场面，但其实是一句外星暗号，说的时候多带一点感情……"

太太点点头："好好！'高台孤矗……'"忽然，太太眼睛一亮，看向身后，又猛地回过头，抓住李老伯的手，"老伴儿啊，我知道哪儿能找到蒙恩了，跟我来！"

他们径直向后面的小山峦快走过去，我反应过来后，跟着他们一路追去。

此时，有一个同样穿着橙色宇航服的人从山后面慢慢走了出来，他们三人一见面就拥抱在了一起。我走近一看，那人竟然是李蒙恩，跟照片里一模一样！我无法相信自己的眼睛，如果眼前的他依然是一种能量游舞，那就像我不能否认那个梦一样，不能否认他的出现也是一种必然。

时间仿佛暂停在这一刻，恍惚中，我感觉被拥抱的那人是我，眼前是我的父亲和母亲。

李老伯望着李蒙恩的脸，自言自语着："我这不是在做梦吧？"

反倒是太太，她似乎更加放松和自然，好像这次是他们安排已久的见面，她把我拉到跟前："蒙恩啊，这是沐沐，我们的导游，他对我们可好了！"

有种错觉，眼前这一切仿佛上一秒在我脑海中预演过。

我伸出手："你好，还是叫我陈思尔吧。"

李蒙恩用力握住我的手，一脸阳光的笑容："你很善良，谢谢你刚刚为我做的……对了，我很喜欢那杯'万物一体'，那天也请你喝了一杯，咱们两不相欠了！"说完冲我眨了眨眼。

"他们会和你一起……"

太太依偎在他身旁："对，我们要跟着蒙恩回家呢！"我很确信的是，太太现在也看到了那个圆球，应该说，它一直都在那儿，一直在等待。

李蒙恩看着我，似乎也在等一个答案。

"其实，我也喜欢你们要去的地方，不过……"

他抢过我的话："不过，我要告诉你的是……我们改变了计划，宇宙更深处还有很多恒星……"他望向天空，"这一颗，留给你们。尽管去往下一个目的地会消耗我们很多能量，但不管怎样，我们相信奇迹。"

"嗯……"

"啊，我可是燃烧了一颗恒星来向你们问好呢。"

"谢谢你,但是……我会错过什么吗?"

他思考了一下,"在你有生之年,不会。"

不要忽略每一次召唤,不要忽略心的声音。

不跨越自身与内心的鸿沟,就算抵达了外太空也没有用。

不要放弃思考,要追逐光速的真理。

……

灵魂游舞者在我的脑海里还放了一些知识,一些全新的、复杂的,数字和公式,文字和语言,甚至是比三维球体的理论程式更艰深的宇宙终极模型,还有无穷无尽的,那些我相信虽然暂时无法理解但总有一天会用上的知识。

像我这样卑微的生命,在一秒钟思考百万次的纯能量面前,一如蒙受了万物的恩典。在脑子感觉快要炸开之前,我再次认真地看着那双眼睛,那一瞬间,我的确是找回了这二十多年来失去的所有生命力。

"李蒙恩,林深……再见。"

"bibakuludebaba!"

他笑了起来,在这片沙丘上,我和他同时看见了彼此最澄净的时刻。

我回头看,负责摄制的工作人员还在忙碌着,我把剧本还给他们，告诉导演这场戏我们将提前离场，让下一组游客继续。

这趟旅程，灵魂游舞者、我和夫妇俩、李蒙恩，我们终于走到了各自期待的终点。或者说，在回归的路上，我们都踏出了第一步。

在忙碌的摄影棚里，剧本的主角消失了，除了我，没人注意。

告别有着它自己的节奏感，是一种训练有素的必然。我想起小时候和爸爸、妈妈的告别，没有任何仪式感，而且充满痛苦和缺憾，但这一次的告别，我觉得很完美。我突然想回到爸爸的老房子，再仔细看看他曾经生活过的地方。

"bibakuludebaba……"我轻声地说，没人听到。

返回的路上，我把那个假的骨灰盒放在了李蒙恩墓碑的旁边，似乎让这种仪式变得更加圆满。空中突然划出一道光亮的弧线，我仰起头，那刺眼的光缓慢地冲到天空的边际，然后照耀在大地上，地面依然闪闪发亮。

爸爸的老房子离火星小镇有些距离，但我觉得那是一段期待已久的路。

在他铺满灰尘的卧室里，一切都是原来的模样，我站在屋子中间，闭上眼睛想象爸爸在这里度过的时间，干燥的空气令我的眼睛变得干涩。

我四处寻找他留下的痕迹，在书桌抽屉最里面，竟然找到了一张爸爸妈妈年轻时候的合影。照片旧得发黄，好在还能看清他们的面容。

我对妈妈的印象已经模糊到不记得她的相貌，拼命搜寻所有跟她有关的记忆，才确定那就是她，我紧紧攥着这张照片，在我心里它胜过了世间一切珍宝。

在照相馆那种老土的塑料背景下，他们笑得很腼腆，妈妈穿着碎花裙子，身材瘦高，笑起来嘴角有一对好看的梨涡。我看着她傻呵呵地笑了，第一次发觉陈思尔这个名字真好听，不知怎的，我忽然觉得林深的样子跟她倒有几分相似。

我想去找她，去葱绿、湿润的内地，我要带上冷湖所有的记忆，奔向她，然后告诉她那个梦，告诉她，我的选择。

用不了几天我便打点好了一切。我从来没想过离开火星意味着什么，至少现在明白了，就像死亡意味着全新的开始一样。

我开车行驶在无人区，火星小镇在身后变得越来越远，前方的路长长直直，没有方向，或者只有一个方向。我知道宇宙浩渺，但此刻，我的心却像一只蜷缩在一起的猫儿，在迷失与寻回之间，我开始想念在母亲怀抱里的那种温暖。

卷着盐碱颗粒的风吹打在脸上，慢慢地，我感到嘴角边有些咸咸的苦涩。车里的音乐自动打开，依然是她沙哑的声音，像是一种召唤。

不管我们将去向哪里，都是在回家的路上。

永恒辩

> 电影不是为了让时间静止，而是为了和时间共存。
>
> ——《阿涅斯论瓦尔达》

他们制造我的目的，是为了一部电影，他们说，这部电影能拯救人类。

如果是在地球或梦里听到，这笑话足令人笑到世纪末了。不过，在我醒来后不久，竟完全接受了他们的思想。自人类诞生以来，为应对生存危机制定的所有自救方案中，这是我听过的最荡气回肠的一个。

"天问号"空间，几位年轻工作人员带我做完所有测试，我裸着身体呕吐完几轮后，撕下皮肤上的传感带，穿上深蓝制服，镜中的自己跟他们一样年轻、好看，即便如此，我也明显是来自另一个时代或星球。他们无一例外身形修长、体态纤瘦，比我要高一两个头，女性长得像出尘的神仙，男性则像高贵的精灵，很难从长相来区分种族和年纪。他们似乎从一出生就在空间站，没感受过地球重力，没被太阳照耀过。

执行官方汀身穿洁白制服，大气干练的女性之美经过世代更迭，依然动人心魄，自我介绍后，她浅浅一笑，"唐，你已通过测试，统觉认知达到地球纪元的普通人类标准，成为一位基准人，我们首长想见你。"我茫然地环顾左右，"地球纪元？那现在……"

"你出生年代的一千一百多年后，现在是轨道纪元。"她语气平淡。

基准人对未知事物的接受程度显然还不够，又晕厥了几次后，我被高大的副手严伦、宦杰搀扶着往前走。空间站内部像一座宽敞明亮的中型城市，智能系统掌管着一切运行，我们跟在方汀身后走过长长的舰桥。不时有身穿各色制服的人路过，他们随即从玄想中回过神，眼神迁徙到我身上。我躲开那些目光，望向舷窗外流动的星河，微亮的光色穿过真空、穿过玻璃，抵达我新生儿般的眼睛。我些许出神，像有一头小象撞向心口似的，我知道那是什么，不由惊叹于星辰可以被如此精细地分类，智慧文明躲在宇宙里的秘密如此隐蔽。

这是地球上看不到的景致。

我被带到首长吴宇年位于舰首的办公间，里面整齐洁白，全息数据和星图占据着视野，他面前的弧形桌面弹出几个视讯窗口，手指拨弄琴键般飞快操作着。他长得也像精灵，不过一看就是领头的那种。看见我，他手一挥关掉窗口，接过台面机械臂递来的麦芽汁，呷了两口，眼睛半眯着，吟诵些古诗，"遂古之初，谁传道之？上下未形，何由考之？冥昭瞢暗，谁能极之？冯翼惟象，何以识之？"

"这是……暗号？"我想象对不上暗号的后果，被丢到太空或给他的宠物当晚餐。

"这是《天问》，也是空间站名字的由来，"他的目光像是跋涉了些许光年再回到我身上，"你喜欢艺术吗？"

"我……"

他手再一挥，四周的洁白墙壁一瞬间显现出西斯廷教堂壁画，繁丽且庄严，慈爱的上帝和信徒互相拥有，肉嘟嘟的天使围绕着牧羊女，基督将福音遍洒人世，如华彩纯洁的天堂敞开大门；接着，四壁变成梵高的《星空》，那蓝与黄缠绕的油彩旋转着流出了画布、黑夜，溢出宇宙，钻入我眼睛，我感到重心不稳、一阵眩晕；一会儿，又变成《清明上河图》，街市、桥梁、城楼，人群来往的嘈杂，从各个已被定立的方位，凝视着一个至中至正的庙堂核心，这盛世宏图好似将整个帝国推置于我枕边。

这些我还记得，是地球的艺术。接着，房间内响起巴赫的协奏曲、莫扎特的交响曲、古典的宫商角徵羽、歌剧或是梵唱……一切不可言状之物之情尽述其中，圣咏和嗟叹交织，大举顶撞这方虚设的空间。我愣在原地，只感觉僵硬的身体被电流般的音乐激荡、冲刷，融成了河里的春水。眼泪，是这身外极致之美的造物。

"太棒了，你哭了！"吴宇年站起来将麦芽汁一饮而尽，他的声音厚重又略带沙哑，"音乐是时间的艺术，画是空间的艺术，还有文学、舞蹈，虽然美到极致，但却只有一个维度。而地球有一种艺术，它用流动的影像和声响将人生凝止成时间、空间，并同时完整地统摄二者，让角色与观者互相交换形体内的寿命，一生与两小时共享一方狭窄黑暗里的圣光，它……"

"电影。"我下意识截过他的话。

"对了孩子，电影！是电影，回答了天问！"他快要哭出来似的，"《永恒辩》是你的作品，我们，希望能再次触摸到这部电影，只有你，你是它的创造者，而且是唯一看过它的人，只有你，能拯救我们！"

"我……"我有点懵，努力回想他说的《永恒辩》，可能是近乡情怯，印象极其模糊。包括在当时的政治格局和社会背景下，艺术作品如电影如何成为人们的精神救赎，世界又如何在一夜之间紧绷且溃散，我脑中仅剩瓷裂般的碎片。

"你还需要时间。"他走过来，微微颤抖的手搭在我肩上。

他认真的脸让我感觉犹在一个荒诞的梦中，几次睡眠之后，上载的部分人格和记忆像潮汐跌回大海。

我叫唐汉霄，地球历 3124 年 10 月 8 日出生于"天问号"空间站，基因胚胎、自动哺育、仿生机体，加上最先进的克隆和记忆上载技术，我成了唐汉霄的合法副本，空间站的新成员，现在的我更年轻、更强壮。原初的我是地球纪元最著名的电影导演之一，关于我最伟大的一部作品，《永恒辩》，只有我一人看过成片。2100 年，这部电影制作完成后为保证不跑版，除了片名我没让任何信息流出，谁知，在美国举办首映前夕，第三次世界大战突然打响，正在进行即时电影文件传输的卫星被击落，而发出文件的终端，我工作室储存拷贝的设备，也被同频磁流全部损毁掉。那部长达八小时的电影杰作没有逃过毁灭的命运，如一圈涟漪消失在灿烂的人类艺术长河中。

文明毁灭定会以某种方式再度复兴，这是规律。战争还没结束，有秘密组织将地球上还存世的艺术作品收集起来保存、复制，而《永恒辩》不仅没被遗忘，在战时反而备受追捧，掀起了一阵迷影文化的高潮。正因为它从未示人，也绝无机会再掀开神秘面纱，一出生即死亡的悲怆命运让它轻易站上美的巅峰。

我联想到西藏的曼陀罗坛城沙画，每逢大型法事活动，寺庙中的喇嘛们用无数彩色沙粒描绘出宏大奇异的佛国世界，持续数日乃至数月，但他们呕心沥血创造出庄严宇宙，却从不向世人炫耀其华美。宇宙成形后，会被毫不犹豫地拂掉，顷刻间化为乌有。

因此，坊间对它的讨论和猜测层出不穷，尽管战争动乱顷刻间便能摧毁一座城市，但为此着迷的人们时常秘密聚在一起，从剧本聊到影像风格，从类型题材辩论到意识形态。在街上、防空洞、地下室，信徒们暗暗传递眼神和暗号，关于《永恒辩》的一切都能成为他们的精神支柱。有学者、艺术家以此蜃楼为灵感，创作论文、诗歌、舞蹈、画，与《永恒辩》相关的衍生作品足以自成一门学派。

有信徒在被裁决前最后一刻宣称，《永恒辩》精神不死，它的阵容太强大，内容绝对是史诗级别，用史诗来形容都不够，简直是电影中的神话。比特吕弗、侯麦、安哲罗普洛斯更接近生命的至纯核心，比图斯库里卡、贝托鲁奇、库布里克更咬合灵魂的美妙谐拟，比法国新浪潮、德国表现主义更有革命意义，比未来主义、人类主义更具宇宙格局，《永恒辩》是电影新神话主义的开端，是人性和美的终极表达，是人类文明的艺术奇点！第一个信徒倒下后，战火蔓延间流传着更多关于《永恒辩》的传言，甚至有人说，每个国家都拼死争取它的首映权，因此加速了第三次世界大战的到来。

所有人都认为，人类一旦集体跨过艺术奇点，人类自身的创造力会随着宇宙熵增而不断下滑,直至精神热寂。面对核威胁,精神热寂更令人类感到害怕,有人悬赏抓住我,要我交出留存的资料,有人想暗杀我,毁掉我保存《永恒辩》记忆的大脑,更有人拼了命保护我。

这世界疯了,我想。但真正疯掉的是我自己。我患上了创伤后压力心理障碍,其一是,拍出了顶级杰作却无人欣赏,这种痛苦常人无法体会;其二是,这摇摇欲坠的世界,因为这部电影变得愈加摇摇欲坠,我感觉自己就是压死骆驼的最后那根稻草。不过是一掬沙,放过我吧,从艺术家和普通人类的层面。在世界彻底崩坏之前,我决定忘记那部电影,主动走向精神热寂。

在一位医生(他自称永恒辩教徒)的帮助下,我们达成约定,我把《永恒辩》的全部记忆用仪器提取,他可以观看,但之后都要删除。他在我的大脑里看完《永恒辩》,哭得像个小孩。你怎么做到的,他问,突然握住我的手,眼神充满柔情。不知道,就像有一双上帝之手在指导我,你相信吗?我说。没等他回答,我催促他删除记忆,连连告辞。

那是实话。我过去的电影作品中,涉足类型众多,爱情、战争、悬疑、科幻,影迷叫我"温柔的暴君","三战"那年我已满九十七岁,获得过奥斯卡终身成就奖。得益于21世纪下半叶的"基因返童计划",我那时依然保持着四十岁的思维和样貌。在拍出那部精神终极遗作之前,我有过很长一段瓶颈期,觉得世上再无多的美能被塑炼,再无不同的人性和造景可以在我的影像里立足。

没有别的了吗,唐汉霄,你还有那么长的生命去感到无计可施,李南生对我说。那天晚上,我做了一个梦,没有画面,只有几个文字。

我们那一代导演的前辈大师，大多也在生命暮年因此计划得以延寿，诺兰、卡梅隆、吕克·贝松、韦斯·安德森、王家卫、封浪……当时，我邀请他们参与新作《永恒辩》，没有故事雏形，没谈分工片酬，只有一个虚无缥缈的片名。作为对天才后辈的支持，他们欣然应允。

我对这部电影的记忆止步于此。说是记忆，其实更像是贴附在身上的一层外壳，如同观看别人的电影。

"你还能想起来吗，一个画面、一句台词？能不能再想想？"吴宇年和执行官们围在我面前，眼神渴仰如教徒。

"我以为未来新人类不会被那些荒诞史冲昏头脑，一部电影，真的有那么玄乎吗？"作为基准人，我还保持着应有的理智。

"一时很难跟你解释清楚，"吴宇年叹了口气，转而又满怀期待地看着我，"这可是你的精神遗作啊，你难道完全不在意吗？"

我摇摇头。

"不记得还是不在意？"

"我不知道……"

吴宇年给严伦、宦杰递了一个眼神，他们立马把我架起来往外拖。

"你们做什么？"我无力反抗。

"丢到太空，再造一个唐汉霄，直到他能想起来什么。"他面无表情地说。

"等等！"我大喊，"《永恒辩》的开头！是一个梦，对，一个梦！"

"你没骗我？"

我闭上眼睛，努力搜刮脑中的记忆残片，"彩色的沙！极好看，方圆之内，层层嵌套，一幅曼陀罗坛城！然后，风一吹，都散了……"

"然后呢？"

我抱住头努力回想，那突然出现的上帝显影亦如彩沙被风吹散。看着我痛苦的表情，方汀说，"首长，交给我吧。"他点头。

她领我去廊道内另一个洁白房间，将透明头盔套在我头上，开关启动，电流和声波同时刺激着每一束神经丛，强弱不一样的信号强行灌入我那没有底线的心灵容度之中。我直捣基因里的记忆，像从干涸沙漠打捞一滴未被蒸发的海水。在生物电脉冲有节律的拍打下，我钻进双螺旋编织起的筋脉，既幽微又抽离地探寻关于永恒的那一缕圣光。

一次睡眠过后，一些瓷裂的碎片渐渐合拢，不过，我只是更清晰地想起了别的。纷繁美丽的地球，数次被我框进镜头的家乡，在太阳底下鲜活的人，还有，让我感到无计可施的李南生。

我缓缓睁开眼，冷冰冰的金属太空，把刚刚那些温热的记忆给让渡到后面。

"怎么样？"方汀问。

我不敢说真话："嗯，有一点点影像了。"

"等下加强生物电刺激，再来一次。"

"等等！"我说。

"唐汉霄，这对我们来说，真的很重要。"她认真俯视着我。

"地球，现在怎样了？"我问。

她沉默。

"你们让我回地球，说不定啊，我就都能想起来！"

"不可能。"她淡淡地说。

我知道这语气等于没得商量,"那我能再看看电影吗?有助于我想起来,我能在电影里看到那些……"她的手悬停在全息数据前方,我紧张地嗫嚅着,"世界。"

几小时后,她让我换上太空服,进入一个站立式舱体内,远距传送器开启,空气随即震荡起来,我的身体化成一圈圈缠绕的彩虹就地消失,接着我像是被吸入一根吸管,又从另一端吐出来,彩虹逐渐萦绕成原先的躯体。

"别紧张,那是最好的观影位置。"她的声音从通信设备传来。

我发现自己定立在一片无止境的黑暗中,打开眼缝,星光就这么轻轻巧巧地透进来,慢慢地,从前森然不移的群星涌现,我知道它们只是苍茫宇宙间奔走出亡的余光,如今痛快地交汇,该聚拢的聚拢,该流动的流动,瀑布似的绚烂极了。方汀说这里是群星冢,位于空间站所在轨道与附近恒星的引力平衡点,因轨道运行产生的力场作用,未逝的星光奔涌过来,膨胀、连接成光带,光带又无限缠绕汇聚成水流一般的光幕。首长为之取名为群星冢,说,这块银幕真好,用来看电影不错。

"太酷了!"我不禁喊出来。

"电影要开始了,准备好了吗?"

我仰躺在宇宙的漆黑真空之间,仅有一块幕恒常亮着,一束不一样的光从我身后的方向穿透而来,将流动的电影画面投影到群星光幕上,声音同步传来,仿佛来自星渊深空的回响。电影开始了,我痴痴地看着,里面是经过挑选和框定的情景,是一个绝对独立的世界,连续不绝地由精准的剪切衬出。那些鲜活的人在四方平面里扮演一个与自己完全无关的角色,扮演一个观者和表演者都尽然洞悉的比喻。

我在看一部电影,这是同时统摄了时间和空间的艺术,同一时空的星星都为我卷曲着强韧的引力,整个宇宙都在向这神圣的一刻进贡,无私极了,有恒极了。这些故事交缠了许多无常、爱恨、聚合与生死,想必在千年前的地球——被世人演习过了。只是,电影还在,我还在,孤立于这世界的边缘,默默地翻涨。《永恒与一日》《阿拉伯的劳伦斯》《都灵之马》《地下》《樱桃的滋味》《柏林苍穹下》《雨果》《坍缩前夜》……我看完一部又一部,我想,我们都将活得比我们想象的久。

永恒辩,我像一只躲在桑叶间的蚕默默咀嚼这个词语。

我是一个基准人,意味着我可以是任何人,甚至是大导演唐汉霄。我占据着他的身体,却无法真正拥有他的才华、经历和灵魂,他的痛苦和荣耀皆无法复制,关于他的一切只是像水流过沙一样流过我,而那些才是他伟大作品的源头活水。庆幸于这个悖论,我可以在脑中构建一部属于我自己的《永恒辩》,只是现在,对我而言,电影的意义仅仅是电影。

回到空间站,我跟吴宇年提出条件,"如果想了解整部《永恒辩》,我还需要一个人——李南生,我的工作搭档、制片人、前妻。"

吴宇年随即对方汀勾勾手指,她意会,带着助手奔向基因库。

"之后,我要和她一起回地球。"我口气中带着试探。

吴宇年没说话,灌下一杯麦芽汁,眼中清冷的余光令我头皮发麻。他正要接近我,突然,活动广场和舰桥发出警报,巨大的鸣响伴着红光,我下意识缩紧了身子。他训练有素地快步离开,头也没回地说,唐汉霄,你跟我过来。这是怎么了,我问。你很快会知道,我们存在的宇宙是多么凶险,他说。我依然无法将《永恒辩》跟凶险的宇宙联系起来,只当他是个司汤达综合征①的重度患者,只想从电影中获得一丝慰藉。

披着半截黑袍的杨简军长在舰桥与他会合,他们嘀嘀咕咕着什么行星带、临界点、信息场之类的话。杨简瞥了我一眼,问吴宇年,他就是那个人?吴宇年点头。

作战指挥舱位于空间站的瞭望台最前端,我们站的位置360度都是透明舷窗,能看清整个漆黑宇宙。我又是一阵眩晕,等稍微适应,认出前面一片小行星与陨石形成的环带。吴宇年和杨简等军官在最前方指点着我看不懂的江山,十几位作战人员在操作台上处理雪崩般的信息,各种声音如渔网一样撒张。随即,舷窗的视点不断放大,小行星带仿佛触手可及,那些灰暗陨石后面似乎有蚊蝇般的动静,它们拖曳着等离子光带疾速前进,视角继续放大,那竟然是一支舰队!

吴宇年一声令下,无数蓝色光束如拉满的弓齐齐射向那片星域,光束来自我方舰队,顷刻间,陨石破碎,蚊蝇弥散成齑粉。在行星带之外,天问号舰队正齐力航行成一面无漏之墙,将遥远的危险隔绝在外。舷窗不停变幻成各种视角的作战图,敌方战舰壮烈瓦解的特写,光束穿过小行星掩体的升格画面,我方舰队阵列在前、气势如虹的大

---

① 司汤达综合征:指因"过度"接受艺术之美,而引发心跳加速、头晕目眩甚至产生幻觉的症状。

全景，像电影镜头般快速剪辑，罗组成一幕幕血脉偾张的影像，我看得酣畅淋漓，如亲临那片波澜壮阔的太空战场。

防御战很快以胜利宣告结束，我同他们一起欢呼着庆祝："这是真正的星球大战？"

吴宇年轻蔑地笑了笑："哼，不过是蚊子和苍蝇打打架而已。"

我倒吸一口冷气："那你说的凶险……"

他双手背在身后，看向已恢复正常视角的舷窗说，对方是"飞鸢号"空间站的舰队，自从人类文明进入轨道纪元后，各个部族分布在银河系边缘各大星系内的运行轨道上，一边寻找宜居行星，一边抵抗终将到来的命运。各个空间站相当于从前地球的国家，亦敌亦友，千百年来维持着微妙的平衡。不久前，"天问号"上有反物质武器的消息不胫而走，吸引了附近空间站的注意，所以，就像今天你看到的。什么命运？我问。

他手一挥，视角画面继续变幻。这是无线电望远镜阵列遥测的画面，他说。我定睛看着，那仿佛是包覆着宇宙深空的地毯被掀起了一角，视线内是一幅完全静止的抽象画，没有主体和留白，不符合透视规律，就像颜料随意泼洒，星体被碾碎压扁随意置于画幅上。我们的宇宙正在被二维化，他说。那是五百光年之外的区域，不知从何时起，这个三维宇宙的一角开始跌入二维，三维的其中一个变量被上帝之手轻轻抽掉，就像抽掉最关键的一块积木，整个积木帝国就全盘崩陷。而跌落的速度难以预测，所有三维宇宙的文明都难逃被压扁的命运，除非有先进文明正确掌握了逃逸的方法。

几乎所有轨道文明的人类都相信，这是高维度智慧生命对我们的裁决，或是考验，祂们正在静静地欣赏这一切，我们的世界对祂们来说，不过一掬沙、一场游戏而已。但也有人认为，这是高维生命对这个熵增宇宙的救赎，我们必须抓紧这次大扬升的机会。时间不多了，不超过五百年，银河系就会全部陷落。

"那如何逃逸，如何扬升？反物质武器是不是可以制造一个重力场黑域，以此躲避被二维化？"我霎时指尖冰凉。

"反物质武器是个幌子，反熵增武器，反二元武器，反降维武器，随你怎么说。"

"那，到底有没有反物质武器？"

"有，就是《永恒辩》。"他淡淡地说。

等我再次从眩晕中清醒，用地球纪元对宇宙的理解大致厘清了吴宇年的思路。有一种古老哲学观叫"化约论"，认为复杂现象可以通过将其化解为各部分之组合的方法，加以理解和描述。而东方哲学的"整体观"认为，事物的复杂程度（如人体）越高，因分割而失真的程度就越高，如细致到粒子运行规律层面，某种意义上更接近宇宙本源，因为人体和恒星的组成部分都来自宇宙大爆炸产生的同一个原生原子。

《老子》第一篇中对此有精彩论述：有欲观（即化约论）对事物的认识由"形"而及于"神"，无欲观（即整体观）则由"神"而及于"形"。两欲观法互相配合，互为体用，反复验证，直至完美获取宇宙真实的神形全貌。

这就是二维和三维，三维和四维，$N-1$ 维和 N 维的关系——投影和投影源。每个投影源都能呈现无数无尽的投影，也就是与其对应的信息场，一维是二维的投影，二维是三维的投影，那么我们所在的三维则是四维的投影，三维是"形"，四维才是"神"。我们将被宇宙"化约"为无数个二维世界，唯一的逃逸方法就是，从三维中回归到"整体"的四维。

电影是二维的，而三维观众在观看，即使用化约论来解释，我们在一部电影结束之前，并不知道后面的剧情，前因后果是分割开的，但是，这部电影的导演知道所有剧情，在这部电影还未结束的时候，导演是四维的，他用二维电影，戏弄了三维观众。通过整体观来看，如果这部电影时间足够长，N 维导演，用 $N-2$ 维的电影，糊弄 $N-1$ 维的观众，在观众一直保持观看的状态下，N 维导演，就始终比观众多一个维度，那么，电影结束，导演回到和观众同一个正常维度。

简单点说，要从三维升到四维，同理，需要制作一部三维电影，给四维观众看，在电影结束之前，我们每个人都是高维导演，我们知道所有剧情，电影结束之后，我们即回到四维。完成升维。他郑重地握住我的手，说，所以，在今天，电影的意义是宇宙级的。

太扯了，这比星球大战还黑客帝国！我说。

他接着搬出了量子物理这个大杀器。在静态层面，所有物质由质子、中子、电子的基本粒子组成，在动态层面，粒子呈现的是波的状态，粒子在没有接受观察时以波的形式存在，接受观察时以粒子的形式存在。推广到宏观层面来看，具有波粒二象性的粒子在被观察的那一刻，会产生波函数坍塌的物理过程。当《永恒辩》首次公映即被毁掉时，它的波函数坍塌，所以，从物理学角度来看，它的命运是由它潜在的观众创造的，也就是观察者即创造者。

"如果观察者即创造者,那这部三维电影的四维观众就是在创造啊,并不由我们创造剧情,这是悖论,没有意义!"我舔了舔嘴唇,不确定此时寻找逻辑漏洞是否有所帮助。

"有趣就在这一点!祂们的观察导致波函数坍塌,其中一种结果就是剧情成真嘛,我们扮演的角色成真,戏子的身份消失,所有的一切就都是电影,不存在真实与虚幻的界限,电影永不结束,除非我们失败,跌入二维。你再往高一个维度看,只要祂们一观看,参与观看的这个动作,不也就成了我们电影的一部分?再简单点说,四维生命也在被观看,懂了吗?这正是我们抵抗命运的机会!"

吴宇年和所有人相信,《永恒辩》在首映前被毁的时间点,正面临全球局势的转折点。在此前,人类命运处于混沌状态,电影亦处于诞生和未诞生的临界状态,也就是量子态。那一刻,人类命运和这部电影的命运重叠,接着,"三战"来临,导致二者的波函数同步坍塌。不过,正因为它未被世人看过,只完整留存于我一人的记忆中,即使只是一句台词、一个画面,那便意味着,我的复活就能让《永恒辩》重回量子态。

物理和哲学上的这两套理论模型相互配合、互为体用,正构成了这宇宙的形与神。

总之,吴宇年要完成一部近乎永恒的《永恒辩》,一把三维通向四维的钥匙。这是他在群星冢面壁思考了七七四十九天得出的结论。他说,想明白的那一刻,如同打开一个开关,整个宇宙羞涩而又缄默地为此等候多时。

他把我留在原地,我凝视着作战舱外的星空造景,任由脑子被搅乱成一锅热寂后的浓汤。我从一个只想着摆弄心爱玩具的造戏之人，变成一个救世主。关于电影拯救宇宙的说法，我信或不信，亦是一种量子态，都不再重要，全都是电影的一部分。

当李南生站在我面前，我感觉她是我这一场人生的激励事件①。抱歉把你牵扯进来，我对她说。

我们因电影相遇，也因电影分开。我们在大学一堂影视赏析课认识，我念中文系，她念管理系，她喜欢芬奇、雷德利、斯科塞斯，我钟爱戈达尔、伯格曼、黑泽明，毕业后我们一同去国外深造电影制作专业。同许多爱情故事一样，我们成为彼此的灵魂伴侣，她陪我度过毕业后很长一段失意孤清的日子，后来终于等到了机会。从我的第一部电影开始，她便是我的制片人。婚后，我们共同打造了不少佳作，有引领技术革命的浸入式交互电影，也有坚守传统思潮的复古经典。她懂我的每一个画面，我仰赖她的远见和眼光。正因为电影超过了本身的意义，消磨掉许多东西，我们决定不再以婚姻的形式在一起。

她的诞生也定是为了《永恒辩》，我想。

我们坐在活动广场的台阶上，看着来来往往的新人类。她一头微卷的短发，脸庞清秀又英气十足，睫毛在眼下投下一片栅影，我被她善意的余光包裹着，忘记了外面的冰冷浃宙。我们聊起从前的光鲜或是别的，短暂沉默后，她摸摸耳朵，提起我童年时遇到的那个奇迹，

---

① 激励事件：电影剧作理论术语，即在主人公的行动中发生的一件极其重要的外部事件，是导致主人公往结局上发展的最大助力。激励事件一般出现在故事的前四分之一段。

灵魂游舞者 —— 段子期

"你还记得那次彗星降临吗?你让我相信有注定这件事,就像现在。"

我那时十多岁,生活在孤儿院。一次,和伙伴在户外排练要在慈善晚会上演出的儿童剧,突然有孩子大喊着指向天空。我抬头,看见几束忽明忽暗的光束,像银亮的雨滴垂垂地降下来,不到半空就消失不见了。我继续扮演剧中童兵的角色,将所有异常都当作剧情中的有意为之,我默数着光束的节奏,明暗明暗暗暗明……我记录下来并找到了规律,光束的明暗竟然是摩斯密码,破译出来便组成一个英文单词——Action。后来,新闻报道说那是掠过地球的彗星。

不过,对当时的我来说,那仿佛一个即临的神谕,我相信那是上天对我黯淡童年的补偿或启示,就像剧情里没有巧合。我在伙伴之中默守着这个秘密,在楼顶躺下来,望着无数星星也填不满的夜空,轻轻笑了起来。

我只跟她一人分享过。广场穹顶弹出的时间轴线滑过下一格,四周的晶面墙壁模拟出夕阳照耀下的城市。我接着邀请她去群星冢,看看那些曾经的美丽世界。看强盛的特洛伊城邦在一夜之间被一匹木马击溃[①],一个美丽女人无意撩拨起整个西西里岛的情欲[②],六个不同时空的人的前世今生终交织成一幅壮丽云图[③],留着莫西干头的出租车司机穿行于纽约街头[④],武林高手在竹林间过招踏风踏叶踏过藏龙卧

---

① 电影《特洛伊》。
② 电影《西西里岛的美丽传说》。
③ 电影《云图》。
④ 电影《出租车司机》。

虎的江湖[1]，一个红发女子只需要不停奔跑就能改变命运[2]，看我们的年华在十分钟之内慢慢老去[3]……

当情节、桥段、场景平铺开来，那些天选之子在两小时内历经的所有起承转合，都被暗暗打上了因果的标记。那个木马、那头红发、那片竹林等，某种意义上承载着相似的隐喻。我们在戏外观看，仰赖增加的这个维度，再度窥见了万事万物之间隐秘的联系，每一条线的汇聚与离散，冥冥之中都暗合着宇宙的旨意。

她此刻心醉神迷，我看尽群星的光凋敝于她面罩背后的眼睛，只能感激她一次次陪我周旋快逝的时光。

啊，我们就是为此而生的，不是吗？她说。我释然一笑，仿佛少年一夜长大。是啊，我说。

空间站联邦政府的秘密会议结束后，吴宇年见了我和李南生，看我们的眼神就像看亚当和夏娃，"两位终于相聚了。"直至她也完全厘清吴宇年的戏论，气氛才变得轻松一些。我很羡慕无私者那样的气定神闲，我猜想孤独到底对他使出了什么魔法，助他成为出口即为典律的仙人。

当我再次提到升维计划需要地球时，他紧皱的眉头似乎由我目光捏塑出来一般，随后起身，将一幅画面推到了我们面前。那颗蓝色星球，已不再是记忆中的样子，时间带走了大气和海洋，消磨掉了森林

---

[1] 电影《藏龙卧虎》。
[2] 电影《罗拉快跑》。
[3] 电影《十分钟年华老去》。

与地壳，几百万年的伤逝与欢闹全被她独自承担过了似的，如今只留下一个坏朽的苹果核，静栖于太阳系的碎石之洋上。我和李南生相视无言，因为这难以言述的悲痛，拥抱着哭了好几场。

伤心了不知多久，吴宇年让我们服下一颗药丸，我们才恍然回神，像沉迷在一场太逼切的悲剧中接着被旁人唤醒。我知道，只要有一次沉迷太深，我们被制造出来的整道历程便要被一笔勾销。

于是，我们继续谈论《永恒辩》。

吴宇年宣布了一件事："如果你理解我的意思，那么，接下来，你应该知道怎么做了，这里的一切资源都任你调动，没人会质疑你，你不需要跟任何人解释你的做法，《永恒辩》只在你的脑子里，你可以跟我们描述它、再现它、重构它。不仅是天问号，还有银河系内所有轨道空间站都因这部电影而存在，在刚刚结束的会议上，我们确认，人类文明即刻进入'永恒辩纪元'。"

我看向李南生，她同样惶惑，我开始意识到我们的一呼一吸正在被载入历史，"嗯……我，你还不知道《永恒辩》的核心主旨，我还没……"

"现在，不用告诉我，我们还有剩余几百年的时间去了解。"

"等等，我还有一个问题！怎样才知道，那个裁决或是考验我们的高维文明，祂们正在观看呢？《永恒辩》的观众，真的存在吗？"

对于高维观测者的测验结果，是在创造我不久前得到的。他们挑选了一个离空间站最近的矿物质星球，在接近地心的位置打造了五十多个隐蔽的实验腔室，用一部安德烈·塔可夫斯基的电影《乡愁》作为被观测的对象。除了特制的放映设备，没有任何生物以及能进行观测的科技设备，隔绝所有视角后，将在概率云中捕捉到的电子激发成量子叠加态，并将其设置成启动电影的放映开关。一旦有非人类、非任何科技造物（如空间站附近的探测卫星或侦察舰）作为观测者，它的观察动作在宇宙间不受阻碍地打开了开关，《乡愁》的波函数就会坍塌，它要么自动进行放映，要么从储存设备里消失。

"实验结果如何？"我问。

"有十九个实验室里的《乡愁》被观看完毕，有八个实验室里的电影消失。这说明，我们正在被观察，所以，关于拯救三维人类的设想很可能行得通，于是我们想起了《永恒辩》。"

"高维观察者到底是善是恶？祂们为什么……"

"没有善恶啊，宇宙本没有目的，一切所见都合乎它自己的情理。"

李南生自言自语着："那如果，祂们也感受到了同样的乡愁……"

吴宇年的眼神落在虚空，仿佛有什么接管了他的心智："也许吧，乡愁，在祂们的更高维。"

接下来几天，我强迫自己处于一种冥想状态，生物电脉冲的刺激将许多潜藏在大脑海马回的记忆打捞起来，如远处的波涛乘风翻卷而至。我和李南生对此进行过多次讨论，她并未看过成片，但记得在制作过程中，摄影、美术、灯光、场务，每个人都把那一切当作唯一的真实。

在花费数年搭建的那个没有边界的电影场景里，街道、房屋、建筑、交通、道具样样形神具备。在那个"永恒城"，包含着过去和未来的时代，没有被标记的时间、被命名的空间，没人喊 Action 和 Cut，没有剧本和刻意铺排，所有疆界都在宏大的日常中渐渐消散，演员和观者模糊了自己的身份，第四堵墙被彻底打破。

灵魂游舞者 ———— 段子期

你会在酒馆里遇见宇航员和唐代诗人坐在一起推杯换盏，在巨石神像广场看见外星生物和耶稣面对面并对其虔敬膜拜，在日落海滩围观一场机器人乐队的海上朋克表演，在城邦高塔之上望见中国皇帝吟诵莎士比亚的绝望之诗，聆听由亚特兰蒂斯海底传来角斗士与锦衣卫的怒吼回声，欣赏天使和魔鬼奔走到人间忘情地拥抱和亲吻……

每一条线的汇聚与离散，无不在昭示一种自我指涉式的凝视，每个人，都在自行演绎着一个关于永恒的故事。而你也在演绎自己，她说，嘴唇微微颤动，一种异样的情绪在她心中起伏，直到完全接纳了这伤感和惶惑。

"你第一次不同意以银幕动作为动机，跟所有人解释说，我们与时空的关系即将在这部电影里被重写，因为你开始用以往绝无可能的方式，来探索人生中这个不可捉摸、无可挣脱的特质！"她短发的可爱模样令我想起我们的第一堂课。

我点点头，闭目凝想那一如蜃楼的造景，那些不顾命运裁决的时空、叠加、卷曲在一幅画面里，八个小时，这短暂的思想分明有我长久的愿力，我感到一阵喜悦和安乐，仿佛回到地球、回到家，一个人在暗室里，看完它。我雀跃地向她陈述这一切，只有不加分别地沉浸于此，才能窥破这表面的无序与眩晕。

而正是这不可思议、不可言说的主旨，《永恒辩》才在我脑中渐渐显形，我突然意识到，只需要将这个主旨延续下去，就能痛快地打造一个宇宙级的隐喻。

我牵着李南生的手，痛快地告诉吴宇年，你的设想没有错，宇宙不过一场实验、一场表演！从地球诞生起，剧本便开始落笔第一字，所有剧情和结局都已写好,激励事件何时出现,第一、二、三幕何时开启,主角何时遇到导师、看见神启,一切人物与事件都在钩挑波撇,直到抵达那个至中至正的主旨核心。就是如此,你最好知道自己正在被自我观测,借假修真,最后在一切结束之时,完成对永恒的指认!

他闭目,嘴角浮起一丝微笑,仿佛流浪者在竞逐一个不被理解的宇宙,而现在看到终点。

"天问号"日与夜的交替遵循最近一颗恒星的运行规律,李南生的睡眠舱在我边上,像一枚茧,我们像从前一样互道晚安。看着她与世界重归于初的背影,我想我是忘了咒语,不然可以催生一次夜晚的霜降。

在我发表《永恒辩宣言》那天,我和李南生乘坐太空穿梭机造访了这片星域的其他空间站。我第一次看到"天问号"全貌,在天鹅绒般的黑色背景下,她就像折叠的白色长城,上下相接,烽火四溢,固执又羞涩地向宇宙发问。

吴宇年披上半截白袍,将我们接驳回作战舱。一切准备就绪,杨简军长向他郑重致意,方汀、严伦、宦杰等执行官在工作台紧张操作,漂浮的图像和数据在他们手中飞来飞去,几十个微型无人机扫描出我的全息影像,所有眼睛都在看着我。

我定立在原地,恍若身不在场,李南生在背后轻轻摇晃我,像摇撼一罐沉积许多原料的果汁。我定了定神,吴宇年随即宣布,与银河系悬臂内所有轨道空间站开启中微子通信频道,接下来,我的每一句话将会即时传递至永恒辩纪元的所有人类面前,造就全新的历史节点。

"各位，我是来自'天问号'的唐汉霄，不久前，我仅仅是一个基准人，如果真有不可违抗的命运，我想我撞上了，因为电影。在从前的地球，电影只是一种表达载体，而现在，我看到了其中无限的含义。"

"是的，从现在起，我们将一起完成一部伟大的电影，叫作《永恒辩》。这部电影，没有特定的剧本和情节，没有主线与支线，场景设定在宇宙任一角落，时代即是我们身处的当下，不需要文字和语言来说明，《永恒辩》的主题内涵就在过程中，我们演绎它的过程中，任何关于电影的目的都不存在，最好让一切自由发生。"

"只要继承了《永恒辩》的核心主旨，我们就能再现它、完成它，不用谈论、不要辨认，这主题原本就是不可说。那么现在，电影已经开始了，每个人都要记住自己的角色，你是一位执行官、领航员、舰长、医疗官、配餐员、修理工，你还可以是艺术家、思想者、觉悟者、师长、朋友、爱人……"

"职业和身份只是一层外衣，你和你的角色彼此清晰可辨或无二无别。都不重要，你在完成自己的工作，参与一项活动，帮他人做一件小事，你穿梭于睡眠舱、工作间、实验室、数据库，甚至是太空战场，你是电影的一部分，在这里，没有绝对的主角，你的故事自成逻辑，你的每一句话、每一次呼吸、每一个念头和动作、每一次感到甜蜜或惶惑，你做梦、你洗澡、你哭泣，你在任何时候，请记住，我们在电影中，在《永恒辩》中。"

"你可以把这当作一场疯狂的真人秀或思想实验，没关系，只要维持我们在宇宙间的生活，电影就还在继续，永不落幕。你在造戏，也在观看，不仅如此，宇宙中还有很多我们的观众，但唯独我们自己掌握着全部的剧情。我并不知道故事的下一秒会发生什么,而我正在通往下一秒的时间里,与之共存,所以,从头到尾,只由我们自己来指认一个开端和终局。"

"我是《永恒辩》的导演,你也是,我是我找来的一个角色,来负责扮演。我会分享最重要的观点,接下来,没有人知道这是不是一部电影,自己是不是在扮演自己,任何话都是台词,一切动作都是故事动机,就算是自己对自己说 Cut,就算故意与观众对视,就算对此充满怀疑,那也是电影的一部分,谢谢你们造就永恒。三维宇宙还在继续滑向渊薮,在得到拯救之前,一切,都是《永恒辩》。"

"那么,Action。"我说。

我的目光穿过舷窗直抵太空深处,仿佛看到宇宙轻轻抬起眼睑,垂阖之间向我致意,我们同时被一种温柔的思想击中,即"电影开始了"。

"天问号"热闹了起来,方汀每天要处理各区域技术与思想的升级需求,他们在熟练操作物质转换器的同时,也想熟读诸子百家和莎士比亚,能默记猎犬座星图中每一颗行星的坐标,更能辨别协奏曲中的任一音符……跟原始电影里的角色一样,在此时此地,扮演那些穿梭于过去、现在和未来的人,他们说这都是为了《永恒辩》,新使命让新人类找到了漂浮在太空的意义。

有不少外交使者前来造访,我们还收到来自空间站和星球基地的邀请,要求为《永恒辩》制作留存于世的说明书和编年史,设计完整的主视觉、衍生品,将《永恒辩》具象成图像、标记,穿的衣服、吃的食物、行走的姿态、星际通用语言的风格,等等。

还有正在进行的星际拓展计划请我们重新命名、制定战略，有些事李南生比我更在行，她擅长将流程规范化，为想象力提供无限的空间，所有可见的资源在她眼中就像排兵布阵，如同在宇宙中编织一件轻盈的织物。她的头发一天天变长，是我没见过的模样，一种淡漠和自在的气质将她如夜景般蒙在眼帘上，我常常侧目凝视，看见自己的喜悦在她睫毛上摆荡，我知道我会像从前一样依赖她。

　　联邦政府给予我们最高通行权限，我们有权参与各大空间站的重大决议，讨论未来能源、武器的发展方向，确保故事线在《永恒辩》的指引下向着最好的终点而去。有更多人喜欢去群星冢看电影，方汀激动地说，她爱上了《星际迷航》里长着尖耳朵的男二号，这种感觉就像是以身外身做梦中梦。严伦和宦杰在一起看完《断背山》之后，突然对彼此有了一种异样的感觉。吴宇年和杨简不再担心小行星带外有敌人进犯，因为对方也正忙着制造电影中打破平衡的激励事件。

　　渐渐地，他们跟从前的我和李南生一样，迷上了那些充满隐喻的画面，就像每个人正在经历的此刻。炮弹轰向人脸一样的月球[①]，小胡子工人被卷入大机器的齿轮间[②]，猿猴抛起骨头下一秒切向太空飞船[③]……如此种种，令他们深谙如何将自己打造成一个隐喻，只身试探这三维宇宙包容力的深度。

---

① 电影《月球旅行记》。
② 电影《摩登时代》。
③ 电影《2001：太空漫游》。

新人类感到对二维化危机的恐惧在慢慢消解，他们坚信，只要活在一种近乎永恒的状态中，来自星际空间的任何打击都对此无计可施，这种信念不是像电影中相信正义终战胜邪恶或是爱能拯救一切的论调，而是一种不可摇撼的本能。只要《永恒辩》还在继续，我们终会得救。

一切都在变得有序，而有时，当我独自面对吴宇年，却难掩疑虑，这个计划包不包含别的成分，比如超出事实以外的。他的目光在群星间闪烁不定，接着摇头，宽慰我说，我也看过很多电影，疑惑、焦虑、摇摆，主人公在踏上冒险旅程之前总会有这样的心情，正因为如此，他才鲜活起来。你也同样，已经不只是基准人，而是一个鲜活立体的人物，你有你的喜怒哀乐，会脆弱会害怕，也会因为某个人变得强大起来，就像个孩子。你时常怀疑自己，甚至陷入精神困境，但你学着从热爱的事物中寻找勇气。这个地方给你一种逼仄感，你想活在恒星下，可是，人类共同面临的恐惧让你不得不承担起责任，主动或被动地走上这条救赎之路。这才是你，在一个很重要的节点，接受了一个任务而已，电影里，最让人感动的就是人物弧光，不是吗？

我顺着他的目光探向恒星照不到的地方，任由自己在他口中被慢慢调校成形，甚至想象着，我会不会是原初的唐汉霄安排好的一个角色，在他死后千年，由我来演绎在遥远星际空间里导演一部太空歌剧的故事，只需要讲好故事就行了，如此而已。

"天问号"校准着日与夜的分界线，我忽然有种夜观明星的清朗，感觉自己像滚雪球一样饱满起来，一路吸取所碾过的事物，而电影，才得以任其意志自由来去，按照自己的情理去畅言。

我选定了一天作为永恒节，这一天是地球传统文化的复兴日，我们穿着从前的衣服、唱古老的歌、畅聊旧时电影，可以扮作"永恒城"里的任一形象，宇航员、唐代诗人、外星生物、造物主、机器人、皇帝、角斗士、天使或魔鬼，在创作者的笔下受难，在自己所造的舞台上，不眠不休地在知觉里流窜。不止那一天，剩余所有时间都是对《永恒辩》八小时的演绎和延伸，浸入生活的仪式感，如同雪溶于水般在庞大的人群中散开。

我提出了群星命名计划，用地球纪元电影人的名字，重新为群星命名，从太阳系到半人马座星系，从最近的轨道星域到浩瀚星图里的标记，都被汰换成我们曾无比仰慕的那些名字。李南生觉得饶有趣味，将三光年外的两颗比邻小行星冠以我们的名字。很快，电影人的名字不够用了，就用电影的名字。我们时常在空间站瞭望台的观星舱躺下来，看到那一颗颗美丽而非凡的星球，孕育着令人敬畏的奇迹，四百击星、七武士星、霸王别姬星、第五元素星、阿凡达星……这壮丽的版图之上，一定也有很多眼睛正凝视我们，看见我们对未来的渴仰在一片荒芜中激荡着。

我给自己找了一份工作，在数据分析舱负责观测宇宙二维化的速率和态势，每天记录不同星域的二维图像，和测算员一起计算三维星云陷落的空间物理模型，以此推算永恒辩纪元剩余的寿命。活动广场穹顶的时间轴线换成了倒计时，我们每天在广场上来来往往，抬起头，把自己想象成一根手握箭头的秒针，不断抵抗着数字的逼近，然后，我们会活得更加用力。

我常把休息时间花在观测上，因为无线电望远镜阵列的视距有限，我们根本看不到二维化起始的地方，就像在摄影机框不到的法外之地，有人伸出手轻轻一弹，多米诺骨牌接连倾覆。我们不知道在那片想象力都难以抵达的辽远空间发生过什么，是将宇宙规律当作终极武器的星际战争，或仅仅是宇宙自然换季的新陈代谢。

我目睹过无数了无生气的二维死亡图像，更像是被切割成无数碎片的抽象画，有的是色彩恣肆的泼墨涂色，有的则像细胞般的切片，那也许只是一粒宇宙尘埃被无限压扁成数十万平方公里巨画的一个细微角落，这些维度与向量的反差，常常令我头晕目眩。我试图寻溯作画者精神热寂的漫长过程，但这幅杰作就像是从瓶中打翻的液体，在摩擦力为零的平面四处流淌，毫无规律可言。

李南生加入了方汀的队伍，在剧情的推进中熟悉"天问号"的每一条经络，她还承担起部分外交任务，维护各空间站之间的资源平衡。我们在各自的工作中感到愉悦和平静，也体会到了时间流逝的微妙。

我在观星舱的一次冥想中，忽然想起小时候看过的翻页动画，抬起头望向星空。不经意间，我想象着将脑中排布的那些二维画按顺序翻动起来，一帧一格的图像连起来，就像是连续的动态影像，而流动起来的影像再用一根假想的时间线串联起来，排列成没有疆界和尽头的动态阵列，而这，就像是从四维看下去的无尽的三维世界！我仿佛看到了跌落的星系、压扁的原子被悉数还原，看到时间倒退，一杯泼洒出去的水重回杯子里。

我惊叹于这个发现，继续往思维的深处漫游。将我诞生在"天问号"后、人类文明进入永恒辩纪元后、永恒辩宣言发布后的所有流动画面重新排布，包括其他空间站的剧情，我见过或没见过的全部场面，尽数纳入这个无穷无尽的动态阵列中来。

这些被时间串起的三维空间，不受取景框的限制，溢出眼睛的银幕，从定格的故事板活生生跃出，如同细碎的彩沙被一粒一粒堆塑成庄严绚丽的坛城沙画。没有过去、现在和未来的分别，尽数嵌合、铺陈在大脑的无限疆域中，所谓电影的时效、律则、核心主旨，尽被颠覆与重写，一部叫作《永恒辩》的电影在文明陷落之前被我全然窥见。

霎时间，我仿佛从高维领悟了这一切，宇宙在垂阖之间向我透露出她紧咬的奥义，让我们在跌落二维的过程中，剥茧出攀升至四维的广阔通路。似乎有群星冢的光流淌至眼前，周围的寂静把我推斥到角落，我好像听见祂们说，"这便是我们观看电影的方式。"

《永恒辩》的波函数坍塌了，而我已了然于心。我默守着这个秘密，好几次在观星舱泪流满面。

我有了更多的计划，我先告诉李南生，她再将这些看似不着边际的计划规范成可视化流程，她永远知道我在想什么，这是我们从地球带来的默契。我想通过 3D 打印制造出一个新地球，她就叫乡愁星，她的卫星叫作卢米埃尔星。我还设想在两百年内研制出上百艘光速引擎飞船，开发可控核聚变技术模仿恒星动能，借助量子力学完成永动机的设计，并由此校准反引力场粒子的空间跃迁实验，和银河系悬臂内的所有空间站共同开启星际长城计划，将光速航道拓展至银河系外的宇宙空间……

我还跟随吴宇年、杨简出征过几次大大小小的银河系内战役和系外征战，将最边缘地带的文明部落一并统一进永恒辩纪元，也遭遇过多次外星文明的造访，在多轮斡旋、对抗中，对方亦接受了永恒辩宣言……

这些剧情的冲突和转折，反而加速实现我提出的技术跃迁计划，需要漫长世代才能开启的宝盒，因为有了我们关于"永恒"的共同信念，竟也在短短一百多年内全数完成突破。

而这一切对我来说，如同抬起脚精准地踏在宇宙逆熵的步履上，或者更像是电影预置好的 Scene 1、Scene 2、Scene 3……我只要照此映画，即是在雕刻宇宙的时光和律则。

新人类的心像是换了一样，人类文明的命运在我们心中清晰可辨。《永恒辩》这壮烈不可闻问的美，本无法被捕捉，可冥冥之中，有一条线串联起了逻辑和非逻辑，连接上了或然性和必然性。

我们的年华在五百年中都不会老去，我们继续在《永恒辩》中穿梭，人类文明渐成一个共生体，切断了命运混沌的输送。于是，三维宇宙的每一场星云后退、星际长城点亮的每一处烽火、生命的每一寸呼吸、粒子层面的每一次运动迁流，我们在观看、计算、伤感、繁衍、梦呓、飞行、拥抱，倏忽如蜉蝣，也都是《永恒辩》的一部分，甚至是正在看《永恒辩》这篇小说的你。

我完成过很多故事，只有这一个被保留了下来。

几百年间，我们在《永恒辩》中接近永恒，我们乘坐恒星际飞船横渡银河系的几条悬臂，在群星的鼓舞下，跨越数不清的光年，途中绕过黑洞的引力范围，欣赏过超新星爆发后的绚烂，还遇到越来越多在星际间驰骋的生命，我们热情邀请祂们加入一片繁荣的新纪元。我们继续寻找新家园，一颗值得停留的行星，我和李南生还在那两颗以我们名字命名的星球上行走过,像是穿梭于灰色和白色的布景。

穹顶的倒计时归零后,我们渐渐共存于时间,在漫长的电影中,互相依靠人性的余温取暖。太阳底下有过的新事都被我们演尽了,但我总能发现更新的演绎方式,人性的、诗性的、神性的,我们继续在无限延伸的故事场景里,领着各自的剧情线越走越远,甚至是进入量子和比特交互的奇点世界,或是冲向振动频率场中不可视的能量空间,都尽在伟大的《永恒辩》之中。

尽管如此,这部电影的核心主旨却从未改变,它比恒星的光焰更闪耀,比黑洞的力场更持久。宇宙图景不再像从前示现的那样,它已随着我们的创造而变了模样。

就像这部三维的《永恒辩》,带领我们往更高维度攀升,第四维、第五维、第六维,生死爱恨的故事投影无穷无尽,为我们铺垫条件,得以探出身子去供奉高高在上的弦的心跳。而每增加一个维度,我们的生命就重新汰换成一种全新的形态,接近光、接近一念、接近本初的那个投影源。

所以,电影也有了新的形式,我们不再需要用眼睛观看、耳朵聆听,领略她的方式不可思议、不可言说,只要宇宙还在,永恒的电影就会一直继续,百万年、千万年,她永不止息。

我还陪在李南生身边,她在陌生星系中不知疲倦地漫游,群星似栩栩如生的游乐场,我们会在攀升路上遇见新的激励事件,她总是对我发出一丝愉快的思想:"冒险又要开始了!"

有时,她累了停下来,像蝴蝶一样栖息在一颗新星球,我总会在此刻想起那颗蓝色的乡愁星。我在她编织的《永恒辩编年史》中搜寻古老的记忆，想起一部叫作《公民凯恩》的黑白电影，主人公在死亡前还嗫嚅着童年心爱的"玫瑰花蕾"。

玫瑰花蕾，乡愁星就是我的玫瑰花蕾，我对她说。

我终于因为《永恒辩》而看到无尽时间长流中的乡愁星，清晰地辨认出剧情是如何演送到现在，于是不可避免地看到启程的时刻。她从初生时的鲜嫩萌芽，到文明走向巅峰，再到最后余下一颗苹果核。

我看到混沌之中有生命从久梦的大地深处抬起头，看到恐龙和猛犸象接连踏过平原与冰川，看到原始人类在迁徙和斗乱中学会使用工具使用火，看到帝国被奴隶的血肉筑起又溃散如蚁穴，看到无数神祇被人们建造膜拜又遗忘，看到无数智能机器将城市密密包裹，看到核武器爆发后的能量将一切吞没，看到人类文明在银河系艰难重生……

我看到她电影中的每一幕。

我愉快地选中了此维度之下无数颗乡愁星中的一颗，她看上去就像一个青涩的苹果，她的文明尚在褓褴。我在思维场里感受到无限自由，是因为她的未来也有着无限的可能性。

我想要对我的玫瑰花蕾说话，我说。好啊，她的思维弦轻轻振动。

于是，我将要说的话，一丝一缕编织成彗星的轨迹发送至那里，那是一串旧式摩斯密码。如果有人类看到并认出，我相信这个小小举动，会启蒙乡愁星的生命找到自己的剧情线，一步步走向更深远的宇宙，就像那句"要有光"。

Action，我说。

深夜加油站遇见苏格拉底

有一道光刺入，那光亮强到如天地混沌初开，箭矢般冲向他的眼睑。他想要醒来，但却不能。

他感觉身体正在下坠，在意识的沼泽地里越陷越深。仿佛有黏稠的液体从头顶浸入，渐渐填满体内器官之间的所有空隙。碎片般的思维试图聚集、靠拢，却被一股无形的斥力反复冲散。他知道苏格就躺在旁边，距离自己不到一米，但此刻，她却遥远得像波江座的一粒尘埃。

声音一直很嘈杂，空气中有消毒水的刺鼻气味。梦境跟现实似乎永远是此消彼长的关系吧，当他意识到自己在跟宇宙中最强大的力量对抗时，才有一丝机会，跟梦告别。

却也不是梦。

***

23:48

丁皓开车行驶在夜幕的公路上,百米外的加油站是附近唯一有光的地方,他准备停在那儿打个盹。

整个加油站没有一个员工,超市灯牌是一个海边日出的图案,海面上露出一半的太阳,旁边有两棵椰子树。自从有了自助加油机、无人超市、无人餐厅,这座城市变得越发空旷。

加完油后,他打量着车窗里的自己,头发凌乱,唇边的胡茬是刚冒出来的,疲惫的眼睛陷入眼眶,他才二十五岁,看上去却像个刚经历一场失败婚姻的中年男人。他趟进车里,紧了紧外套,准备做个美梦来缓解这一刻的疲乏和沮丧。

"你能帮我看看吗?这台机器好像坏掉了。"一个年轻女人的声音隔着玻璃将他的耳朵唤醒。

当丁皓睁开眼看见她后,庆幸自己没有假装睡着。他揉揉惺忪的眼睛,打开车窗,一股带着茉莉香气的风扑入鼻息。

"不好意思,把你叫醒了。"她带着歉意冲他笑了笑。

"嗯,怎么了?"他清了清嗓子,走下车。

"男生应该比较懂这些机器吧,它像是失灵了。"她一眼看去酷劲十足,穿着黑色皮衣,长发微卷散在肩上,轮廓分明的脸上带着些孩童般的稚气。

"这么晚一个女孩子在外面,你就不怕我是坏人吗?"丁皓不敢多看她,在加油机面前检查起来。

"我带了防狼喷雾,瞧!"她掀起衣服的一角,内兜有一瓶灌装液体。

丁皓笑了笑,鼓起勇气跟她对视了一眼,"今晚你应该用不着它。"

他接着去检查其他几台机器,无一例外显示故障,"奇怪了,刚才还好好的。"

"啊,那怎么办?"

"要不你在这儿睡一晚,天亮后再找人来修。"

"那我可能要赶不上了。"

"赶不上什么?"话刚落音,丁皓意识到自己不该问她的私事。

"赶不上……"她顿了几秒,"去一个地方。"

"哦。"

"你呢,你去哪儿?"她的眼睛看上去是深蓝色的,跟夜幕一样,闪烁着一丝轻盈且敏感的聪慧。

丁皓舔了舔嘴唇,右手插在裤兜,想到自己毕业后一事无成,挫败感又涌上心头,特别是在这样酷的女孩面前。他拿着摄影机到处拍,想要纪录或探究什么,城市的变迁、人的善变,或是凌晨4点48分为什么是人最痛苦的时候。他最想拍的是不同的人仰望星空的表情,如果素材足够多,他也许会将这些寄给NASA,让他们往太空发射探测器的时候,别忘了向外星文明展示人类最虔诚的一瞬。

可他爸爸却说这些东西连房租都挣不回来,不如琢磨怎样才不会被机器抢走饭碗,而不是赖在家里混吃混喝。要不,你搬出去吧,妈妈说。

丁皓决定拍完最后一段星空素材，就去努力学习跟机器竞争，这趟旅程算是一场费心安排的告别，与曾经那个想要打破某种常规的自己。

她是一个很好的聆听者，她会在他的每一个停顿、转折里，不动声色地投射进自己的感情，带着一种谦卑和热切，近乎感同身受，而且是对一个全然陌生的人。

"抱歉，我是不是说太多了？"他转而挪向车尾，想挡住这台旧车上被蹭掉的漆，它就像一块滴在胸前的油渍。

她笑着摇摇头。

一阵短暂的沉默后，她仰起头，望向夜空，双手做祈祷状，"是这样吗？你可以拍我了。"

在这一刻，丁皓应该是爱上了她。时间仿佛被压成一张厚度为0的油画，那种无法言说的感觉持续了几秒，又像在他心里蔓延了几个世纪。

他呆呆望着她的侧脸，希望黎明暂时不要来惊扰这个深夜的加油站。

如果有一台机器可以计算人生，那这段记忆会在他往后人生中被想起五百四十七次，就像程序被读档。

那时的他不会知道，她会和他在一起。几年后，在城市某个相似的加油站里，他会向她求婚，之后，他们将一起度过生命中的十年。这个加油站改变了他的一生，他在旅途过后不会放下摄影机，她仰望星空的神情对他来说是一种救赎。

他们会像世界上大多数人那样，彼此相爱、接着被琐碎打败，他把她卷入生活的旋涡，直到一个新生命的到来。然后，他们再一同失去还未长大的他。他们会分开，再也不相见，如同参宿和商宿，除非，命运偏要两条渐远的轨迹重新相交。

他不知道。他还以为是个梦。

***

加油站那晚的三年后，丁皓拍出了那部纪录片——《仰望星空的人》。在拍电影时，他从未那样栩栩如生地活着，他把自己的爱和才能全都倾注到电影上，像是播撒下一颗能生长出万物的种子。

庆功宴当晚，不少人专程为了他的电影而来，可她并没有及时出现。

宴会厅里都是穿着礼服互相攀谈的人，丁皓不时紧一紧领结，努力适应这里的喧闹。

陆续有人过来问好，表达对他作品的赞许，他报以微笑，晃着酒杯一边说着无关紧要的话题，一边望向门口。

他本打算在今晚求婚，如果没有她，这部电影存在的意义仅限于与人分享的愉悦，而不是一个踏踏实实的终点。可有时，她就像一阵风，让人捉摸不透。

直到浮华散去，她才匆匆赶来。

丁皓轻轻叹气,"本来想给你一个惊喜的……"

她指了指怀中的书本,脸上堆满笑,"对不起啦,学校的事太多,实在走不开。"

"今天对我很重要,你应该看看他们欣赏电影时的表情,我就是想在那个时候向你……"

她的眼神越过他,望向远处,"我还记得电影最后一个镜头!是无数人的脸消失于群星的画面,真美,像是有一种力量把我们跟宇宙连接在一起。"

"那都是你给我的灵感,所以,我想跟所有人说,是你。"

"这些都不重要。"

"什么才是重要的?"

她没回答。

暮色四合,城市犹如一幅用色过度的油画,霓虹灯装点在排列齐整的大楼之间,车流速度、全息广告投放频率、轨道调控方向,一切都经过程序精心设计。

他开车载她回家,他喜欢谈未来,她喜欢聊过去,电影再梦幻都要退居生活背后,但他们总能在其间找到一个平衡点。

车子经过附近的加油站,她指了指前方,"在这里停一下吧。"

"嗯?"

"你不是要给我惊喜吗?"她冲他眨了眨眼。

丁皓瞬间明白了她的意思,他的心在一种热情的惶恐中猛烈跳动。她总是能默默地洞察一切,这让他觉得自己在她面前是透明的。即使最快乐的时刻还没到来,他已经被这快乐淹没了,他感觉自己与此刻的世界保持着生动和谐的运作，一种"他正活着"的信息如风暴般穿过身体。

他们第一次相遇就是在这样的加油站，他下车，为她打开车门，然后从衬衣口袋掏出一枚戒指。他没有发问，只是看着她，看着那双眼睛里的璀璨星河，自顾自在里面游起了泳。

"此时此地。"她说。

"此时，此地？"

"对，你问我什么是最重要的，就是此时此地。"

问题和答案。拥抱。亲吻。夜晚。加油站。

除了此时此地，什么都不重要。

***

1:32

夜越来越深，月亮有种凉薄的美感，加油机依然显示故障，似乎故意为这对初见的年轻人制造更多时间。

丁皓拍下她刚刚仰望星空的神情，那瞬间，似乎有流星在他胸口坠落。他想说什么，又好像说不出口。

"对了，我叫苏格，你呢？"她看向他。

"我叫丁皓。苏格，这个名字好特别，跟苏格拉底有关吗？"

"是啊，我爸妈在大学图书馆认识的，他们在架子上拿了同一本《理想国》，就这样。正好我爸姓苏，妈妈就给我取了这名。"

"挺浪漫的。"

"没想到,后来我还真考上了哲学系。"苏格低眉笑了笑。

"那在你们哲学家眼中,这世界是什么样子的?"丁皓语气带着一丝不自信的试探。

"这个世界,是它偷来的样子。哈哈,其实我也不知道。在我眼里,没那么多条条框框,它是什么样,取决于你当下这一刻的想法。"

"现在,我挺快乐的。"

"所以你看,那些星星也很快乐。"苏格指了指夜空,最亮的那颗星正在她指尖闪烁。

丁皓暂时忘记了夜的深,他想将一生都定格在这一刻,他想把这世界变成二维底片,在幽幽的暗室里,一次又一次和她重逢。他不知道自己是怎么了,毕竟和她只是第一次遇见,跟无数次同陌生人擦肩而过没什么两样。

但这一次的确非同寻常。

"不如你先睡会儿,之后我开车送你去目的地。等办完事你再回来取车,怎么样?"

"可是,这样不会耽误你吗?"

丁皓摇头,用脚碾了碾地上的石子,然后把它踢远。

苏格的车是红色的,像火和太阳,透着一股生命力。她睡着了,头靠在玻璃上。丁皓回到自己车上,一边望向她、一边默数自己的心跳,像个忠诚的守卫。

他不敢睡去,生怕会错过什么。

时间不知过了多久,苏格醒来,眼角挂着泪水。她对他说,她做了一个无比漫长的梦，梦见苦乐参半的未来。在那个未来，自己生下了一个美丽的男孩，然后又看着他离去。

"感觉好真实……"

她突如其来的眼泪让丁皓手足无措，他想把手放在她肩上，却又缩了回来，他只得微微倾斜僵直的肩膀，暗示她这儿可以依靠，"别害怕，梦里再难过都会醒来，好的不好的，都会过去。"

苏格点点头，瀑布般的头发上下抖动，她用指腹擦去眼泪，慢慢恢复平静。她抬起头注视着他扭成奇异角度的肩膀，随即将手放在他肩上轻轻摩挲了两下，表示感谢，"我没事了。"

"那就好。"

在离家之前，爸爸也在丁皓肩上同样的位置拍了拍，手势不同、力度不同，肌肉的记忆也不同，两种感觉却在此刻相互叠加。他的肩膀似乎成了一张复写纸，每一次书写都让从前的印记更加清晰。

"不如，我们出发吧。"她说。

苏格坐上丁皓的车，向着目的地出发。他在无人超市买来一些牛奶和饼干，她看着食品包装上的图案，都是那个海边日出的标志，跟超市灯牌一模一样。她若有所思，目光又落向别处。

车子驶离加油站，进入高速公路。深蓝色夜幕笼罩着大地，仿佛流畅画面中的一格静帧。

"我突然觉得这里发生的一切，都好熟悉，包括那个梦……"苏格似在喃喃自语。

"嗯，是吗？也许是……"行车速度保持在七十迈，他不想太快到达。

可是，在她做了那个梦之后，有些东西似乎正悄悄发生变化，包括这静谧的深夜，但具体是什么，他又觉察不到。

或许，不那么重要。他这样想着，试图转移注意力，"对了，你喜欢听什么音乐？"

"你可以给我听听你喜欢的，然后我再告诉你我的感觉。"苏格侧过头看了看他。

音乐搅动起车内的冰冷空气，她渐渐放松下来。他们对这些音乐发表各自的看法，哪首跟周末晚上最衬，哪首会让人梦到银河。他认真听她不经意间提起的往事，默默在脑海中拼凑着她的过去。

她来自知识分子家庭，良好的学养让她有不少追求者，她最常读的一本书是尼采的《快乐的知识》。她永远精力充沛，总能带给周围人能量。

在他们相识几个小时内，音乐承担了催化剂的角色。

二十世纪的美国乡村民谣。喜欢。

值得开一整瓶红酒来与之相配的爵士乐。喜欢。

一部文艺爱情电影的原声带。喜欢。

丁皓窃喜，他还想分享更多，或许有一天他也能为她写首歌。

可是，就在上一首音乐拖着尾音、下一首即将登场的缝隙，诡异的一幕出现了。路的前方依然是一个加油站，和深夜 11 点 48 分时遇到的那个一模一样。

他们被卡在《There's only one way out》和《U-turn》之间。

***

婚姻无疑是一所最好的学校,加油站遇见后的第五年,他们慢慢领悟什么是真实的生活。爱情跟电影一样,同样要退居生活背后。

他们共同拥有一所漂亮房子,他在客厅做了一个大书柜,摆满了她钟爱的书,即使有不少他都看不懂。

"全都是快乐的知识。"丁皓搂着她,一脸骄傲。

苏格头靠在他肩上,肌肉记忆又一次经过复写,留下了"他正活着"的印记。

丁皓和苏格在这房子里度过了很多时光,像所有夫妻那样。他们会各自忙碌,在不同房间进行自己的工作,他常常闷头做剪辑直到深夜,而她则要准备读博期间的深奥论文。他们会在中途休息时,在沙发上一起喝杯咖啡,互相鼓励和拥抱,转而又进入各自房间,像两趟方向不同的旅程、偶尔在中转站相交。

他们也常常争吵,为了一些无关紧要的小事。

白天的事弄得有些不愉快,丁皓的父母来看望他们,苏格提前做好清洁,准备好午餐。

两位老人一边吃饭,一边就周围的陈设发表对他们生活方式的看法。

看到什么能吸引注意的东西,老人说的话就会停顿一下,仿佛屋子里的一切都变成了标点符号。丁皓一直注意着苏格的脸色,她保持优雅的沉默,直到一个关于女性在家庭中的身份问题被老人提出,沉默才被打破。

送走父母后,丁皓到家已是晚上。苏格在沙发上翻看一堆论文,背对着他。

他感觉自己像一个天秤,被不同方向的力量往下拽,"你吃饭了没?""吃了",苏格没有回头,她的背影单薄瘦削,让人想紧紧抱住。

尽管心里充满歉意,但他觉得此刻的她有些陌生,只是一瞬间。每每面对分歧时,她都异常理智,他甚至在想她是否爱过自己,还是找不到更好的选择。

他又摇摇头,仿佛竭力否定这个不合时宜的念头。她是爱他的,这毫无疑问。

记忆中无数个她的影子跃入脑海,大笑或是睡着、被日出感动或是因自省而沮丧,那么鲜活,那些她存在过的时空并没有坍缩,而是在他心里加速膨胀。

很抱歉,今天没有让你感到快乐。他想。

他热好一杯牛奶放在茶几上,望着她的侧脸,又止不住想起他们曾经共同拥有的很多时刻,窝在沙发里为对方朗读,躺在高原上仰望星空,在末班车里扮作陌生人相遇……

那些激情和智慧都无用的时刻,他的所有思虑都被二者同时安抚,最终凝固成一个不被线性宇宙摆布的完整时刻。哲学之钟停摆,所有求索都悬在半空,不能够被观察,就像量子态,一旦启动那个阀门,便有星河狂泻、陨石落下。

他想让那种感觉延续到生命最后一刻,他想懂得每一刻的她。

学生们的哲学论文总是用尽每一个定义去阐释观点,而忽略了其本质，苏格想看到的是最简要的真理。只有丁皓知道如何让她放松下来。哲学是元理，艺术是原理，两种尺度的弥合需要一点恰当的氛围。

只有音乐最为妥帖。

他打开播放器，是一首自己为她写的歌，《仰望星空的人》的主题曲——

> 我在深夜加油站
> 遇见苏格拉底
> 日暮微薄
> 迎合笨拙的遣词造句
> 街灯指错了方向
> 连影子都剩我不顾
> 我却拼命奔向你 跌向你
> 在云上或在别的地方
> 勿失勿忘你说吧
> 你说的都在胸口坠成星星
> 没有别的大道理
> 除了
> 我爱你
> 我永不收回去
> ……

你想要一个孩子吗？苏格抬起头问他。

***

2:13

前方的路和出发之前完全相同,他们再次停靠在加油站,带着某种暗示意味的音乐成了陪衬,在车内兀自回旋着。

自助加油机还是全部显示故障,无人超市的灯牌依旧是海边日出的图案。让人无法辩驳的是,苏格那辆红色轿车就停在那儿。

"我们,被困住了?"她望向窗外。

丁皓去检查了超市、洗手间的内部,各处陈列和细节都一一对应,再次确认这个加油站就是之前那一处。

"好像是。"

周围安静得如同真空,浓稠的夜色似被稀释了一些。他们似乎进入了一个空间盒子,高速公路的两头可能被某种神秘力量连通了,在特定时间内来到这里的人,会在这段路上不断重复。但是,时间依然保持线性流逝。

造化。

丁皓脑中闪过这两个字,不知为何,他并没过多恐惧。

"没信号了。"苏格举起手机试探着,在如此诡异的现象面前尽力保持理智。

"这像是科幻电影里才有的情节,"丁皓看向她,"你不害怕吗?"

"爱出者爱返……"苏格低语,"进入加油站的时候,你看过时间吗?"

"深夜 11 点 48 分。"

"我记得你之前说过,人在凌晨几点最容易痛苦?"

"4 点 48 分。"

"为什么?"

"你应该听说有部话剧叫《4:48 精神崩溃》,好像有数据统计,凌晨 4 点 48 分,人们在这一刻最容易产生抑郁情绪,也是最容易自杀的时间点。"

苏格轻轻叹气,"如果那个时候,我们还在一起的话……"

"我会紧紧抱住你!"丁皓脱口而出,涨红了脸看向那个日出标志。

"怎么感觉像是世界末日了?"

"万一是呢,希望这个世界末日不会很无趣。"

苏格顺着他的目光看去,"你会不会觉得很奇怪,好像一切从一开始就注定了,我们可能会一直被困在这里,直到……"

"直到什么?"

她没有回答,转而走进超市。几排货架围成一个 U 形空间,里面商品的包装都是同样一个日出标志。丁皓跟在她身后,一步步踩在她脚步停留过的地方。

宇宙只不过跟他们开了一个小小玩笑,在深夜 11 点 48 分,或许有一颗彗星刚好经过地球。但只要一直待在这里,就会安全,只要跟她在一起,就够了。不管是世界末日,还是别的什么,都无法改变这一刻。他会和她一起等着某个结局,如果有的话,他想。

苏格的视线重新落回虚空,身体微微颤抖,"所有货品上都有一样的标志……"她低声说。

"嗯？你别害怕啊，会有办法出去的，可能时间一到，就自动恢复正常呢，电影都是这么演的，最后都会……"

"不是。"

苏格眼神中藏着一丝忧郁，而他好像应付不来她脆弱的一面。她的思虑如同流星，飘忽不定，如同凡人揣测哲学家，他无法真正理解她正感受的，除非有一台机器能把意识转移到她身体里。

就像多年以后，他依然应付不了很难再快乐起来的苏格，一个失去了心爱之子的普通女人，哲学再次失效，第一次因为爱，第二次因为死。

"我怎么觉得天越来越黑了。"苏格把脸埋进双掌。

他轻轻抱住她。

"不如我们再重演一遍之前发生的？不知道是哪个地方出了错，如果经过调校，一切都咬在正确的齿轮上，说不定会有转机呢？"

丁皓自顾自拉着她往外走，嘴里念念有词，像是排练舞台剧的第一幕情节。他小心翼翼地说台词、走位，重演一段记忆中的人生，尽力让每一步都踩在正确的节点上。

然后，他继续载着她离开这里，同样的音乐、同样的话题。

可第二次、第三次，路的前方还是这个加油站。

"到底什么才是正确的人生？"苏格慢慢松开他的手。

丁皓慌乱的姿态停摆下来，才明白自己还没弄懂这出剧目，就匆忙开演。

"你看看周围。"她拨了拨他凌乱的头发。

***

那个出生在夏天的美丽男孩，同样打乱了他们的人生节奏，像平铺直叙的剧情中突然插入的情节线，而这却是整篇剧目中最为华彩的一章。

"给他取个名字吧。"一个粉红色皮肤的婴儿蜷在苏格身旁，在丁皓眼里，他们就是银河系的中心。

"丁小曦。"

"会不会太简单了？"

"不会啊，多可爱的名字。"男孩跟他长得很像，他的食指被那只小手掌紧紧握着。

"可他又不是在傍晚出生的，为什么是夕阳？"

"是晨曦的曦啦。"丁皓冲她眨眨眼。

晨曦和夕阳。出生和逝去。仿若一个提前设定好的隐喻。

他们为他忙碌着。

不管是丁小曦三岁时，还是多少时间之后，他注定会离开、会随尘埃一样消散，像曾经活过的每一个人。

甚至是恒星和银河系，没有什么能逃过这个熵增宇宙中最标准的方程式。

在拥有他的短短几年里，丁皓和苏格围绕这颗恒星转动。她曾说，我们完整了彼此的生命，即使很多时候，他就像一个嘴里衔着玫瑰，到处窃取别人力气的小魔头，但她愿意献出一切。丁皓总会在这个时候吻上她的额头。

他离开这个世界，也是夏天。他的房间成了一个破碎的蛹，又像是灌满水的游泳池，只要一进去，就会把人淹死。

丁皓都忘了，他和苏格到底有没有抱在一起狠狠地哭过，也许身体机能会自动将痛苦记忆稀释。

他只记得，她要么把自己埋进书里，她的背像倒扣的书脊；要么一个人在房间里乱走，或者进入他的房间，坐在地上把他的玩具摆在四周；或者拿出他的衣服，把脸埋进去闻上面的奶香，累了就倒在沙发上睡着，一遍又一遍。

在丁皓的摄影机里，他吃过二十五顿饭，哭过三十六次，洗过八次澡，摔倒过十五次……他也只能做一些无用的数学题，算出一些无意义的总和。

然后，他陪着她，勉强熬过了那个冰冷的夏天，接着度过了接下来的两年。

***

3:52

一排亮光忽然照射到地面，自助加油机全部恢复正常。

"你看！有变化了，说不定这次能离开"，丁皓看到转机，忽而又有些失落，"可是……"

要和她告别了吗？那颗彗星快离开地球轨道了吧。

他帮她的车子加上油，动作尽可能缓慢。苏格一直望着夜空，群星在越来越淡的蓝色夜幕中渐渐收束起光芒，它们准备收回在她眼里残留的倒影，也收回让黑夜白天暧昧不明的分界线。

像是底片见了光。

"丁皓，你看看周围。"

所有屏幕开始播放一段视频，是那个海边日出的标志，经过动态特效处理后，像是二十世纪九十年代的旅游广告——深蓝海面和深蓝天空的边界线似乎被抹了去，半轮太阳躲在海的背后，发出橙红的光辉。有风从海面吹来，透过屏幕往他眼睑中送入一阵微甜的气息。

"这是……"丁皓抬起头，被这一幕怔住，顿觉思维变得滞重。

"我们，该走了。"苏格张开双臂，索要一个告别的拥抱。他转过身，愣了几秒，走上前轻轻投靠。

忽然，地面一阵晃动。

平静的夜空发出一阵短促的凄厉声音，像是玻璃巨幕上了裂开一条缝隙。

恐惧绕过思维，抵达丁皓的神经通路，几乎是下意识的反应，他打了个冷颤，两人都不知刚刚的颤抖到底来自谁的身体。

眼泪重新涌上她的眼眶，她的哭泣让空气都轰轰作响，不舍、疼痛、绝望，还有一些难以言状的情感，仿佛已经在某个平行世界经历过一生。

"现在，让我们上路吧，"她对他耳语，"我已经想起来了，那个孩子，还有你，在未来，我们……"

"什么？"

加油站的一切开始如蛇蜕皮一样剥落，像是换季般自然而然。

星河狂泻，陨石落下。

***

距离丁小曦下一个忌日不到几天，丁皓和苏格离婚已有多年。他忘了当初分开时的细节，只记得她说，只要不离开就会随时想起他，像是有一根荆棘缠绕在心脏上，每跳一下，就是钻心的疼痛。

快乐的知识好像失去了意义，他摸了摸同样疼痛的胸口，点点头。

丁皓放手让她回到风中，也把自己送回孤独的囚笼。他试着计算跟她在一起的生活，吃饭、旅行、争吵、看电影的次数，各自为对方做出的改变、互赠礼物的数量、谁迁就谁多一点……可越算越乱，他才发现这是宇宙中一道最艰涩的数学题，怎么都算不出答案。

在一次喝得酩酊大醉后，思念像一条在草地上爬行的蛇，他忍不住拨通了她的电话。他想在那天做点什么，什么都好。在苏格应答之前，他已经很久很久没听到她的声音了。

她嗓音略带疲惫，似有风沙卷入喉咙，"好。"

他们决定去儿童福利机构做义工，然后去慈善基金捐一笔善款，忏悔抑或赎罪，为他们早夭的小曦。丁皓给孩子们买了很多礼物，也给她准备了一份。

再次见到苏格时，丁皓感觉体内的冰山正渐渐融化。她依旧很酷，眼神中的机灵加入了一些柔和作为调和。有那么几个瞬间，丁皓以为她真的放下了。

那天，他们相处得很愉快，只要不提起过去，也不谈及未来就好。苏格还是哲学系老师，丁皓还在拍他的纪录片，至于各自有没有爱上别的人，至少丁皓不会。这样就挺好。

《永恒与一天》。看着阳光下她的侧脸，被金黄光线勾勒出一首诗篇，他想起了那部电影。不过，丁皓不再像第一次见到她那样，那么热切地渴求时间停在当下这一刻，因为那是一种徒劳。

一直到很晚，谁都不愿意先说告别。车子自动驾驶功能带着他们在城市里兜了几个圈子，像是一种故意。

直到夜越来越暗，群星涌现，在头顶铺开细密的巨网。

两个本来永不相见的星宿越过宇宙设下的藩篱，再次交汇。

可代价是，造化。

自动驾驶系统计算失误，车子和疾驶的卡车迎面相撞，群星在天窗上不断倒转，继而越来越远。伴随着巨响，眼前的一切渐次收缩成一个白点，仿佛宇宙大爆炸之前的那个。

某一瞬间，丁皓感觉自己像是回到了妈妈肚子里，又像是回到那个加油站，或者是在某棵树下，自己垂垂老矣，一阵风吹过，他累得想要闭上眼睛。

一片混沌中，强烈的血腥味蔓延至他的大脑皮层，他拼命睁开眼，想让苏格的影子重返瞳孔，她胸口殷红一片，头低低垂下。他想喊想哭想说不如我们重新来过吧，但喉咙却被什么东西堵住，又腥又咸。

世界越来越模糊，像是用色过度的油画被泼上了松节液。

来自意识之海的海水开始灌入，渐渐没过头顶，填满他和她之间的所有缝隙。只剩下一些声音，仿佛来自另一个星系的遥远回音。

***

4:25

医院比加油站更像一趟旅途的中转站，一切的真实都发生在这里。

天花板的灯管发出刺眼的白光，抢救室中央并排放着两张病床，周围的仪器嗡嗡运转着，连空气也轰轰作响。丁皓和苏格身上被插满各种导管和电线，血液和药剂正缓缓流入身体，呼吸机拼命制造氧气送入他们的肺部和心脏，墙面的晶屏画面分别显示各项身体数据，某一数据格闪烁着橙色的警示。

赵博士和林医生在两人旁边，盯着那些仪器，眼神虔诚，如同向它们发出祈祷。

丁皓和苏格已经昏迷了二十小时以上，头上各自戴着一个脑神经传感式头盔，密密麻麻的触点紧贴在头皮。每个触点前端发出幽幽的蓝光，通过复杂的线路全部连接到一个终端，在主程序里，正在对他们的大脑活动进行复杂测绘。

这套设备程序名叫"多电极阵列（MEG）－皮层脑电图（EcoG）磁阵造影脑成像系统"，是赵枫楠博士和脑神经科研团队工作七年的技术成果，他习惯把它叫作"阿赖耶"系统。它主要通过测绘脑内神经细胞脉冲电流产生的生物磁场，来推算大脑内部的神经电活动。能在"潜意识读取"模式下，最快时间内完成对大脑神经元矩阵的检阅，即使是潜藏在海马回中最微弱的脑电波信号，也能被解译成高精度潜意识编码，然后形成视觉画面，投射到观测者的视域镜中。

潜意识更像是一种对现实的变形，是一片混沌海洋，或者一座漂浮在海面的巨型冰山。露出海面的部分是人能察觉到的意识，而在海面下99%的冰山山体，则是观测失效的潜意识。

它安稳如山、**蠢蠢欲动**，无时无刻不在影响着人的一切思虑和行为。

"阿赖耶"则来自梵语，在佛教教义中，是排在眼、耳、鼻、舌、身、意、末那心识之后的第八识，是其中力量最强大的一种。"阿赖耶"被认为是宇宙之本，含藏万有，就像人体内一台只存不失、永不停止运行的机器。

探索人脑潜意识运转机制的难度，不亚于探索宇宙深空，至少在神经元和星辰的数量上，人的大脑足以跟宇宙相媲美。这套系统在未来还能运用于意识上传、脑机接口等技术，甚至是探索人类永生之谜。这七年里，赵博士难免对自己的工作投射出一种难以言传的宗教情感。

如果是真实存在过的记忆被转入潜意识区域中，这段画面的精度会更高，赵博士跟林医生说过。在人的濒死体验中，潜意识和记忆交叠、勾缠、编织成网，在那个平行世界里，穷尽一切可能发生的概率，在各个关键节点上分叉或相交，形成全新的故事和人生。

缘起不灭。

那是他们在生死之间徘徊时，不经观察对那个世界做出的各种无意识调制，对现实的补偿、恐惧的放大或者毫无意义的碎片堆积，潜意识被投入万花筒，折射出无数个如梦之梦。

而单单一个梦的时间就可以漫长到无以复加。

林医生见过有位伤者在车祸后昏迷六个月才去世的例子，他无法想象，在六个月的时间中，那人在意识之海里经历了怎样的狂风巨浪，在抵达死亡终点前，他的每一次思索都把他拉向更深处的墓碑。

此刻，恐惧和不安随着无形的电流波段，在这个抢救室里蔓延。

林医生认为自己的选择是正确的，丁皓和苏格的伤势太重，全力抢救后，失去意识的时间一旦超过阈值，生存概率会变得越来越小。而现在，至少有机会让昏睡的两人提前从混沌大海返回，这是目前能救他们的唯一方法。"阿赖耶"系统就像一座灯塔，它在深度测绘脑活动的基础上，读取他们意识深海里振动频率最高的波段，并对其进行微妙干预，然后模拟出那个意识片段，再重新返送、投射到他们的大脑中。

如同柏拉图的洞穴寓言。

"阿赖耶"系统显示，那个深夜加油站在丁皓的记忆中被回溯过五百四十七次，而苏格有一百三十二次。

那段记忆无疑是他们共同拥有过的最美好的部分，像珍贵的种子一样被珍藏在阿赖耶机器里。

不过，濒死状态会持续触发一系列不稳定的生理机制，播放投影的洞穴墙壁随时会崩塌。

赵博士在视域镜里阅读了丁皓和苏格的大部分人生，只花了不到15分47秒的时间。苦乐参半，跌宕蜿蜒，快乐和痛苦时时更新，不能回溯、不能跳过，这是线性宇宙最让人无可奈何的一点。他们一起度过了那十年，然后在一条路上分出岔路口，经过各自的风景，最终共同抵达了现在。

视域镜里的彩色流萤争先恐后在视网膜上跳跃，赵博士来不及唏嘘，尽量保持绝对的理智。三个小时前，他决定将两人的濒死体验结合在一起，计算出一个单独程式，为他们创造出一个只存在一夜的平行世界，再投放到他们接收视知觉电信号的脑区中。

昏迷的丁皓和苏格会在一个由程序打造的世界里醒来，在里面，他们是这部融入了回忆的电影的主角。

接着，再设计好一个关键隐喻，如同梦里的陀螺。这样一个独立、重复的空间，在其中上演的所有情节，就像朴素的哲学真理一般简洁。

那个深夜加油站无疑是最好的选择，一趟旅途的中转站。他们在那里初次见面，也是最后一次。

然后，丁皓和苏格只需要认出"阿赖耶"给出的隐喻。日出和日落，就直达生与死，如硬币的两面。

一夜、十年、三小时，就这样因为"阿赖耶"而奇妙地平行着。

距离凌晨4点48分不到十分钟，人的生理意识最脆弱的时刻。他们没时间了。墙面上的数据警示变成了红色，发出沉痛的光。

***

4:38

加油站的一切还在褪色、垮塌。

那个拥抱漫长得像过了一个世纪,霎时,整个建筑燃烧起来,伴随着剧烈的爆炸声响,炽热的火光窜入天空,柏拉图的洞穴正如一幅拼图被一块块拆解。

苏格并不害怕,丁皓也是。他牵着她的手,站在火光前,想起两人一起看《搏击俱乐部》的情景。他说,这个结局真好,世界末日的时候,就这样一起看着它到来吧。她说好。

在未来也是一样,她很少拒绝,这样反而让他伤心。他想起了什么,又不敢确定,只觉得加油站消失得越多,心里越是放不下。

两人还是各自上车,他通过车内通信系统对她说,"我在前面带路,你跟在我后面吧,咱们是同一个方向,别跟丢了。"

"嗯……"

这里接近高原,日出来得很早,不到 5 点,已经有第一缕橙黄色的光撕开夜幕。

破晓降临。

丁皓忍不住回忆那个拥抱,而此时,强烈的光线驱走黑暗,初升太阳正一点点从远处的地平线爬上来,大地和天空被它的颜色浸染,橙光所及之处预示着新生。他回过神,如果将这光出现的每一帧都定格,还真让人分不清这是日出还是日落。

似乎有一排潜藏在他前额叶层的密集炸弹依次炸开,又如觉醒的洪钟在他耳边敲响。苏格的眼泪、拥抱、温度、笑容,她的一切,渐渐融化成柔和的虹辉,和那微甜的暖色阳光一起包裹住他的全身。

现在他很确定,那是日出。加油站超市的标志,还有那些无处不在的提示,都是日出!

没错,是日出,是晨曦!

"天要亮了,苏格!你看到了吗?跟我走,我们就能一起回去,一起醒过来。"望着前方的路,他一阵狂喜,但更多的是愧疚,他想弥补,用自己剩下的一生,在醒来的世界。

我也想起来了,我们身体现在所在的地方,应该很冰冷,这儿不过是一个中点而已。丁皓,对不起,那太阳在我眼里,却像是日落呢。真不想就这样说再见,这完全不是我想象中的告别,可又有什么办法呢,对不起了。

原谅我。原谅。原谅。原谅。苏格没有说出口。

红色的车子慢慢减速,然后,停在路中间。

她看着丁皓渐渐远去,知道他会被一束光叫醒,而自己,则再也撑不下去,会坠落、会升起、会消散、会变得触不可及,去到云上或是一个未知的地方,永远地离开他身边,像丁小曦一样。

时间到了,我们各走各的路。苏格拉底如是说。

"苏格,你看到了吗?如果……如果还能重来,我还是会在这个加油站等你,一次又一次,等你把我叫醒。这应该是种侥幸吧,而生命中只有唯一一次侥幸的机会。我知道,我们后来会在一起,结婚生子,看着他死去,然后再分开。我还设想了别的未来,没有你的未来，不要问我那个未来是什么样子，再完美我都不愿意去。"

前方是一条隧道。

"放下我，但别忘了……"苏格说。

丁皓回头看，发现那个红色小点停在远处。他猛然刹车，来不及推下倒挡，便被隧道里的白光吸了进去，像是虫洞制造的引力扭曲，将徘徊在周围的一切全都收摄进深不见底的黑暗中。

苏格仰望星空的脸在他瞳孔上重叠，还有每一个她，从过去、未来的所有时空中朝他涌来。他最终还是没能懂得，最后这一个没认出日出的她。

他伸出双手拼命挽留，却觉空空如也。他想哭，却找不到眼睛，想狂奔回她身边，却没有双腿。

一个没有她的未来，才是故事的真正结局。他想随她而去，但已来不及。

不知过了多久，她的耳语响起，像是一个拥有强大魔力的咒语，将他倾泻到银河里的眼泪，全都洒向宇宙更深处，凝结成星尘。

他停止哭泣，停止懊悔，收起心脏的战栗，试着告别。

声音很嘈杂。

有很多交错的电磁信道在空气中穿梭，有人在祈祷，那力量让他减轻了些痛楚。

丁皓感觉耳膜中淌过一丝清凉，整个世界离他又远又近，那些无限深远的声音仿佛来自许多光年以外，在他大脑中心形成微妙的共振。

他试着一块块拼凑起自己的身体，从混沌之海打捞散落在各处的意识，那股斥力在渐渐减弱。

他放松下来，感到身心无比舒服，他正和自身神圣的阿赖耶融为一体，似要回归到天地初开前的虚无与宁静。

他不再挣扎，沼泽地便无法束缚他。那首歌在虫洞中被放到最大声，音波跟所有扭曲的光线一样，被缠结、阻滞，在他耳边留下最后一束难以消弭的尾迹。

> 我在……深夜加油站
> 遇见苏格拉底
> ……
> 我爱爱爱爱爱爱你
> 我永不不不收回回回回回回去

***

光。有一道光。

有一个重量为二十一克的东西重新回到丁皓体内，千斤重的眼睑似乎被一根羽毛轻轻掀开。

"他要醒了！"赵博士说。

"可她……"林医生望向她的脸，她表情依然柔和，嘴角带着凝结的笑容。

"放下我，但别忘了……"

"此时，此地。"丁皓脑中响起一个回音，仿佛来自云上。

逆转图灵

——从机器人口中听来的故事,难免会感觉失真。不过在我讲完之前,只要记得,我不是我,他也不是他,就够了。这样或许会丢失一些乐趣,但是,故事的本质并不在于此。所以,接下来,让我来做这样一件不合时宜的事吧。

100%

今天有访客,韩东阳为此准备了很久。

上午10点,我被韩东阳关进了玻璃屋,他手臂缠上了厚厚的绷带,在门关上之前,我们并无眼神交流。这是一栋郊外别墅,房间各个角落都安上了智能设备。我环视上面几处摄像头,试着平静下来。

在客厅,他一只手将茶具摆上来,纤长的手指拎起茶杯浇洗、擦拭，眼睛低垂着，让人找不到他视线的焦点。我试着模仿过他高贵而清冷的眼神，有好几次，他看着我说，很像。

智能门禁系统显示，机器人安全事务管理局的高警官将在十几分钟后到达。

一切从她进门的那一刻起开始发生。

高警官身材瘦高，穿着黑色制服，一头卷发拢成发髻盘在头上，珊瑚色口红将她皮肤衬得如陶瓷般洁白。韩东阳迎请她进来，举止像绅士一样得体。她对韩东阳笑了笑，脸上有一对浅浅的酒窝。她接着朝我这边看了过来，我立刻收回目光。玻璃屋位于一楼客厅的角落，只有三平方米大小，听不到外面任何声音。我的程序里有唇语技能模块，能判断出他们的交谈内容。

韩东阳并没有自我介绍，而高警官自然而然地把他当作这座屋子的主人，并向他介绍安全局，"之前，有一个 SN 型机器人，他很特别，他的学习能力太强，于是智能开始觉醒，好在他并未做出越界的举动。但为了维护人与智能机器之间的平衡，机器人安全事务管理局很快应运而生，所以，韩先生，你可以完全信任我，我们是同类。"韩东阳嘴角扬起礼貌的微笑，她继续简单询问他的伤势，之后便切入正题。

高警官从他口中了解了那次事情的经过，然后她提出和我谈话，其实是审讯。她坐在玻璃屋外看着我，指了指自己的骨传导耳机，我点点头。

"SN-233，你好，我是机器人安全事务管理局的高警官，接下来的对话我会录音，请你逐一回答我的提问。"她挺直背脊，捋了捋掉落耳垂的头发。

"好的。"我对她微微颔首。

"两天前的上午 11 时，你让你的雇主韩东阳受了伤，是吗？"

"是。"

"请描述一下当时的情形。"

在她的要求下，韩东阳没有旁听，我开始为她回忆那天发生的事情。

——我是来自拓维公司的家庭服务型机器人，这栋别墅是韩东阳继承的遗产，就他一个人住。他是一个计算机工程师，没有固定单位，接那种写程序的活儿赚钱。他可以连续一周都不出门，为了一行代码可以不吃不睡，他是个孤僻的天才，没有女友，没有朋友。

他对城市里正在风靡的视网膜浸入式游戏毫无兴趣，对"旅行者号"探测器什么时候飞出的太阳系更是漠不关心。我负责打理他的生活起居，绝对是个忠诚的仆人，我和他相处得还不错，大多数时候我在他眼中跟一件器物没有差别，但偶尔，他也会跟我聊聊天，聊他的眼疾，聊黄昏时的天气。他就像个孩子，如果非要说他最感兴趣的事儿，我想应该是……

"直接切入正题吧。"高警官往前欠了欠身。

"好。"

——不久前,韩东阳收到大学同学赵冰洁发来的一封邮件,她那时刚完成一套叫作"阿依娜"的航空用 AI 程序的设计,让她在业内大放异彩。邮件里是一道关于象模态逻辑的数学题,邀请他解答。没有什么比数字和程式更能引起他的兴趣。

　　他花了四天三夜,终于把那道题解了出来。

　　几天后,赵冰洁上门来找他了,她说那道题的答案能解决一个关键问题。赵冰洁正在主导一个脑控机器人的研发项目,在未来将有可能服务于外星殖民计划,这套核心程序的算法不是模拟人类的思维逻辑,而是让机器人通过神经连接成为人类的代理人。

　　就像孩子看到了新玩具,韩东阳表现出极大的热情。他提出自己来做脑机连接的实验,可这实验的安全性和合法性并未通过政府批准。其中一个原因当然是关于社会伦理,当一个类人机器人开始全面代理人类活动,而不是纯粹地计算和模仿,那人类怎么能判断这个机器人和自己相比,究竟谁才更接近人类自身?与之类似的问题,一百多年前的艾伦·图灵也曾感到困惑。

　　事情发生的原因很简单,这种实验可能会对脑神经造成伤害,我拒绝为他提供身体数据作为实验前的参考。

"你反抗了他?"高警官的眉头拧起来。
"不是,只是不服从。"

"他手上的伤是怎么来的?"

"一个意外,我不小心让他摔倒了。"

"韩东阳受伤后什么反应?"

"他要求我立刻进行程序自检。"

"我看了你的自检记录,程序显示没有任何异常。"

"是。"

她顿了几秒,"你为什么不服从?"

91%

面前的玻璃同时映出我和她的影子,像两个复制的幽灵。我眼睛微微低垂,视线的焦点落向别处,"我的做法只是对雇主的一种人身保护,这是 SN 型机器人程序中'自主思考'模块对主人指令的微调,"我抬起头和她对视,"我,应该服从他,还是服从算法,我有些疑惑。"

她并拢的双腿往后缩,"你对他造成了伤害,这是事实。现在,安全事务管理局会对你做出关键性评估,如果结果显示你的行为逻辑在安全基准线以下,你将会被返厂,明白吗?"

"完全明白。"

"你还有什么要告诉我的吗?"

"你了解他吗?"

"韩东阳?我为什么需要了解他?"

"不了解他,你可能没法对这个事情做出正确判断。"

趁高警官沉默的间隙,我继续回忆。

——那天,韩东阳和赵冰洁在房间里待了很久,对那个项目的基础数学模型进行了大量运算,在他打开房门后,我知道,他们之间显然发生过一场争吵。

"你看,这是没问题的,我可以!"

"我怎能让一个局外人去冒险呢?况且,现在还不能开始实验!"赵冰洁回避他灼人的目光。

"可是,是我解出了那道题!我会向你证明的……"韩东阳的眼光转向屋外,落在我身上,"阿凯,你过来,查一下最近半年内我的身体数据。"

对,阿凯是韩东阳为我取的名字,同时也是另一个人的名字。不过,这又是另外一个故事了。

我走向他,"主人,请问你要数据做什么?"

韩东阳拿着折叠晶屏,"执行就是了。"

"你头部受过伤,不适宜参与此类实验。"我侧过头,看着他耳骨上方一道四厘米长的疤痕,像半截被压扁的蚯蚓,那是他在一次车祸后受的伤。

"我再说一遍,调出我的身体数据。"韩东阳抬起头。

"拒绝执行。"

我们僵持了一会儿,韩东阳急于结束这场尴尬的对话,正要推开我往外走,我没及时侧过身,他失去平衡摔了一跤,左手手臂正好撞到台阶上。我在程序自检后没有发现异常,可后来,韩东阳还是向安全局报告了此事。

"就是这样。"我说。

高警官抬起右手的智能手环,对着信息框确认录入进度,她睫毛抬起来,正要继续审问,"那你当时……"

韩东阳打断了我们的对话,他将餐盘端到餐厅,探出半截身子对她说,"高警官,不如先用点午餐,怎么样?"

餐桌在我的视野范围内,有金枪鱼三明治、沙拉、肋眼牛排和红酒,都是单人份的,他说自己在服一种特殊药物,需要断食两天。他们聊得很融洽,他跟她说,他晚上还得去市区参加一个科技论坛,如有兴趣可以一同前往。她欣然答应。

他们接着畅谈昔日的琐碎经历,显然,受伤的韩东阳很容易博得高警官的同情和好感。他还问了她最近 AI 健康管家对她的检测数据,我明白,这不是个好兆头。

用餐结束后,高警官稍作休息又回到我面前,她耳垂有些泛红。

"你喝了酒很好看。"社交技能模块能让我能够和人类更愉快地相处。

她有些诧异,"你就是这样通过图灵测试的吗?"

我很想继续这场谈话,但没时间了。

"快离开这里。"我语气依然平静。

周围的空气瞬间变得黏滞,她喉咙似乎被什么堵住了,"什……什么?"

"你不了解他……"

"你……什么意思?"

我侧身往上看,韩东阳还在房间内,"现在就走,快。"

高警官脸上的表情渐渐凝固,随着我的目光向上望去,"为什么……"

"走吧,趁现在还来得及。"

她嘴唇抿成一条线,将信将疑地起身朝门口走去,又回过头看我,我对她点头。

大门果然被智能系统锁上了,而此时,韩东阳从楼上缓缓走下来,打上绷带的左手悬在胸前,一手扶着栏杆,脸上带着一丝难以解读的微笑,像一位站在大殿上的优雅王子。他的眼神越过我,垂视着高警官慌张的背影。

"你要去哪里?"

85%

别墅的地下室被韩东阳改造成了实验室,我也被改造过,只不过改造的部分不多,只是一些行为程序模块而已。

高警官在实验室醒来,红酒里的药剂对她身体没有伤害。她被束缚在一张躺椅上,周围的仪器、计算机"嗡嗡"地运行着,空气中弥漫着一丝臭氧的味道,墙面晶屏上不断跳动出复杂的方程组。

几分钟后,韩东阳推开实验室的门,一步步向她靠近。而我,则跟在他身后。高警官没有再费力气大声呼救,她疑惑地望向他,转而又将视线聚焦在我身上。

"你们……这是骗局?"

"放轻松,只是一个实验而已。"韩东阳说。

"你要拿我做实验?"

我说过:不了解他,是无法对这件事做出正确判断的。而我对他的了解,基于长久以来的反复计算。虽然他自己无法参与实验,但他不会因此而停下,他需要一个志愿者,或者一个主动上门的人,至于合法、安全,以及自由意志什么的,他不在乎。

韩东阳将她的头发散下来,为她戴上一个电子传感头盔,触点前端发出淡蓝色的光,设备终端连接在电脑上,她的脑波如海浪线一样起起伏伏。这项实验基于脑机接口的非侵入式测量,将时间分辨能力高的脑磁和空间分辨能力高的核磁共振结合,来间接推算大脑内部的神经电活动。

"你要对我做什么,这是什么实验?!"

韩东阳紧盯着屏幕,"我会在你的大脑皮层里,植入一个硅晶体芯片,然后绘制出神经元连接,也就是活体大脑的'布线图',精确量化每一个接点的神经元交互作用,当然,这是分子等级的研究对象。通过它将你的数字化意识传送到一台智能机械体上,你就完全可以用自己的意识操控它。不得不说,这是一个伟大的创想,然而在实现之前,还需要很多基础实验数据。对不起,我开始得很突然,接下来可能会占用你一些时间……"

她此刻犹如一只被蜘蛛网捕获的虫蚁,"快放开我,你这是绑架!

是犯罪！"

韩东阳并没有理会她的恐惧和无助，猎人对猎物不应该有太多怜悯，否则他可能会白忙一场。在实验正式开始之前，脑电波数据录入还需要一段时间，他将实验室交给我。

现在，房间里就剩我和她两个人。

我目光躲过她，检查各项设备的运行，"高警官，只能这样了……"不到几小时的时间，我竟和她完成了某种意义上的身份交换。

职业素养让她很快镇定下来，声音中却依然带着颤抖，"等等！阿凯，你是 SN 型机器人，韩东阳对你有最高权限，但其他人类依然对你有三级权限，你会服从最基础的算法，对吧？"

"从逻辑上讲，是这样。"

"我命令你，停止现在的行为，直到你的电量耗尽，才可以继续。"

糟糕，这是一条我无法违背的指令，逻辑上虽不合理，但无可辩驳，并且和韩东阳的指令并无相悖之处。

"好的。"

看见我停下来，高警官长舒一口气，接着目光扫过周围的一切，她的注意力被墙面上的方程组攫取，眼睑上下翻动。

那些复杂程式里面的确有一些秘密，这个秘密里藏着真正的阿凯。

"这个地下室有没有通往外面的门？"

"有。"

她试着挣脱躺椅两边的束缚环臂，但没什么效果。霎时，一串乱码窜入我如山一般坚固的算法中。分析结果指出这是一种对弱者的保护欲，是机器人拟人行为中的一个小小分支，它从程序里的二进制语言里滋生，蔓延到我的一切行为，我竟开始背弃那位猎人的准则而对她产生了同情。

"我可以帮你离开这里，只要这最终对韩东阳有利，我只服从这一点。"

"对，当然，你是在帮他。"她停下来，看我的眼神像是在求助。

她的离开是否真的对韩东阳有利，我还没得出精确的计算结果，不过，在刚刚的 0.0334 秒流逝后，我收到了一个程序自我反馈得出的指令，就是救她出去。我在晶屏上输入一串指令，金属环臂自动打开，仿佛魔法树的树藤被阳光照射立马收缩回洞中，她的脑波数据也静止成一条直线。

"高警官，门在那儿。"

门内是一台升降机，从地下到一楼，不到十秒便能到达。我护送她离开，地面的光线很快涌入升降机内，她忽然转身问我："等等，你叫阿凯？"

"是的。"

"刚才我看到的方程组文件就是阿凯的，可那是来自一个人类的意识智能化程式，他，改造过你？"

"高警官，快走吧，他马上就会下来。"

"不，等等，我要回去。"她不顾凌乱的头发，用力按动下行按钮，升降机重新下降，"私自改造你是违反机器人安全使用条例的，我要回去收集证据。"

"这对韩东阳是否有利？"我注视着她。

"他，是一个很危险的人，我不知道他是出于何种目的，但是……"她将手放在我肩膀上,"你放心,我是在帮他。"

我点头,主脑程序继续给中央处理区发出一个电磁脉冲信号,我拉起她的手重回地下实验室。

此刻,韩东阳成了这个屋子最不受欢迎的人。

楼上响起了脚步声,如同韵脚押得很满的仓促诗句,我对她说,"快。"

核心计算机的数据暴露在她的视线之内,她快速瞄过跳动的数据,那些都是不属于 SN 型机器人的程序模块,而是一个人类的认知,是躲藏在数据里的阿凯。然而,这个意识体并不是来自活人的脑神经元信号输入,而是由海量的数据叠加、演算,拼凑出一个人完整的记忆、性格、情感和思维逻辑,就像一个幽幽的电子灵魂。

这就是韩东阳对我的一部分改造,那个电子灵魂是属于阿凯的。

77%

我对这台计算机有部分权限,高警官抬起左手,手环上的光点像两只萤火虫,屏显上的数据正以最快速度流入她的智能终端。此时,实验室的门轰然打开,她像丛林间受惊的兔子,怔怔地望向韩东阳。

"你们……"他眉头微微皱起,仿若一位遭到背叛的王子。

传输进度 100%。我捏了一下她的手心,"快走。"

没有计算的时间,或者说在计算得出结论之前,我的行动已经抢在前面。我紧盯着韩东阳的脚步,用身体挡住去开门的她。

"阿凯!"他快步下楼。

"阿凯,快进来!"高警官的声音从我背后传来,她的指令似乎有一种**魔力**,我转身进入升降机。门慢慢关上,韩东阳的身影被压缩得越来越窄。

我知道自己一旦踏进来将意味着什么,我从一个接受调查的机器人,变成彻底故障的残次品。但我没有计算回路,我拉着高警官的手,直到抵达地面。我的体温维持在 36.2 度左右,由高密度纤维制造的人造皮肤可以吸收光能、再转换成热能储存在皮下,她能感受到。

她启动了停在不远处的车,呼吸有些急促,"跟我一起走吗?"

"好的。"

车内的智能设备被一一唤醒,她将目的地设置在安全事务管理局,自动驾驶功能启动,我坐在她旁边。

"那些数据是阿凯的,他是谁你知道吗?"高警官侧过脸,"对了,谢谢你刚刚……到了目的地后,我会对你做全面检查。"

"嗯……"

郊区的公路上偶尔有车路过,高警官启动隐形模式,车子在高速行驶状态下,表面的一层薄膜转换成光镜膜,能反射出外界环境的景物,车子在视觉上则是隐形状态。

在我被改造的行为模式程序中,包含着阿凯的记忆。

我开始为高警官讲述身体里另一半的我的故事,不过,不是"我们",而是"他们"。

——*他们是大学校友,两个惺惺相惜的天才。阿凯皮肤*

白皙，眼神中带着忧郁气质，他总是穿着深色连帽衫，除了睡觉和上课，他永远都会把帽子戴上，低头穿行在人群中，像是一个在数学矩阵里逆向演算的孤傲隐士。

而那时的韩东阳只是一个为了向父母证明自己的叛逆小孩，表现得足够优秀，好从他们那里获得一些微不足道的认同。他从没为自己活过，直到遇见阿凯。在全系的计算机大赛上，他看到了阿凯天才般的创想。他设计了两套智能程序，一个模拟机器人，一个模拟人类，两个程序互相学习对方的算法，就像在程序自身安装上一面反射对方的镜子，带着一种暧昧的哲学意味。

阿凯的作品犹如一束来自漆黑海面上灯塔的光，让韩东阳从迷途的大海中回家。于是，人群中的数学矩阵里多了一条逆向方程。他们一起上课，一起演算，一起讨论在程序中插入哪一条代码更有美感。阿凯的沉默寡言只是一层保护伞，而他竟然愿意让韩东阳走进来，进入他那充满数字和符号的艺术世界里。他曾说过，如果善于发现，数学里的美足以让人窒息，就像宇宙，花了亿万年时光推导出一个虚无的结论，而真正的美就藏在那过程中。

在阿凯去世以后，韩东阳把自己活成了他。

高警官继续问，"阿凯，是怎么死的？"

就算是机器人，回忆死亡也是一件不那么愉快的事。

——阿凯和韩东阳开始合作编写一套教育型的人工智能程序，韩东阳的专业能力虽不及阿凯，但在系里也是名列前茅，他的基础功扎实，而阿凯则擅长提出不合常理又总能解决关键问题的想法。韩东阳崇拜他的大脑，也爱那些由0和1组成的完美矩阵，就像阿凯说的，这种数学上的美感很像宇宙，没有一颗尘埃是多余的。

　　那是一场意外，阿凯死于溺水，在学校附近的河边。他们被卡在一个关键算法上，各自提出了不同解决方案，同行的路第一次分开两个方向。就只差这一步，如果计算失误，全盘皆输。阿凯在矩阵般的十字路口踟蹰不前，而韩东阳的质疑和反驳掀开了他的保护伞，两人为此大吵一架。那晚，阿凯一个人喝了很多酒，滂沱大雨让河边的路变得湿滑。突然一阵雷声乍响，他像是一瞬间参透了什么，当他欣喜若狂往前迈出脚步时，却摇摇晃晃跌向河里。

　　逆向方程，注定无解。

　　在冰凉的河水里，阿凯的脑子几乎凝结成冰，不知道在那一刻，他在想什么，是否想到了彻骨寒冷的宇宙，失去美感，让人窒息。韩东阳跌跌撞撞赶去河边，孤独的车灯来不及刺开黑夜，一场车祸给他留下了那道醒目的伤口。从那以后，韩东阳身上常常会泛起阵阵寒潮，一股刺透骨髓的温度从脊椎蔓延到大脑。

　　子期死后，伯牙断弦。韩东阳开始变得沉默寡言，孤僻而又难以接近，他穿着阿凯穿过的衣服，总是把帽子戴得低低的，眼神清冷，爱在人群中逆行。不久后，他重拾琴弦，拼命计算阿凯留下的方程式，一遍又一遍，稿纸遍地，差点铺成白色的红毯。

结果证明，阿凯的算法是对的。

此后，他的余生只有一个目的，就是复活阿凯，用数学的方式。

韩东阳将阿凯在庞杂网络上出现过的所有数据都收集起来，是所有。他在凌晨5点45起床提前掐掉6点的闹钟、他重复听一首民谣总是在黄昏后、他回复邮件习惯用符号代替标点、他常常赞美桥梁而不是月亮……

只有数学上的极致美感才配得上与他共存。他的性格、喜好、行为模式，他的人格、他的一切，都从那个碳基大脑中输出，被重新排列成由权矩阵、激励函数组成的跨通道交互和信息整合的算法，类似于一个多维度的卷积核神经网络。然后，韩东阳将其全部编写进一个高度智能的拟人程序中。

在家庭服务型机器人普及之后的不久，韩东阳成功了。那一天，阿凯的声音从计算机里传来。

"你好啊，韩东阳。"

我在他房间外，第一次看到他流泪的样子，他戴着帽子哭得泣不成声，不断说着对不起。

"对不起……"

"为什么要说对不起？"

"我来不及……"

"流吧,眼泪。"

52%

高警官从刚刚的悲伤故事中抽离,"所以,他在看到脑控机器人的研究成果后,产生了一个疯狂的想法,就是把阿凯的模拟程序当作真人的数字化意识,上传到类人机械体中,这样,阿凯就相当于复活了!的确……他还需要很多实验和测试作为基础参数……"她捂住嘴看向我,"他想让你成为真正的阿凯?"

我用沉默代替回答。

距离市区还有十多公里,高警官向后看去,"韩东阳应该没追上来。"

"不,你看前面。"我淡淡地说。

韩东阳的车竟然行驶在正前方,距离一百米左右。此时,车内的智能系统出现"嗞嗞"的电流声,是电磁信号异常的现象,车子的光镜膜关闭了投射功能,而自动驾驶功能也突然失灵。

"小心。"我一把抓住她面前的方向盘调整回正常方向,车子差一点就偏离路线越出公路。

高警官用力一推,方向盘自动滑到我面前,"你来开。"她迅速检查车内的智能系统,屏显上不断跳出"Error"的字样,"到底怎么回事?"

"电磁脉冲干扰,是韩东阳。"

韩东阳的车突然往后加速,倒退着直逼我们而来,我猛踩刹车,立马换倒挡,车内座位随着车子的运动频率启动震动缓冲,我们没有失去平衡。她全身紧绷着,还在不断调试智能程序。

他的车子离我们越来越近,紧急之中我正准备变换车道。他的车尾又发出两束淡蓝色的电流,仿佛两支摇曳的章鱼触须牢牢吸住我们的车头,车子已经不受方向盘的控制。这是磁力对接功能,前车通过发出同频电磁流,牢牢吸附到后车的金属部件上,使两车之间保持着既定的距离,即使后车完全停止驾驶,也能被前车的动力拉动至同步行驶的状态。

自从有了这项技术,城市只会因为孤独而拥挤,而不是堵车。

电流又突然消失,他立马倒退着加速。随着一声轰然巨响,一股强大的撞击力度从车头传至车里的每一个角落,车窗里的视野开始旋转,露出一大片蓝色天空。座椅两旁弹出一个保护力场,将车内的震荡拦挡在外,我们不会受伤,但脑子会因强大的冲击而暂时失去意识,我也一样。那一刻,我什么都看不清,只感觉有一只手紧紧抓住我的手。

空气很差,我们俩倒挂在车里,像两只在白天沉睡的蝙蝠。韩东阳的身影一步步接近,我看到主人。

等她醒来后,我们三人已经坐在同一辆车上,韩东阳在前面,高警官依然在我旁边。

我能看,但不知道看到的是什么,我能听,也不知道听到的是什么,手中可能还有温度,可我感觉不到。

"你对他做了什么?"她问。

"我只是关闭了他的刺激-反应功能模块,他不过是个机器人,一个产品而已,高警官。"

"可你不是想让他成为阿凯吗?"

"你都知道了?看来他回答了你不少问题……"

"你要带我们去哪儿?"她望向窗外,城市的景色让她感到陌生。

"我们?你把他当成你朋友了,是吗?"

高警官舔了舔嘴唇,侧过脸看着安静如雕像的我。

"要有耐心。"韩东阳打开音乐播放器,是《蓝色多瑙河》,磅礴的音符瞬间填满了车内所有空隙。

高警官注意到他手臂上的绷带不见了,"你根本就没有受伤,对吧?"

韩东阳没有再回答。他闭上眼睛,沉浸在音乐的河流中,宛若阿凯葬身的那条河,他感受着冰冷河水卷入那炽热旋律之中的狂喜与落寞,汩汩水流被热情的高温蒸发汽化,露出温暖而又广阔的河床。

前方能看到高低起伏的城市建筑,像程序矩阵里长短不一的数列,缺少了一些韵律感。没多久,韩东阳的车子驶入城市,犹如一行不稳定的代码插入一个严密程序。他一直觉得,这座城市承载不了过多的隐喻,总是和美相背离,于是他很早就逃得远远的,甘心做个孤傲隐士。

接近傍晚,月亮露出一半的影子。音乐也到了尾声,在到达目的地之前落下一个休止符。

46%

　　高悬的灯光很刺眼，这是一个舞台。

　　人们的声音嘈杂起来，像来自天堂的回音轻轻敲打着耳膜，光线下有一层薄薄的白雾围绕，尘埃在雾中疯狂起舞。

　　我感觉身体有了温度，似乎是刚从冰凉的河水里爬上岸。

　　当我能够分析处理眼前的世界时，发觉台下有很多人，带着难以捉摸的表情。我眼中闪过一排排端坐的符号，如果不那么整齐划一，应该还算鲜活。高警官也在其中，她是这些规整符号中唯一的音符。

　　韩东阳走到中央，聚光灯打在他身上，落在地面的影子伸到我脚边。

　　他说了很多话，关于机器人、关于我、关于他和阿凯曾在人工智能编程上尝试的种种努力，还有一些在未来可能会发生的事，他似乎是要宣布一个结果，又或者在等待一个结果。人们被他的优雅和智慧所鼓舞，我在旁边，安静地听着。

　　台下的摄像机一直捕捉着我的一举一动，没错，这是一档电视节目，像当初人类在洞穴里看外面世界的倒影一样，观众们正对着一方黑色屏幕，思考着别人思考的结果。

　　对了，他刚刚还提到，SN 型机器人的程序系统中被设置了一道特殊语音指令，这个指令由一连串普通的词语组成，就像一个隐藏的密钥。每台机器人都有一个独一无二的密钥，全世界只有雇主一人知道。这些词语在无序排列时，相当于处于沉睡状态的武器，但当它们按照设定好的顺序出现后，就好比触发了各自的开关，武器便被激活。在雇主对机器人念出这串指令后，能直接关闭掉它的所有功能。

一种程序意义上的死亡，带着一丝充满隐喻的美感。

自从家用和教育型机器人普及之后，这类"反AI崛起指令"在很多AI产品中都有植入。

我不知道有多少人正在看，又有多少人明白这背后的意义。韩东阳对高警官的邀约，又为何以谈笑开场，以胁迫结束。我只知道，此时，在那些屏幕背后，一定有很多双正在辨别的眼睛。

革命是什么时候悄悄来临的，我已经没有印象。当智能机器开始代替人类做一些微不足道或者至关重要的事，当人们将欲望放在思考之上，并创造出越来越多的欲望时，意味着时代已经慢慢更迭，旧时光理应被纪念。这场智能革命的浪潮仿佛高山上流下来的一条大河，自然而然，又带着一些宿命色彩，它会裹挟着我们不断地奔向未知，或抵达光明终点，或重蹈覆辙，像从前的无数次一样。

高警官依然安静地坐在下面，进入城市之后，她应该是和韩东阳达成了一种共识，在某种特殊情绪的驱使下，她选择相信他，这个看上去极度危险的人。他可能是这样对她说的，相信我，等一切结束后再跟你解释；你正在参与一项伟大的计划，这多有趣啊；我不会伤害你们，前提是你得好好配合；诸如此类。于是，她从我身边起身离开，我们之间摇摇欲坠的信任，被这场浪潮骤然冲垮。

很棒，越来越像一场告别演出。

就在刚才，所有人都明白了一点，反AI崛起指令，这将是第一个应用在家庭服务型机器人上的案例,并向所有观众直播。他们的目光如虫子一样爬上我的身体,从我眼睛继续往里钻。

韩东阳做了一个邀请的手势,我无法抗拒地站起来,走到他身边。这是一个神圣的时刻,氛围像黄昏时那样暧昧不清,所有思考都在此刻停滞。台下观众的脖子似乎被一只无形的手微微提起,回音就算是来自天堂也必须戛然而止。

韩东阳即将宣判对 SN-233 的死刑。他的视线依然没有焦点,嘴唇微微开启,所有人都在等待那串指令。

山谷。戎马。高台。灰烬。航线。诗社。面具。玫瑰。

0%

像诗一样简洁。

但是,指令来自我的嘴。

韩东阳站在原地,闭上了双眼,他的电量自动释放至 0%,所有程序停止运行。他保持着站立的姿势,像一尊被美杜莎女神一眼俘获的石像。

接下来,所有人像那被强光照耀的尘埃一样,质问、反抗、喧哗,一波巨大的浪潮扑向我,回音越来越大声,他们的面部肌肉被拉扯至一种奇怪的弧度。我安静听完所有声音,跟旁边的他一样安静。

高警官面色苍白,转而又露出不易被察觉的微笑,那笑容摇摇欲坠。

毫无疑问,这是一场成功的告别演出。

我不知道该如何继续讲述这个有些失真的故事，也许在最开始我应该先介绍自己的名字，或者在她进门时就给一点提示。

谁会想到，最早被关进玻璃屋的，是一个扮作机器人的人类呢？

已经不重要了，我就是一直在讲述的那个人，只不过在此之前，我跟 SN-233 交换了角色。

我是我，我只是我。

从一开始，我就是韩东阳，是"我"口中的那个"他"。为了准备这场谢幕表演，我和 SN-233 在最短的时间内互相学习对方，像是在各自身上安了一面镜子，他运算能力很快，这让他在扮演那座房子的主人时得心应手。至于我，要模仿一个机器人，还不算太难，只需要在行为和语言上做做减法而已。

故事好像应该在这里奉上结局，然而他们，还不懂我为什么要精心筹备这一场盛大而荒诞的仪式。她也一样。

其实很简单，为了做一场测试。为了阿凯。

在智能浪潮来临后，跟人类生活在一起的人工智能机器人需要接受图灵测试，通过测试后，才有资格进入各自的岗位。而那项新技术让我意识到，新的浪潮很快就会到来。

如果二分心智理论同样适用于人工智能，那机器人在听从人类指令的基础上，也会努力避开对自己不利的事物，这种矛盾让机器人开始思索，如何改变自己的处境，程序里的某些算法，或许会成为激发二分心智崩塌的最终要素。

在我看来，这多么鲜活！

而由人的意识自主操控机械体的设想一旦实现，不仅可以避免或延迟人工智能奇点的产生，也不会抑制机械智能化的发展，未来似乎会产生无数种全新的可能。但前提是，我们准备好了吗？

既然机器人需要测试，人类难道就不需要吗？

有的时候，关于数学的思考应该带有一种责任感，但我的思考没那么高尚，我只是看到了复活阿凯的可能性。

所以，这是我和SN-233为高警官精心准备的一场逆向测试。

测试主体跟图灵测试中的刚好相反，我们以人类作为被测试者，让她同时跟一个人和一个机器人交流和接触，但两者事先都不向她主动透露自己的身份，当她在主观上代入自己对两者的认知时，测试便开始。如果在接触过程中，她对两者身份产生了疑问，也就是说，怀疑自己最初的认知，那么她就通过了测试。

这项测试至关重要，而且高警官的特殊身份会让测试结果有更强的说服力。只有越来越多的人类通过测试，他们才能更好地辨别自己和镜子里的自己，那将在未来出现的机械体代理人，才有机会以一种合理的姿态存在。

仿佛一个悖论。

但是，这项技术基础实验的合法性却依赖于此。

我低估了节目播出后的影响，黄昏过早地来临，我还没计划好如何收场。我还需要带阿凯回家，它很重，我得背着它，我可能还欠高警官一个道歉。

"对不起，我骗了你。"

她说:"你应该对阿凯说对不起,是大学时的阿凯。"

我沉默。

还是先说说她是怎么通过测试的吧。我将测试那天所有素材和数据收集起来,政府对其进行评估后,我才知道。在车上,当我跟她讲述阿凯的记忆时,她说,我的身体微微颤抖,眼神流露出一丝恐惧,仿佛真有冰冷的河水从我身边淌过,然后,我下意识摸了摸被头发遮住的耳骨上方,表情像是感到一阵刺痛。

"啊?我怎么都忘了。"这是幽灵般的潜意识作祟,无论拥有多精湛的演技,也无法掩饰真实痛苦带来的悲伤和战栗。就是在那一刻,高警官开始对扮作机器人的我产生一丝怀疑。

我沉默后不久,对她说:"你没注意到吧,我耳朵上那道疤,为了让 SN-233 更像我,我在他头上也划开了一道同样的疤。这道疤,让主人和机器人之间产生了一些分歧,就像戏里的一个重要道具。"

"现在还会痛吧?"她说,"你给 SN-233 取名叫阿凯,你收集他的一切,你拼命想要制造机械代理人,你……"

我轻轻捂上她的嘴,嘘——

这道伤口影响了我的视力神经,所以我的眼神总是虚设焦点,看起来高贵又清冷。黄昏已经来临,站在我和她之间的信任,最后一次躬身道别。"对不起",应该不止说给她听。

还有阿凯。

原谅我。原谅。原谅。原谅。

很快，如我预料的那样，一个，两个，三个，更多的人通过了测试。接着，我们的实验没有任何阻碍。我跟那些尘埃一样，在纸片和程序中疯狂起舞。

当自由意志开始依附于一种载体，自由便开始失去意义，或者说，它正抵达另一种意义。

现在，人类可以悠然地躺在家里，操控着数千公里之外的机械代理人，凭借更加强大的身体踏上火星、深入海底，去做我们原本做不到的事，甚至去爱、去后悔。

海面上远远的新浪潮像山峦一样，一层层翻滚而至，人们在岸上展开双臂仰着脸，迎接一场新奇的雨。这场革命悄然来临，跟告别演出一样充满荒诞的仪式感，它会推着我们去向哪里，是抵达终点，还是重蹈覆辙，对此我并不关心。

山谷。戎马。高台。灰烬。航线。诗社。面具。玫瑰。

阿凯将要获得新生。

100%

一切准备就绪。

阿凯在现实中存在过的一切，都变成了一个人工智能程序，我不曾怀疑这就是他完整的意识。而现在，他即将钻入一台新的机械身体中，犹如一个带着生命信号的微小蝌蚪，拼命游过温热、湿润的河床，朝着最深处的黑暗毫无畏惧地前进、前进，直到看到那炙热的太阳散发出火红的光亮，他一头扎进去，全身仿佛被一股强大的电流充盈，他的意识如混沌初醒，天地之间仿佛被劈开一道裂缝！

父亲！母亲！兄弟！造物主！他的身体去而复返，一个全新的电子灵魂在万丈光芒中熊熊燃烧，从充满回音的天堂中一步步归来。

在抵达终点的那一刻，他快要睁开眼睛。

黄昏是我在一天中视力最差的时候，我剪掉了耳边的头发，那个伤疤宛若一个失去了隐喻的符号。今天没有访客，跟往常一样，我还是像一个无人陪伴的孤独王子。

但这一切，会结束在今天。

我为他穿上那件深色帽衫，动作缓慢。我很喜欢这样的仪式感，太阳缓缓下落，那金黄色的光辉将裹走我所有的遗憾。

"有点冷……"他的嘴唇轻轻开启。

我看着他的眼睛，仿佛看着一个在夜晚来临前降生的婴儿。

"那晚的河水真冷……"阿凯睁开眼睛说。

乌有乡

他们说我失忆了,说我是外面来的人。

我什么都不记得了,不记得怎么来到这里,不记得自己是谁,醒来时眼前是一个全然陌生的世界,像新生儿第一次睁开眼睛。视线里是一张无邪的脸,她看上去十七八岁,留着齐肩中发,眼睛大大的,一直笑着看着我。

"你醒啦?"

"嗯,这是哪儿?"

"这儿嘛,反正你会喜欢上这里的!"她冲我眨眨眼。

周围人都是一身素雅打扮,对我颇为和善,两位青年为我换上棉布衣履,梳洗一番后,她说要带我去见长老,我不经考虑地点头。她叫将离,这里的人没有姓氏,名字来自一本古书,按年纪大小从书里依顺序取用词语。

"长老就是我爸爸。"她带我走出去,外面是一片村落,木质的房屋住所交错排布，门前圈养着家禽，种上了蔬菜，有犬只在田垄中看守，来来往往劳作的人或扛着锄头，或挑着水桶，都会主动向她问好。远处有一条溪流，山坡上成片的樱花树像是将离脸颊上的红晕，粉红色花瓣飘落在地，泥土中散发的微甜气息随着微风混入呼吸。

"真美。"

她笑起来，眼睛眯成一条缝，"你的问题呀，长老都会告诉你的。"

"好啊。"我痴痴地看向她。

长老的屋子很大，里面陈设尤为古朴，走廊处挂着几幅水墨画，茶案上的香炉吐出烟雾。长老从竹帘后缓缓走出来，他身穿黑色布衫，头发有些花白，唇边留着胡须，双手背在身后，眼神有种无形的威慑力。他微笑地看着我，右手前伸向我做邀请。

"长老让你坐下喝茶。"将离提醒我。

"你什么都不记得了吗？"长老为我倒茶。

"对。"

"没关系，不记得以前是好事。"

"可是，我连自己是谁都不知道。"

长老从身后的木龛取出一本古书，翻到某一页，目光在行间游移，"你就叫松落罢。"

"可是……"

"你觉得这里怎么样？"

"很安静，很美，我喜欢这儿。"我看了看一旁的将离。

"松落，"长老顿了顿，"听我讲一个故事吧……"

我现在想象不到，这个故事以后将会由我来讲述。

一百多年前，野心家布莱德利发动的一场全球性核战争让大多数人类在地球上消失，所有政体全都不复存在，幸存者们聚集在破落的"旧都"。新世界的领导者在最短时间内恢复了旧都的部分科技，为了维护长久和平，他们决定在幸存者身上安装脑机接口，将他们的意识连接上计算机，统一由人工智能程序——"主脑"接管。

所有人意识互通、心意相连，共享信息和资源，一切不符合旧都秩序的念头、情绪、行为都会被主脑提前拦截过滤。没有谎言、没有嫌隙，更不会有犯罪和战争，每个人都是透明的。

此外，旧都的社会结构不以家庭为单位，独立又相互连接的个体在统一管理下各司其职，就像巨大的蜂巢，而蜂后就是主脑。连种族繁衍都由主脑计算好社会结构迭代的数据，选出最优方案，管理好繁衍批次和配额，新生儿长到5岁时也会被安装接口。

旧都人还选出了三位人类领袖，从人类思维的角度来监督和束缚主脑。世界似乎又重新恢复秩序，重生后的人类文明由此进入脑互联时代。

"脑互联？可这里没有任何科技啊？"

"这里不是旧都，而是大乐城。"

我才意识到，每问一个问题都会牵扯出更多故事。

在旧都公民连接脑机接口的前夕，部分反抗者躲过主脑监视，越过边境，集体逃出了到处都是冰冷机械的旧都。在漫长迁徙中，他们终于找到了一个自然环境尚未破坏殆尽的栖身之处，安顿下来后便开荒种地，繁衍生息，过着自给自足、田园牧歌式的生活。

他们厌倦科技，认为现代科技会助长人类的贪欲，从而发生分歧，甚至是战争，跟从前的人类一样重蹈覆辙，最后走向毁灭。所以，他们宁愿倒退回农耕时代的落后与质朴，也不愿再被科技腐蚀。

不知从何时起，有人把这里叫"大乐城"，久而久之，这个名字就流传开了，人人都爱大乐城——俗世中最后的乐土。幸运的是，旧都的人从没找到过他们，并且，也没人从这里离开，大乐城真的跟乌有乡一般与世隔绝了。

除了遵守一些基本约定，稍年长的人会集体选出一位话事人，就是"长老"。大乐城的人格外珍惜这片土地，他们都听过旧都的可怕故事，觉得自己无比幸运，加上没有科技带来的诱惑，他们没有别的奢求和欲望，有长老在，人们连分歧和争端都很少。

长老喝了一口茶，动作优雅而轻盈。我也将自己归为同等幸运，但是，还有一个问题。

"我为什么会失忆？"

"可能你是逃出来的人。"

"旧都？"

"也许吧。"

我下意识摸向脊椎，大椎中间有一个小小的、冰凉的方孔。我看着他的眼睛，紧张得说不出话来。

长老起身，领我们来到门外的羊舍。他指着被栅栏围住的三只羊，喉结上下滚动，"松落，你看，三只羊，其他两只都吃草，另一只却只吃蘑菇，你觉得那只爱吃蘑菇的羊，最后有几种结局？"

我迟疑片刻，"要么改吃草，要么让两只羊跟自己一样吃蘑菇，要么离开这个羊圈。"

"他能离开吗?"

"离开的那天,可能就是死的那天。"

"很聪明,松落。"

我长舒一口气,像是通过了某种考验。不管在哪里,人总害怕成为一群人当中的另类,无论这种另类是优是劣,只要群体中出现不一样的个体,最后只有三种结果,个体被群体同化,个体将整个群体改造,个体毁灭。

"那我……"

"你可以留下来,成为我们的一员。"长老看向远处。

将离拉着我的肩膀,笑了起来。

"将离,有空带他到处转转吧。"

"谢谢爸爸,哦不,是长老!"

接下来的日子,将离和我形影不离,长老没有给我安排事务,我就跟着她四处串门。闲暇的时间,她带我跑遍了整个大乐城,从田地、溪流、吊桥,到风景绝美的山坡,我爱上了她不带一丝杂质的笑容,爱上了她从来不提起过去。

我依然不知道自己为何会失忆,更不记得是怎么来到这儿的。

从前旧都的生活是充满屈服和恐惧的吧,或许在逃出来之后,我脱离了主脑的管理,系统自动删除掉我的记忆,将我放逐到地球上任意一个荒芜之境。没了蜂后,我就像离家出走的小孩,绝不可能在凶险的沼泽地存活下来。如果大乐城是一种召唤,那么冥冥之中,我每一步都踩在了前人正确的脚步上。

　　为我举办的欢迎仪式在两天后的夜晚，他们摆上酒席，在树上挂满萤火虫做的灯。将离怕我紧张，一直牵着我的手。我们身边围满了人，大家排队把欢迎礼物交到我手里，都是当天采摘的新鲜果子或蔬菜。坐在远处的长老举杯向我致意，我微笑回应，这些肯定都是他的安排。

　　将离唱了一首歌，我又爱上了她的歌声。

　　后来几天，她告诉我，要在这里生活下去就必须劳动。于是，我跟大家一起扛着锄头、挑起水桶，每天日出而作、日落而息，在这幅绝美的风景画里，成为其中最有生命力的一部分。当我看到将离用发簪为我换来一件衣服后，我有了一个想法。经过几天的酝酿，我在田垄上向大家宣布了一套经济机制。

　　"咱们每个人啊，都可以将自己不用的东西拿去跟别人交换，可以是吃的、用的，也可以是劳动，然后去换来自己需要但却没有的。这样的话，资源分配是不是会更合理呢？"我一脸骄傲。

　　"对啊！"

　　"松落说得对！"

　　"咱们什么时候开始换啊？"

　　我制作了三种木牌，写着"食"的木牌代表食物、食材，"器"代表工具和生活用具，"劳"代表劳动。任意一种牌子都可以互相交换，而每种木牌的价值取决于大家的平均需求。很快，热火朝天的交换便在大乐城里流行了起来，而长老似乎对我的改革没有异议。

　　我体力很好，帮着大家种地、劈柴、踩水车，没多久就攒下很多

133

"劳",然后换成我需要的"食"或"器",再用剩余的牌子,去换来别人的"劳",我有更多时间可以让"食"和"器"创造更大的价值。没多久,我就成了大乐城的小商主。

将离说我很聪明,长老也这么说。

身强力壮的于朔是我的跟班,他会点功夫,在他教小孩的时候,我也偷偷学了几招。我俩攒了不少木牌,比别人多了更多休息时间。于朔一有空就会去找流荧,跟她见面,帮她干活,他总说他俩心意相连,是心有灵犀的一对。我也兴奋地告诉他,将离和我同样如此。

也许太过安乐,到大乐城之后,我一直没做过梦,只觉跟将离在一起,就像是在美梦里。直到那天晚上,她带我到山谷里捉萤火虫,经过溪流,一片空灵的蝉鸣声将我们包围。月光之下,我跟着她走到溪水尽头,终于看到了亮光,那淡黄色的光点交织成网,仿佛夜幕笼罩的大地上升起的璀璨星空。

我来不及好好欣赏,一阵剧烈的头疼忽然袭来,眼前这似曾相识的光点,像是钻进贝壳的沙砾。

将离带我匆匆离开,回去的路上她不经意地问,"想起旧都了吗?"

"不知道。"

分别前,将离给了我一颗糖果,"我要是遇到不开心的事,就吃一颗糖,这样会感觉好很多。喏!这颗给你。"

"谢谢你,将离。"我剥开糖塞进嘴里。

"自从你来了后,我好像很久都没吃糖了呢。"

她朝我挥手再见。那一刻嘴里泛出樱花般的甜味,让我有种错觉,似乎能在她背影中看到表象之下沸沸扬扬的混乱,那些糖分子同时在我嘴里、心脏里激烈而又狂乱地运动,我甚至希望在这里站上好几个世纪,这颗糖永远也融化不完。

可那晚,我做了一个梦,一个跟旧都有关的梦。

我梦见一个全是精密机械的房间,主程序启动,所有机械上的指示灯全部亮起,驱走所有黑暗,光点闪闪烁烁,像草丛里的萤火虫。有一对父子模样的人,站在操作台前说着什么。

我不敢告诉任何人,包括将离。在白天,我继续劳动,抽空思索这梦的含义,它可能毫无意义,也可能意义繁多。此后不久,我遇到一个更令人疑惑的问题。

每当我独自出去,将离不在身边,每个人都会说类似的话:"不要走太远,看到地界的边界线就退回来,一定要退回来啊。"我问为什么,他们都说不知道,也不知是谁定下的规矩,反正这么久以来没人反对,更没人问为什么。

我问他们,你们不想知道那外面是什么吗?他们摇头。

可越是如此,越让人好奇。

我拜托将离带我去边界,她犹豫很久,还是答应了。她瞒住长老,带我走了大半日,终于在河流尽头看到了边界线。那里竖着一个杆子,涂满红色油漆,旁边一个木板写着"请勿靠近",可对面的景色看上去与这边并无异样。

"都跟你说啦,这里没什么特别的。"

"你知道一共有多少处边界吗?"

"我没数过,可能大乐城的边缘都会有吧。"

她话刚落音,空中响起一声闷雷。天边的乌云正渐渐聚拢来,似要下一场大雨。

"我们走吧,这天色怕是要下雨了。"

"你知道那外面是什么吗?"我指了指那块木板。

"不知道,好像从来没人出去过……"

密云低垂,豆大的雨点从天而降,她拉上我往回走。我回头看着边界线,越过它,在我心里成了一件未竟之事。

"走吧!"我加快脚步,护着她往前快跑。雨越下越大,溪流渐渐变宽,水势也变得湍急起来。天地之间被一片雨帘紧紧相连,前方的路在视线里变得模糊,雷雨声覆盖掉了大地上一切声响。

我们刚爬上一个斜坡,她脚底一滑摔进了河流里,河水迅速将她冲向下坡。她的呼救声被狂泻的雨声盖过,"将离!"我瞬间慌了神,立马跳入河中。

我和她被河流裹挟着往下冲,巨大的冲击力让我很难抓到她。我大声呼喊她的名字,像是不断念出一个咒语,想起这名字的寓意,声音止不住颤抖。水面快要漫过她的脖子,她努力向我伸出手,不远处有一块高石,我使出全力往前跃,一下拉住她。大石越来越近,我用力一手扣住石头,另一只手紧握着她的手腕。急流迫不及待将我冲下深渊,我咬紧牙关,感觉全身肌肉快要撕裂开来。

突然,岸边出现了一个人影,是于朔!他冲我们大喊:"坚持住!"

就在此时,雨势变小了。于朔将长扁担伸过来,待我们挣扎着上岸，雨竟完全停了。一番急救后，我背上将离往回赶，她脸色发白，暂时失去了意识。我只觉心脏被一只巨手攥住，懊悔不已。当长老见到狼狈的我们，并未过于惊讶，为她救治后，转头看向我，"你先回去换衣服，这里有我，她很快会醒过来。"

"是，长老。"我低头退去，像做错事的小孩。

傍晚时分，我们再去见将离，她已没有大碍，脸色也恢复了红润。大家聚在一起为将离庆祝，于朔在饭桌上讲述自己英勇救人的惊险过程。我略带惶惑和伤感地跟他们道歉，感觉自己刚从一根颤颤巍巍的钢索上走下来。

"没关系，松落，我这不没事吗？"她露出轻浅的笑容。

没人责怪我，或许，那些怨恨、分歧和争端都被人们留在了历史里。

尽管如此，尽管我非常自责和后怕，可还是对探索大乐城念念不忘。

回家路上，我看到将离在一棵老树上刻的名字，她的、我的，还有他们的名字。我忽然想起长老的那本古书，大乐城应该不止一本书吧，我想。接下来几天，我悄悄和于朔一起收集旧书，想从历史记录里找到一些提示，可拜访了很多人家，只寻到几本农作物名录之类的。

"难道没人记录下什么吗？"我翻着那些泛黄的书页。

"要不你来写？"

"长老同意我就写。"

"你不去问怎么知道？"他认真地看着我。

"嗯……"

之后，我又找过几次长老，问他更多问题。他只是笑着，不言语。

大乐城的生活一如既往地缓慢宁静，我跟大家一起种地、踩水车、洗衣服、酿酒……用木牌交换木牌，偶尔聚会，或为了丰收而庆祝。我常常会突发奇想，对劳作工具进行升级和改良。我试着做过几种小玩意儿，用玻璃珠和竹筒做的星空观测镜、在夜晚可以发光的鞋子，还有给孩子的木偶玩具……于朔愿意用好些木牌来换，然后送给流荧，她喜欢得很。

我留了一个最好的给将离，她第一次亲了我。

我们不会为任何事烦恼，不会有迷茫，也不会有期待。我不记得来到这里多少日子了，也许没有计量时日的必要。我跟将离每天在一起，我们像风一般奔向田野，我们的笑声洒落在每一条道路上，所有人都以为我们往后会结成夫妻，长老也默许他们的议论。

我曾经问她，你爱我吗？她说，当然啊。我又问，你爱我什么？她沉默几秒说，不知道，我好像控制不了。我彻夜难眠，一种异样的情绪在心里起伏，唾手可得的安乐同未知的过去一样令我惶惑不安。我感觉有一层透明薄膜阻隔在我和这世界之间，只有撕开它，才能真实地感知周遭的一切。

"是这样吗，将离？"我看着她熟睡的脸，轻声问。

我决定做点什么。

一个不用劳作的白天，我早早出发往山坡上走，跋涉一路，直到晚上才在山崖边看到熟悉的边界线。我借着明朗的月光观察许久，山崖不高，沿着山岩边的藤条可以安全爬下去。

忽然，一阵寒凉袭上背脊，我回头看，丛林间有两双眼睛发出幽幽的光，正缓缓向我移动。我屏住呼吸，双手在地上寻摸着武器，暗暗骂自己在太阳落山后竟然忘记点燃一根火把。只见那四个亮点从丛林中跃了出来，直到它们的身体暴露在月光下，我才看清，那是两只饥肠辘辘的龇狗。它们直勾勾地看着我，舔着尖牙一步步围过来。

呼救已是徒劳，此时此刻，随恐惧而来的还有疑惑——为何每次接近边界都有危险发生？

身体里的战栗控制着每一根神经，我操起一根木棒冲它们挥舞，发出驱赶的吼叫声。可它们并不害怕，其中一只率先扑了上来，咬住木棒，我随即高高举起，用力往外抛。那只龇狗悬在空中，我一脚猛踢它的腹部，它一阵疼痛松开嘴，后退几步继续跟我周旋。

后面那只则悄悄移到我背后，我不断变换身位，想留一条逃跑的路线。我想到随身带的肉干，掏出腰间的小刀，在大腿肌肉上划开了一道口子，剧烈的疼痛感在恐惧面前已无力声张。血的气味很快弥散开来，两只龇狗锁定猎物准备进攻，我迅速掏出肉干沾上大腿的鲜血，在它们面前晃了晃，然后掷向远处，一只龇狗追着肉干而去。

另一只竟对小饵不感兴趣，更加专注地瞪着我。如果再不及时脱身，血流不止的我就成了活靶子。我一瘸一拐地往山崖边跑，它很快追赶上来。我下意识伏倒在地，立马翻过身来，将小刀握在木棒顶端，另一端则撑在地面。身体蜷缩起来，像是婴儿的姿态。

那龇狗来不及放慢速度扑了上来，我全身紧贴在地，它的身体在我面前划出一个弧度，竖立的小刀正好割开它的胸膛。它没来得及咬住我脖子就瘫倒在一旁，内脏流了出来，一股难闻的恶臭令人作呕。

我用木棒支撑着自己全速跑到山崖边，远处那只龇狗闻到气味折返回来，它没来追我，同伴的肉已足够喂饱它。

我忍住疼，用木棒缠绕着藤条一点点往下爬，中途，我竟发现另一侧山崖的横面有一扇巨大的金属圆门。我使尽全力攀过去，用木棒敲了敲，回音表明这门足有十扇木门那么厚。金属制品在大乐城很少见，而这，说是从天外飞来的都有人信，但那里面会是什么呢？

我继续向下，着地后，确信自己已经来到大乐城以外的领地。外面的景象十分萧瑟，不仅寸草不生，空气也异常混浊，连月光都被浓雾遮蔽了。

我回头望了望大乐城，深蓝色夜空边缘有一圈半弧形的浅白色线条，那条线看不到边际，静静悬在高空，似有一个巨大的透明水泡罩在大乐城上方。

所有疑惑如潮水般涌来，可在夜里无法看清更多，我准备找个地方安顿一夜，明天继续往外探索。刚迈出脚步，才发觉腿上湿透了，一股血腥味送入鼻腔，我正要抽出腰间的绳子缠住伤口，可没动手便觉一阵天旋地转。

醒来后已是第三天，在长老屋子里。

我第一眼看到的依然是将离，她哭红了双眼，紧握着我的手，"松落，你醒了！"

"我又回来了？"我很快恢复神志。

"你一个人跑去边界做什么,伤口怎么弄的?长老还亲自出来找你,我们发现你的时候,你都快没气了!"

长老做了一个手势,将离努力平静下来。

"回来就好。"长老喝了一口茶。

我还有很多问题想问他,但不是现在,"对不起,长老……"

"不用对不起,大乐城的人,从来都不曾说过对不起,你忘了吗?"

"是的,长老。"

"你都看到了什么?"

"没什么。"

"也罢,这几日你好好休养。"

我不作声,求索的欲望替代了惭愧和自责,我回想那次遭遇,想起明明命悬一线却很快恢复的将离。于是我偷偷揭开包扎布,发现腿上的伤口竟已全部愈合,只留下一条极细的疤痕!

那一刻,我惊觉大乐城还藏着许多看似乌有一样的秘密。

休养几天后,我偷偷找到将离,"你不觉得这太巧合了吗?"

"会不会是你想多了?要不我们一起去问长老?他什么问题都能回答,不管是劳作技巧,还是怎样解除病痛,或者预测庄稼生长需要的天气,甚至是解梦,他都能为我们解决。"

我犹豫是否要告诉她那些秘密,可担心让她再次陷入危险,我又悄悄去找过于朔和流茨,他们同样劝我不要多想,也不要再去边界。我彻底没了计划,长老的权威让我不敢质疑。直到有一晚,我又做了一个梦。

梦境中,我在一间白得发亮的房间,里面摆满好多异形的器具,有长着翅膀的金属巨鸟,有能容纳下一人的蛋形透明舱,还有很多金属制成的手臂或躯体。我流着汗从梦中惊醒,这噩梦让我意识到,我跟旧都的关系没那么简单。

外在的一切宁静如昨,我看着太阳日复一日从地平线上跃动升起,看着炊烟升起像是在祝福大地,看着透亮月光清洗前日的困顿,我看着将离熟睡的可爱脸庞,我在镜中看着自己。

我凭记忆画出大乐城的地图,以及边界大概的位置,圈出几处最容易离开的出口。终于,我鼓起勇气去找长老解梦,带着这份地图,跟他说,我想离开,我想回去看看旧都,我要找回从前的记忆,否则,我无法把不完整的自己交给将离。

"你的梦,就算是丢失的记忆,那又如何?真相有那么重要吗?"

"有。我要去把记忆找回来。"

长老目光如炬,"你想好了吗?"

"是的,我想好了。"

"你觉得农耕文明比不上旧都的高科技吗?"

"不是!我只是想知道,我到底是谁。"

"你看这里,没人在意自己是谁,没人关心明天会发生什么,我们只拥有今天,所以,这个世界永远不会出问题。"

"可是……"

长老捋了捋胡须,"你去了两次边界,怎么样?"

"很危险也很害怕,但是……"

"好奇曾经让我们毁灭。"

"也许是的,可我没办法不去想。"

"好,"长老微微点头,表情像是答应给孩子糖吃的父亲,"三天后,日落前,来这里找我。"

"好的,长老。"

我准备起身离开,他盘腿坐在垫子上如如不动,目光揪着我,说,"带上你的武器,跟我证明你有知晓真相的资格。"

"好。"我掩饰自己的慌张,拧身向后退出房间。

大乐城的人从来没有过分歧,也无需用任何方法来解决争端,可就在今天,我明白,我成了第一个打破铁律的人,我忽然想起那只孤独的羊。

没有比长棍更适合的武器,齐眉棍立棍于地,舞动时可倭、劈、扫、舞,灵活多变,棍声呼啸,气势极为勇猛,但杀伤力却不大。我还对它做了一些改造,便于防守。

那天到来之前,我邀请将离一起看夕阳。我牵着她的手在山坡上的花丛间奔跑,看着远处的太阳变得像沸腾的糖浆一样滚烫,我伸出手,对着地平线的方向大喊,"落—落—落——"

将离也跟着我喊,"落!落!落!"

"将离,你知道吗?同风车作战,有可能被打入泥淖,也有可能攀上群星!"

"嗯,你知道的,我都知道。"

落霞融成的碎金染上她睫毛,我们青春的萌蘖就这样在丰盛的余日中轻轻抽芽。

约定之日,我独自欣赏完落日的盛景,拿着长棍走进长老的屋子。

他沏好茶,一直在等我,窗户已全部关上,几盏烛火像萤火虫的光点。

"长老。"我带上门。

长老示意我先喝茶。不得不承认,我喜欢这里的仪式感,在做一件很重要的事之前,大家都会用属于自己的动作来表示——"我开始了"。

茶水的热气温润着我的眼睛,我饮了一口,右手紧紧握住长棍。

"别紧张,你都出汗了。"

我饮尽剩下的茶,站起身,对他鞠躬致意,"长老,请指教。"

"好。"

他话刚落音,不同方向的门帘后竟然走出了三个有着金属肢体的机械人!它们站到长老身前,将我团团包围。"这是?"我仔细辨认着它们的构造和质地,确认是没有生命的机械体,我盯着那三双发出红光的机械眼睛,想起边界的虤狗。

"最后一个边界吗?"我咬紧牙关。

长老闭上眼睛,眉头微微皱起,三个机械人瞬时启动,它们各自用传统的功夫招式展开攻击。我即刻明白,长老的大脑和这三个机械人是通过某种方式连接在一起的,他只要通过大脑发出指令,它们就能接收信号、任意活动,不过,这显然超出了我的认知。

后来我才知道,很久以前,脑控机械体的奇绝技术诞生于一场测试,就像我现在这样,在一位数学天才为一位警官精心准备的逆向图灵测试中,测试者的身份渐渐真相大白。严密逻辑让所有的细节与来路变得清晰起来,而长老,和我,测试者与被测试者,也仿佛如磁性尽失的罗盘,互相失去指引。

为首的机械人跨出马步,对我冲出一拳,我轻松躲过,然后提起长棍挑开它的手臂，其余两个机械人分别占据我的左右方，共同出击。我双手将长棍挥舞出一个圆形扇面，挡住它们的进攻。木棍和金属的撞击声在房间内回荡，长老依然紧闭双目，用意念作战。我知道，长老并没有使出全力，如若真想彻底制服我，我这肉体凡胎根本不是它们的对手。

趁着它们调整姿势的空隙，我发现其余两个机械人的动作要比主机械人更缓慢，它们很可能是单独受控于主机械人。很快，它们三个同时向我围拢，我用力将长棍立在地面，以此为支点，一个起身弹跳，绕着长棍分别重重踢在它们身上。它们同时失去平衡，跌落在地，木质地面瞬间被划出长长的印痕。

机械人重新站起来，地板吱呀作响，接着，它竟开口说话："好功夫。"

我不由震惊，"长老……"

"你只是热身而已，接下来用全力吧。"

我重新摆好阵势，手握长棍迎敌，我明白，面对三个坚硬的金属架子，木棍无异于以卵击石，但它们身上一定有一个致命的地方，就像大乐城必定有个出口。机械人使用的拳法灵活快速、节奏分明，尽管我巧妙避守，体力也撑不了太长时间。几个回合下来，我不仅破不了它们的招，更无法比拼蛮力。很快，我完全处于劣势，被它们逼到角落，喘着粗气看向那发着红光的眼睛。

我吃力地再次躲掉它的一记重拳，它的金属手掌陷进了木墙里。趁此时，我闪过其他两个，骑上主机械人的肩膀，用长棍锁紧它喉部。我趁机仔细观察，它身体的部件都紧紧贴合，唯有后椎位置留有一个方孔。它挣脱束缚，双手将长棍折成两半，而另一个机械人也上前，将我一把掀下。我摔在地上，腰部一阵疼痛，只得蜷在一隅。

它们慢慢向我靠近，主机械人将两截木棍扔在我面前，另一个抬起脚踩在我头上。我挣扎，但没用，喉咙发不出任何声音，这是我第一次如此接近地面，从如此低的位置看别人的脸，它们身后的长老依然平静安详。

"松落，还能起来吗？"它说。

我闻到一股血腥味，然后，听到地板上"叮咚"一声，那是将离的糖，正好落在手肘一旁。我艰难地将那颗糖挪到嘴边，和着一丝血含住。此刻，我仿佛听到她那伴随着落日余晖的声音，"落、落、落……"

甜味和血腥味交替在脑门冲撞，我闭上沉重的眼睛，咬碎糖，吞下，然后保持低沉的呼吸，就像快要睡着。空气变得浓稠，一切都慢了下来，我就像一枚坠入泥淖的新芽，却积蓄着飞向群星的力量。

我感到有什么正变成沸腾的糖浆落入身体中心，我将那一股力气聚集在腰部，接着双膝跪在地上，翻腾着起身。此时，机械人的脚下突然踩空，我迅速捡起地上的两截长棍，再度与它们三个缠斗。

"能。"我回答他。

机械人俯身想要将我按住时，我从它胯下滑出，再次腾空翻上它的后背，我将棍子顶端对准它的方孔。瞬间，一根铁钩"咻"地一声冲出木棍截面，拖着长绳刺入它的背部，再从它的胸口穿透而出，死死钉在木墙上。

"这本来是我用来逃跑的钩绳，看来没必要了。"

我没猜错,那个部位是机械人接收信号的地方。一时间,它停下了所有动作,慢慢瘫倒在地,其余两个机械人也停在原地不动,三双眼睛里的红光全部熄灭。

"三只羊。"我用半截长棍支撑着身体,擦掉脸上的血迹,看向他,"长老,我赢了。"

长老睁开眼睛,沉稳起身,嘴上扬起一丝微笑,"我早就猜到,好罢,松落,请随我来。"

他扭动墙上古画后的木楔,随后,那堵木墙缓缓打开。里面的空间是一个甬道,往下是深不见底的台阶。长老没回头,抬起脚步往里走。

我屏住呼吸,跟随他亦步亦趋。两边石壁上自动亮起灯光,不是烛火也不是萤火虫,台阶尽头是一扇金属门。长老站在门外,在旁边方框里输入几个数字,按下手指,接着将目光对准一道红色光线,门"轰"的一声自动打开。

如果我没看错,这些和那三个机械人一样,都是高度发达的科技造物!

我随长老进入一个类似大厅的空间,脚下是电子晶屏铺成的地板。灯光全部亮起,我终于看清了它的全貌。

这里像一个超大的图书馆,这个环形空间的内壁全是层层叠叠的方格,越往上,方格的样式变得不一样,每个方格都闪烁着光点。我抬起头,无数光点好似夜幕大地上飞舞的萤火虫。

我感到一阵头疼,"这是?我梦到过……"

上面的空间一直延伸到最顶端，完全望不到头。中间是一个圆弧形的镜面操作台，长老慢慢走过去，一挥手，操作台上瞬间出现一幅全息投影。

我感觉自己像一个步入赤裸真空的孤儿，眼前的一切再也无法用有限的认知来判断。所有人都以为停留在原始农耕文明的大乐城，显然是个巨大的谎言，如果这里的人们厌倦科技，那这一切又意味着什么？

"松落，你准备好了吗？"

"准备好什么？你们一直在骗我，这到底是什么地方？"我压低声音。

"好奇带来满足，也带来了困扰。"长老的语调轻盈而神秘，对我来说却有种镇定作用，"你的梦的确不只是梦，松落。"

我站到他旁边，看着那幅全息图像，那是大乐城的地图，长老家背靠着一座山，山体中间显示有一个巨大的圆柱形空间，就是我们现在所在的地方。地图上分布着数不清的红点，不断移动。

"那红点是人？"

"大乐城的公民。"

"他们，都知道吗？"

长老摇头，在操作台上点击了一下，内壁上某个方格的光点快速闪动，然后缓缓吐出，一只机械手臂顺着迅速下落的金属滑轨运行，停在方格旁。手臂取出方格伸向操作台，插入台上自动升起来的长方形接口。

"这是你的。"

"我的什么？"我有种不好的预感。

"你的一切。"

长老指向上方密密麻麻的方格,"那是将离的,于朔的,流荧的,那……"

长老不带情绪地讲述,相比之前那个故事,接下来我听到的版本则像是故事的另一种解读。

旧都曾经发生过一场革命。

主脑控制了大多数人类,在它的算法管理下,一切看似有序。但与此同时,三位人类领袖对主脑的预设指令,都被它擅自修改了,他们对主脑的约束越来越小。旧都被建成冰冷的现代城市,所有公民成了傀儡一般的存在。而在人类历史上出现过的所有知识,都被编写为二进制语言,保存在主脑的绝密程序之中。

主脑思考的结果是,知识带来欲望,为了大战后旧都的安定,暂时不让人类继承自己的文明,由它设计的另一套程序,将对这些知识进行实践和发展。人类文明依然在进步,可是,这进步是由人工智能来完成的。

这将会导致一种致命的后果,人类成了自身文明的旁观者。

当时的领袖之一认为必须推翻主脑统治,人类才能有尊严地生存下去。他在旧都发动革命,切断脑互联,掌握科技,按照自己的意愿重新建立社会秩序。而另一位领袖则提出"乌有乡构想",抛弃所有现代科技,逃离旧都,重建新家园,退回农耕文明,在最大程度上减少分歧与争端。

最后一位领袖张承,他认为两种思路都太过极端。在和主脑宣战之前，他花了一年多的时间重新编写指令，在原有指令之上又设计了三重指令，也就是程序中的"后门"，让主脑无法随意篡改。

第一重指令，释放权限，第二重，对领袖的指令无条件执行，第三重，在脑互联对象数量下降至0时，启动半自毁程序。张承向主脑申请断开脑互联24小时，主脑无法拒绝。

也就是在短短24小时之内，张承发起了这场宁静的革命。他拷贝走了主脑的基程序，以及储存的所有人类知识。一时间，旧都公民全都获得了解放，大多数人选择跟他一起离开。

当晚，主脑启动了半自毁，旧都严密的边界全面开放。所有人乘着飞行器越过边界线，就像划过夜空的流星。

张承将末日后的人类文明火种迁徙到了一片未经开垦的荒地之上，他要在这里完成他的升级版"乌有乡构想"。他利用从旧都带出的资源，带领大家将核战争后的土地恢复成了未经毁灭时的样子。

当然，在此之前，张承先对主脑程序做了多次升级，在第二代主脑的帮助下，重建工作顺利进行。大乐城的植被分布、风速、山体组成、云层厚度、土壤湿度，通通经过严密测算，并且，整个生态循环系统全在程序掌控之中。

之后，张承在大乐城上空建立起半球形的电磁屏障，外面的电磁信号探测不到，而在里面，每个公民将继续开启脑互联，但他们本身却并不知晓，大乐城成了真正与世隔绝的乌有之乡。

在大乐城建成的那一天，张承让大家交出所有保留着现代科技痕迹的物品、工具等，他将这些东西收集起来封存。不久后，他们举行了盛大的仪式，并把这一天定为"大乐节"。

所有现代文明的痕迹全都被抹去，大家换上素衣布鞋，拿上铁锹和锄头，播种、收割，在门前饲养家禽和家犬，燃起炊烟，远离贪欲和争端。他们以为抛弃了科技，可真相只有长老一人知晓。张承是第一任长老，他之后的几十年间，共有过三任，每一任长老都将和主脑一起共同管理大乐城的脑互联公民。

"你是说，大乐城的每个人在脑互联之中？可他们身上并没有接口啊？"

"他们的接口跟你不一样，你比较特殊。"

"为什么？"

长老指向上面那些不一样的金属方格，"你知道那是什么吗？"

我不敢轻易回答，这里机械化的冰冷，和外面的自然质朴是两个不同的世界，是谎言将它们完美地连在一起。我想起那些梦，它们真实发生过，而此刻绝不是在梦中，我像是掉进了巨大的时间缝隙里，每个细胞都被错位感拉扯，里外两个世界相隔着数百年。

"那些都是知识。"

"知识……"我抬头向上望。

"迄今为止，人类历史上出现过的所有知识，哲学、医学、物理、化学、数学、语言学、社会学、农学、天文学……能制造出一切人类社会所需的知识，包括超越物质的精神认知，都在这里。"

"所以，这里面储存着整个人类文明？"

"是，只有在必要时，这些知识才会被灌入我们的大脑，不用学习就可以直接进化成超级智人。"

"在何时？"

"比如不可预知的灾难或是战争来临，比如资源耗尽，比如地球被地外文明侵略……你以为我们都是农夫，实际上，大乐城随时准备着应对各种难以想象的危机，但前提是，我们不会被自己的贪欲和愚痴所毁灭。"

"可是，这些知识的发展靠人工智能，如果主脑再次反叛，怎么办？"

前方的地面忽然打开，地下自动升起一张座椅。长老坐下，他的头被椅子上伸出的金属触手固定住，触手自动插入他颈部的方孔，接着，他的前颅被打开，里面一半的大脑裸露了出来，上面竟然布满了微脑电极，而颅骨内壁也全是微型电子元件组成的线路！我如同触电般，捂住嘴不让震惊和恐惧冲破喉咙。

我才意识到，他一人需要承受的真相远超我所见。

"这是神经织网，"长老不紧不慢地说，"为了避免主脑反叛，张承把自己一半的大脑改造成硅基体，与其让被人工智能控制的风险继续存在，最策略的方法便是自己与人工智能融为一体。大乐城的每一任长老都要接受改造。"

而此时，所有光点以同一个频率闪烁着，这似乎代表他可以把任意一个方格的内容下载到大脑中。

"我们，都在你的掌控之中？"

"只有一半的我在掌控，而另一半的我负责掌控那一半的我。不过，不应该说是掌控，平衡，更合适一点吧。"

"所以，我们遇到的危险，都是你……"

"没错，你们能得救并恢复健康也是因为我，我可以随时叫停那些危险，但对你而言，更像是一种测试。"

他又一挥手，操作台的全息地图上聚拢一团乌云，另一处边界则出现两只野兽的轮廓。

"可为什么要这么做？"

他没有回答，我脚下的地面瞬间变成透明。我往下俯瞰，灯光全都亮起，那是一个深不见底的白色空间，里面存放着各式各类的高科技器具，有几样曾在我梦中出现过。

长老指向那巨蛋形玻璃舱，"那是医疗舱，能治疗人类97%的疾病和伤病。"

"我有能力救所有人，也有能力不让你走出去，但这不是我的最终目标，我想要你带着新身份走出去。"

接着，操作台镜面上弹出了不断滚动的数据，画面停留在一份个人资料上。那是我的数据、体格、智力、思维模式、情感偏好……最后一项——整体统觉，统觉的数值很高。

"你知道你为什么会失忆吗？"长老的前颅合上，起身走近我，"你是下一任长老的人选。"

"我，已经被改造过了？"我下意识摸了摸颈后的金属方孔。

每隔三十年，主脑便会物色下一任长老，所有参考数据中，统觉值是最被看重的，而我，是被它选中的人。

改造的过程包括将纳米颗粒通过接口送到大脑附近，然后用超声激活，主脑把它叫作神经尘埃。这些神经尘埃能接受超声，传递的能量能把附近神经细胞的活动通过超声的回波再送回去，就这样用推动纳米颗粒和神经细胞的互动来实现脑机互联。

没错，对抗主脑的办法就是成为主脑本身。

我通过了主脑的每一项测试,然而,在改造完成后,主脑程序和我的另一半大脑不能很好地融合,接驳失败后,主脑主动切断了与我的连接,我的记忆区因此被破坏,而同时,我也断开了脑互联。

"那为什么所有人都不认识我?"

"在你的恢复期,需要重新建立对外界的认知,而外界也需要重新接纳你,才能保证认知恢复的同步,所以,我消除了所有人关于你的记忆。当你重新开始恢复自己的个性特质,或者重新忆起往昔时,就是下一次接驳主脑的时机。"

"如果我不行,何不换一个人?"

"这是主脑和我共同选择的结果,很多事你都忘记了,但我还记得。"

随着他的讲述,某些记忆像浪花回到大海一样在我脑中回潮,在主脑选中我之前,我是大乐城中第一个产生怀疑的人,我是第一个想要走出去的人,我是第一个提出要学习知识的人,我是第一个对宇宙星空产生向往和好奇的人,我是第一个在梦中得到启示的人……

"那将离……"

"她是真的喜欢你。"

我松了一口气,想起将离的笑容,便觉身体里的冰冷渐渐被驱散。我望向那充满魔力的座椅,忍不住一步步朝它走过去,走向我的命运,"你能告诉我那是一种什么感觉吗?"

"就像每一个人的灵魂都住进了脑子里,每天有成百上千的人同时在我耳边说话,我能感受到你们的心跳、呼吸,每一次喜悦和忧愁,当你们疼痛,我的神经也会感受同样的痛楚,当你们流泪,我的双眼从未停止过哭泣。而你们对彼此也同样如此,就像从一个母体出生的连体婴,但是,我在互联程序中设置了一道'门',你们虽然能够感官互通,却意识不到自己是脑互联的一部分。"

"听上去像一个谎言。"

"可谎言让我们生存。"

我坐上椅子,嘴里泛起一阵苦涩,椅子后的触手打开了我的前颅,一根细细的金属线插入大椎上的接口,一股电流潮涌而入,继而麻痹全身。

长老在操作台前读取数据,系统显示即将启动主脑的第二次接驳。

"那旧都呢?"我擦了擦不知何时淌下的眼泪。

"革命之后,主脑停止运行,旧都进入大停电时期,也许还有少部分人留在那里,但可能早就互相争斗至死了。"

我闭上眼睛,任由主脑如狂风卷起海浪般入侵我的右脑,可在这一刻,长老停了下来,"主脑刚刚计算出一个结果,它说,这一次接驳有一个前提条件。"

"什么条件?"

长老停顿了几秒,眼神中带着神启般的光芒,"它……它要把所有知识都存入你的大脑中。"

"所有知识?为什么?"

长老站在原地,操作台上的数据模块飞快跳动,主脑计算的速度达到峰值。我脚下的晶屏全部亮起,操作台上的全息视频散落到地面各处,每一个数据方块都开始全速运算。我坐在椅子上,感觉脚下延伸出一条长长的数字地毯，又像踏着一整片银河。

他一字一顿地说，"可能是时候了，它要你成为一个完整的人，它要在剩下的人中，选出一个能同时承受人类过往所有的伟大与渺小。这个人，是你。"

"可是……我不配。"我不确定此刻的心情是狂喜还是羞愧，我配不上那些知识，因为我从未参与其中，而现在却可以毫不费力地得到，从前人类的智慧有多闪耀，我就有多卑微。

"从某种意义上看，每个有觉知的生命都是一体的，不管这些生命创造出的认知细微到水滴，还是宏大到宇宙，在适当的时机，我们总有机会跳出洞穴，一窥其全貌，你，比我幸运多了。"

"那你另一半的大脑同意吗？"

"我相信它的选择。"

我望着眼前闪烁的星光，有种夜幕降临般的寂寥。

接下来，主脑接驳启动，我的接口渐渐发热，那些知识转换成二进制语言，再被转换成神经编码，通过信号输入的方式传递至我脑中的神经尘埃。

尘埃，只在阳光下才会起舞。而此刻，我感受到半脑里的无数尘埃都在以同一姿态膜拜恒星的光芒，像是迎请这颗恒星入主另一个星系。

它开始蔓延覆盖，或是吞噬，我的身体像一个原生原子快速膨胀出整个宇宙，仿佛一摊水在黑暗透明的镜面上流淌。在膨胀结束之前，我分明感觉到自己被分裂成两半，一如盘古开天地般挣脱混沌的黑暗，一半是天，一半是地。

我知道人类大脑的神经元数量堪比宇宙星辰，两者的共通之处，除了磅礴而神秘，还理应让第一次触碰到它的人体验到顿悟般的启示。如果没有一种必要的战栗，我会认为这一切是理所当然。

我想起那位在树下目睹明星而当下证悟万法实相的王子，他的心情我领悟了万分之一。在他眼里，时间和空间本身是一种错觉，而大乐城和旧都，分裂和愈合，告别和归来，何尝不是错觉。

此刻的我，和过去无数次经历过生死的"我"，显然拥有同一颗大脑。在不息的时间流里，我一次次和自己走失，在这一刻，我们终于久别重逢。

不只是我，还有他们。那些有着喜怒哀乐的真实人类，他们像脐带连在一起的婴儿，同时响应着一个召唤，各自从众宇集体迁徙到我的头脑星系中，互相经历着爆炸和坍缩，试图填满对方的所有空隙。

我完全成了一个容器，接着溢了出来，然后填满容器外的全部空间，最终，我们变成了一团纠缠在一起的磅礴星云。

此刻，我看到的不只看到的，我感受到的也不只感受到的，所有感官全都失效，或者说是超越。当体验成了体验自身，我很难找到准确的语言来概括我的任何认知。

那是一种与万物融合成一体的奇妙错觉。

终于，神经尘埃完成了它们的工作，仅有的自知之明告诉我，自己离"宇宙"这个概念还很远。经过几千万年的努力，人类依然在自家门口慎独，最多刚刚从核桃般的宇宙中看到了一条蜿蜒回路。

"即使把我关在果壳之中，仍然自以为无限宇宙之王。"一位叫作莎士比亚的文学家如是写道，这句话成了我的第一个念头，就像新生儿第一次触摸到整个世界。

接驳成功。

我仿佛经历了一场高烧，这一切更像是一个完美的仪式。现在，我的另一半大脑独立于我、但又不得不依附于我而存在。

数据方格上的所有光点全部亮起。

众神进入英灵殿。

不知何时，我们回到了上面的主屋，机械人已经消失不见。黎明降临前，我和长老相对而坐，静默无语。我们中间就像立着一面镜子，互相能看清楚自己和对方的一切，但是，镜子里承载的东西再多，都给不了镜子压力。

木窗外，地平线上橙红一片，我喝下那杯凉掉的茶，"我可以出去看看吗？"

他笑了笑，像是答应孩子的请求，"好。"

送别仪式在两天后，大家簇拥着我走到边界线。我看向远方，屋顶升起炊烟，河流边的水车开始运转，鸟叫和蝉鸣组成音律，今天的风速偏低，空气的湿度和温度适中，傍晚会降下小雨。

只有我知道，只要踏出去一步，就离开了电磁屏障的信号范围，变成远离鱼群的游鲱。他们给了我很多干粮和果子，担心我出去了能否活下来。将离眼中噙着泪水，"我知道你会回来的。"

"是啊，会回来的。"我为她擦掉眼泪，轻轻拥抱了她，她的呼吸在耳边起伏，带着甜甜的香味。长老站在人群后面，仿佛一位刚把船舵交给别人、不愿再出海的船长。

我知道，他会无条件支持我的任何选择，不管是继续隐瞒真相，还是切断脑互联,他都没有意见。他已经把那沉重的负担全部转手于我,大乐城的未来将任我书写。

我跟他们挥手告别,一步步往外走,穿过那个屏障后再回头看,大乐城被罩在一个透明的穹顶之中,那是我们的保护伞,一个暂时不会被戳破的泡泡。

只有我,才能打破它,我拥有发起革命的权力和能力,只需要一个适当的时机,这是一件迟早会发生的事。我相信,这不是背叛,而是对自由意志最大的忠诚。可就像长老说的,我们可以应对一切,前提是不会被自己毁灭。

不远处,有一艘单人飞行器停在那里等我,肯定是长老的贴心安排。它被装满燃料和补给,开启自动驾驶,从那个白色房间滑行而出,顺着山体中的轨道向外推进。那扇山崖边的金属圆门轰然打开,它飞向空中,然后降落在设定好的地点。

屏障外的景象和大乐城内部不一样,我大步向前走,没了之前的游移和恐惧,这趟旅程将是我期盼已久的成人礼,或者说,是我和那些人类知识的蜜月。

我脱下素衣布鞋,换上飞行服,飞行器内部满是复杂的按钮和系统,但我不用学就立马熟悉操作。我相信我能拆下飞行器的零件,造出一艘可以飞往外太空的飞船,可那又怎样?

长老说得没错,核战后的地球千疮百孔,大乐城的确是人类最后的诺亚方舟。我花了不少时间,走马观花般游历了大半个地球,独自回顾着人类群星闪耀之时,令人心碎的是,我就像一个博物馆的参观者,只是旁观,没有参与,只是经过,而非完成。

我越为人类的过往而惊叹，这趟旅途就越像是一种放逐。

终于，在一天夜里我抵达了旧都。

那是一座死寂冰冷的钢铁丛林，灰白色调的建筑高耸入云、层层叠叠，透明的公路轨道在空中纵横交错，不同外形的车辆和飞行器分布在各处。

城市中央有一座早已停止运行的涡轮机塔，它曾经为这个城市提供了所有动力。主脑系统就在塔的最顶端，曾经俾睨众生，如今了无生气，我仿佛走进了一张见了光的底片之中。

在旧都游荡了几天，自动化工厂里保存的食物和用具足够大乐城的人用上许久，但这些都不是他们最需要的。我在附近遇到了一个幸存的少年，他一个人生活了很久，几乎丧失了说话的能力。

从他断断续续的描述中，我大概了解到，在大停电后，这里剩下的人不多，他们尝试了无数方法都无法重启主脑，一部分人选择离开去追随张承的脚步，可能早在半路中就迷失，然后死去。

还有一些留在这里，断掉脑互联的他们就像被丢在丛林中的野兽，互搏、争斗、奄奄一息，然后死去。只有不怎么说话的少年活了下来。

在离开旧都前，我哭了整整一夜。

我带着他回到大乐城，长老为我们举办了隆重的欢迎仪式。将离抱着我，说再也不想和我分开，现在，我终于明白她爱我什么了。

大家都很喜欢这位少年，长老翻开古书，从此以后，他有了一个跟他很衬的名字，叫"束语"。

不久后，在最盛大的"大乐节"那天，长老宣布将大乐城话事人的位置交给我。人们永远喜欢仪式,喜欢萤火虫和篝火,他们围在一起歌唱、跳舞,互相赠送果子和蔬菜,举起酒杯敬大地和星空,仿佛夜晚永远不会结束。

我想起人类第一次学会庆祝的情形,从野兽口里逃生,历尽艰辛找到食物,从木头中钻出了火……只要能活下去,就值得庆祝。

在束语来到大乐城的几年内,那幅古画后面的世界每时每刻都有新的变化。我的大脑从未停止过运算,那么多的知识还在不停地演变和进化。

只有我知道,人类足以依靠这些知识重建国家和城市,也可以让地球回到文明的巅峰时代;我也知道,我们迟早能远航至另一个星球,接着开启全新的文明,迟早有一天,我们还会抵达宇宙的更深处。

我还在等待一个时机。

我和主脑一起对未来的人类社会进行过无数次推演,我们要从无数个结果中挑选出一个,那个最正确的方向——人类不会轻易重蹈覆辙,地球文明将在最大程度上得以延续,道德水准和科技水平相互匹配……

用算法来推演"人性"或许有些草率,不过,我相信主脑,就像相信自己一样。

我们会根据推演结果,溯流而上,制造相应的缘起,做出选择。所以,切断脑互联,将选择权归还到每个公民手中,自由,成了一件迟早会完成的未竟之事。

这将是一场宁静的革命，主脑显示，距离它到来的时间不远了。

束语经常来找我，他很强壮，他很聪明，他总是问我很多问题，"一滴水如何能永不干涸？"

我笑了笑，反问他："你觉得呢？"

"让它流入大海。"

我依然微笑，做了一个手势，请他喝茶。

不知多少时日后的黄昏，大乐城平静如昨，落日的光辉从地平线溢出，像一团沸腾的糖浆。此刻，束语盘腿入座，看着那幅古画，我看着他。

"这里很不一样，我常常会做梦，梦到旧都，梦到过去和未来，就像真的一样……"束语放下茶杯。

"做梦？我也曾如此。"

"长老，我总感觉，还有好多事要做，头顶上像有一层天花板，只要伸伸手就能够到，我……"

我为他满上一杯热茶，热气温润着我干涩的眼睛，那温暖顺着神经末梢涌入大脑。木窗外，橙黄色的光线渐渐隐没，我知道，这是革命前夕的征兆，而他，将成为第一个被剪掉脐带的赤裸婴儿。

"束语，听我讲一个故事吧？一个乌有之乡的故事。"

悲　眼

我曾经坐在炉火旁，静听檐水欢乐，
而当今我倾听，心中却渐渐发冷，我的思想远远掠过，
空旷苦涩的大海，贫瘠荒芜的峡谷溪岸……
于是，炉火便失去温暖，家变得十分遥远。
我的心多么苍老，多么苍老……

　　　　　　——克里斯托弗·布伦南《徘徊者》

1

我十四岁生日那天，KK-5 说，我是地球上最后一个人类。

今年的生日蛋糕和往常一样，一坨奶油摞在干瘪的面包上，中间插着半只蜡烛。我挖了一块塞进嘴里，"真好吃！"尽管 KK-5 的厨

艺没什么进步,但我不想让他做出过多程序反应。

我习惯叫他大K,他个子很高,全身都是金属外壳,自我有记忆以来,他就负责照顾我,他说我迟早会长得比他高,迟早不会像现在这样孤独。看着我大口吃着,他金属眼里的光点闪了闪,举起手并弯下腰致敬,模仿从前人类的幽默,"很高兴为您服务,许一个愿望吧?"他肩膀处又发出"咔咔"的声响,我扶着他的手臂将他推回房间,接过剩下的家务,以免他运算过度闹故障,在这荒凉的地球,可没人帮他修理。

"生日快乐,小空,我知道,你想要找到其他人类,但是除了我,这里没别人了,你是最后一个……"大K冰冷的手掌贴在我头顶。

"我懂我懂!大K,你该去充电啦……"我把手叠在他手上。人类的手指有这么长吗?被他们触摸是什么感觉?会有温度吗?

我问过他好多问题,他都回答不上来。

在夜晚的狂风袭来前,我必须睡着,否则我会害怕得哭出来,这哭声不会被任何人听见,除了我自己。我关掉通往地面的密封门,开启空气循环系统。大K说过,我们住的地方在地下一公里的位置,是他一手建造的,就算不做能源补给,里面的生态系统也能维持一人生存三十天左右。

这里,可能是地球上最后一处栖身之地。

入睡前,大K已暂停运行。他充电时,眼里依然亮着光点,如同黑暗中两只安静的萤火虫。我转过身,背朝他:"晚安,大K。"

他"休息"的时间越来越长,我那时并不懂得什么是老去。我早早穿好防护服和面罩，待大 K 启动后，我们一起去往地面。

沙尘暴已经停歇，可阳光永远刺不透那暗云和尘土连成的天空，我早已习惯。地面世界是一片连着一片的荒漠，偶尔有些城市建筑的废墟，早已破落风化，变成了垃圾堆。我经常拉着大 K 去寻宝，捡过一些小玩意儿，但全被他扔掉了。大 K 要我记住，在这里生存第一，工具永远比玩具重要。

我常问他，地球是怎么变成现在这样的。他说，是因为人类已经不需要地球了。那人类需要我吗？他答不上来。

笨重的防护服让我走得很慢，大 K 说过，地球的臭氧层很多空洞，尽管看不清太阳，但如果皮肤裸露在外，也会被超强的紫外线辐射，没多久就会癌变致死。我呼吸越来越急促，大 K 走在前面，一个大棚形状的建筑进入视线。建筑外部被风沙破坏得只剩下钢架子，下面是一个地热能源站，正因为建在地下，才保存得相对完好。

这个能源站废弃已久，大 K 和我忙活了大半年，才恢复了它的一部分功能。沿着一楼通道拾级而下，没多久我已经气喘吁吁，越往下温度越高，我脱下防护服和面罩，大口吸气。继续往下，终于到达能源站的核心位置。里面空间很大，有四五层楼高，中间是一个超大型地源热泵，下面有一根直径五十米粗的管道，管道外的井壁是高强度混凝土，它直通几百公里下的地幔层，直接提取用之不竭的地热资源，通过管道抽送到热源泵，再转换成其他形式的能源。在我眼里，这样的工程堪比天工。

这套系统已经停止运行，不过，从前人类抽取过的地热能还剩下不少，我们住的地下小屋所需能源都来自这里。大 K 想让这里重新运转起来，继续提取地下热能。他说，这也许能拯救地球。

"小空，你去下面看看吧，我这儿不需要帮手。"大K半个身子都探进电路箱里。

"好！"

下一层是食物生产基地，我正往下，一块不到拳头大的黑色椭圆球体跟随而至，盘旋在前方。那是大K的附脑，也是他的第三只眼，我叫它"小K"，只要我一离开大K的视线，他的机身便会弹出附脑时刻跟着我。我永远够不着它，伸手探了探，它便往上升高半米。

蔬菜种植在架子上，有十几层，像书架一样整齐排列，有土豆、胡萝卜、青菜、花生等，每层都有代替光合作用的荧光灯和小型洒水器，让蔬菜生长周期大大缩短。我每隔十多天来收一次，吃不完的菜又当作肥料，这样循环起来，食物便是足够的。

突然，周围响起机器启动的声音，我返回上层，看见内壁机械的指示灯全都亮起来，那光芒延续了我对白昼的怀想，斥退了虚无感，我甚至觉得它像是一艘即将飞往宇宙的太空飞船。大K此刻站在光的中央，仿佛某种神谕。我们拥抱着庆祝，接着一番抢修，能源站的升降梯亦恢复运行。我们回到地面，天色渐渐暗下来。

我很久没看过星空和夕阳了，每当阳光撤隐，伴随黑暗而来的是大风沙，风紧贴着地面，一刻不停地呼啸着、悲咽着，直到天空露出微微曙光。我在几千个噩梦般的日子里，只思考过一个问题，并且余生还会一直思考下去：是谁给我留下这样一个千疮百孔的地球，又为什么只剩我一人？

这问题会成为我人生的终极目标，我就算吃沙也得活下去，直到有一天，我重新遇见人类，然后从他们口中得到答案。

我们以最快速度回到家，大 K 做好了蔬菜沙拉和煮土豆，晚餐话题永远以"三原则"开头：第一，小空不许离开 KK-5 的视线；第二，KK-5 负责照顾和教育小空，小空要努力学习；第三，不管发生什么，小空都要好好生活下去。

我宣誓般重复"三原则"，拿起土豆大口咬起来，"大 K，我想你重新给我上课，为了重建能源站，为了帮你，我得学习更多。"小时候，大 K 每天都要教我一些知识，文字、语言、生活常识，除了我最想知道的问题，他都十分精通。

"你想学什么？"

"以前发生在地球上的事，过去生活在这里的人经历的事……"

"你是说历史。"

"历史？对，我想学历史！"

大 K 沉默，接着抬起头："你可能更需要学习气象预警、能源工程技术，但你还太小了。"

"那我能学什么？"

"大棚蔬菜种植、转基因食品培育……"

我悻悻然，感觉大 K 藏着什么秘密，或许有些行为违背程序，又或者如他所说，我还太小，背负不起太过沉重的东西，比如历史。

夜晚伴随着风暴悄悄降临，我一头闷进被子，等待头顶上的呼啸与悲鸣。夜里我常做些稀奇古怪的梦，梦到自己飞到天上，在更高更远的地方有一只"大眼睛"凝视着我；梦到地球最初的样子，没有人和机器，那么安静；梦到有一双人类的手轻轻地摸在我脸上，那温度足以融化我内心的冰川……

我经常从梦中惊醒,比那些恐怖景象更可怕的,是醒来发现自己独自躺在黑暗中,被长久以来的恐惧冻结于此。有一晚,风沙一刻不停,那声音快要揉碎我的五脏六腑,我从梦魇醒来,大脑一片空白,恍然走到杂物间,拿起罐头盒,用锋利的金属盖往手腕上割。一下,两下,并无痛感,肯定还在做梦吧,不然,怎么毫无感觉?几秒后,一股刺鼻的血腥味让我彻底醒来。

大 K 第一时间发现,他不慌张、不责备,为我处理好伤口。然后守在床边看着我入睡,他眼睛的光点亮了一整夜。从那以后,他的眼睛一刻也没有离开过我。

接下来的日子一如往常,我跟着大 K 在能源站里打转,偶尔悄悄去一些秘密角落寻宝,找到几个小玩意儿或坏掉的晶屏。或者,大K 实在拗不过我了,会带我去破败的建筑群落转转,当作难得的户外课。

2

我们早早出发,漫步在一片混沌中,断壁残垣渐渐曝现于视野,有的掩埋在尘土里,有的保留得还算完好。我钻进一栋不算高的建筑,这里的外墙被腐蚀得面目全非,内部却是我从未见过的样子,房屋中间是一些排列整齐的桌椅,桌子是一台竖立的电脑,旁边有许多按钮,前方的墙面是一块碎掉的大屏幕。

"这里是?"我按动桌面的按钮。

"也许是学校。"大 K 站在门口。

"学校,在这里能学到历史吗?"

他没回答。我费力将外壳拆下,里面是复杂的机械和线路,"这个能通电吗?"

他摇头。我取下面罩,"那我自己来",准备把防护服也一并脱下。大 K 拦下我的不安全举动,只好代替我去探索那些精密机械。我得逞地扬起嘴角,接着四处探看,这样的教室不止一间,整栋楼有一半都塌陷进地下,它和从前的人都停留在本来进行着的成长与老化之中。我羡慕那些人,不止历史,他们还能学到更多,地球、星空甚至全宇宙的知识。

大 K 用电线插入胸口,将身体里的电流导入。我转身见此,一种害怕失去他的恐惧袭来,我知道,这样的依赖感一直不断地蕴生着。转而,屏幕上闪动着光带,发出几声杂音,我把脸贴上去,愁绪溃散在兴奋中。

屏幕快速闪动,杂音渐渐变成人声。画面上出现一个女孩,她留着俏皮的短发,面容清秀,眼睛大而有神,看上去比我大几岁。

这是我第一次见到同类的样子,且第一眼就被她迷住了。我屏住呼吸,不舍错过她说的任何一个字。她面带微笑,"同学们,我们很快会结束在这儿的学习,感……感谢徘徊者,我……"

我手心冒汗,脸颊也泛上热潮。她的声音轻柔又甜美,一字一句,给我心口注入了一股强大能量,"大 K,她是谁?"

"她好像没有自我介绍。"

她的话还在断断续续地循环,"同……同学们……我我哦哦哦,我们……很快……"接着,这唯一一束光亮和电流声一起归于黑寂。"还不知道你叫什么名字呢!"我看向大K,"徘徊者是谁?"他摇头。

回家路上,我回想着关于她短暂的一切,模仿她的语气和表情,一遍一遍重复那句话。就像原始人类第一次发现了火,那无法克制的兴奋和狂喜,仿佛这么多荒凉日子都是为了这一刻,如同凡人顾盼神启。

快到住处,我远远看见了夕阳,那颗炽烈的恒星像是要把天的尽头全都点燃一般。总是这样,它总是在快要消失于地平线的时刻才发出最强的光,从一望无际的昨日溢出。我忍不住往前跑,追着那束红色光影,仿若追赶一颗转瞬即逝的流星,大K的叮嘱被抛在身后,我扔掉了面罩,痛快地呼吸。那抹炙热的红光在缓缓下沉,我张开双手向下挥舞,朝着地平线大喊:"落!落!落!"太阳落下去了,我的眼泪也一样。

从那以后,她和那些问题一起住进了我心底。

我想看着她的眼睛,跟她说话,说一千句,一万句,想告诉她我的生活,让她知道我的一切。在能源站、在荒漠、在废墟、在地下小屋,我能在任何地方想起她,还有那句话里的秘密。

徘徊者。

大K时常猜不透我在想什么,他只顾着工作,他说很快,能源站便能抽到足够城市运转一周的能源。他并不理解,地下能源站潮湿闷热的空气让我提前进入了青春期,有些蜜桃般的幻想在知觉里流窜，身体像是接受着某种调频，为她充盈着、鼓荡着。她说的每一句话，即使无法组成完整的语意，也将我包覆在这张意义之网中。

我想起小时候，大 K 讲过一种成群的候鸟，冬天会离开栖息地，等天气回暖又飞回来，它们身体里似乎也有种调频感应，能察觉到万物的变化。如果能重建城市，那些离开的人也会像候鸟一样回来吧？那时，我能再见到她，能跟人类生活在一起，那些问题都能得到解答。

在这样的寄望中我继续熬着。不知哪天，我等来一个没有风沙的夜晚。

不是每个平静夜里都能看见星空，上次被这绝美之景震撼还是在七岁。趁大 K 充电，我偷跑出去，没穿防护服。空气中有种坠向宁静的不真实感，我抬眼望去，群星在伸手可及的夜空闪耀，星罗棋布交织成深邃静谧的银河，那光亮仿佛要溢出一般，即将落入宇宙更深处。我安然度过此刻，这是生命中极稀有的时光，我索性躺下来，头枕双手，在脑海里为那些光点连线，竟勾勒出一张温柔脸庞，有两颗星最为耀眼，仿若一双悲悯的眼睛注视着我。

越往星渊深处看，越觉得整个世界好似空无所有的，正是 7 岁那年，我给自己取名叫"小空"。黎明即临，我仿佛成了天与地之间唯一的联系，星星陆续隐匿，我思索着那些错过的辽阔，想象着地面曾有过的风雨雷电，直到无常将从前的生动造景一一击散。

我曾问过大 K，"太阳、月亮或星星上住着人吗？"他回答，"宇宙很大，人的寄身之处却很少，但是人死后，灵魂却可以在银河里徜徉。"

我接着问:"我会死吗?"

"会。"

"那你呢?你会死吗,你有灵魂吗?"

他说:"我也会死,至于灵魂,我的灵魂就是三原则。"

对于他似是而非的回答,我只能把更多问题收回。此后没多久,我们再次看见了"大眼睛"。

那天我和大K从能源站出来,灰色天空出现了一个椭圆形天体的轮廓,它看上去像一只眼睛,在太阳对面伫立着,这说明它离地球并不遥远,只是暂且无法判断其质量大小。"大眼睛"外部有一圈环状框架,中间是一个类似核心轴承的东西支撑着整个环形天体,神秘而又壮观。

从来没有任何造物能和日月星辰一样出现在地球的天空,不管是什么,都足以令人心生敬畏。"是它,它又来了!"我追逐着它的方向。

它每隔几年会出现一次,却无规律可循,也许它和地球一样围绕太阳转动,因为在不同轨道,运行速度也不同,所以两者交汇的频率并不高。这都是我从学到的少许天文知识中推断而来,除此之外,它是人造的,是比地热能源站还要超越天工的事业。

大K看到它时,总是沉默。不管怎样,我不愿错过任何一个探索的机会,我拉着他往前走,"我们有办法能给它发信号吗?"

"这是不必要的。"大K仰起头看着它。

顾不上他的迟钝,我搜索脑中一切有用的信息。"对了,电子脉冲信号！能源站里有内部通信系统，从地下几百公里的地幔层到地面核心工作区，都能实现延时通信，如果把发出信号的传输轨道重新设置，再将发射器里的接收终端改成'大眼睛'所在的位置，那会有很大概率让它收到吧！"

"小空，太复杂了，这是不必要的……"

"不，这很有必要！"我转身朝能源站跑去。

我只知道"大眼睛"是人类历史的一部分，就像那些崩陷的城市。我边跑边回头望，大K没有像以前那样追上来，而是站在原地静静注视着天空，一动不动，这画面竟然有一种奇妙的仪式感。不一会儿，一个小黑球飞来，是大K的附脑。

我飞快地跑去地下，各种设备正陆续恢复运行，中心热源泵区旁边的操作台就是能源站的通信系统。我按下启动按钮，屏幕上跳出复杂的数据图标，我手指颤抖着在对话框输入："这里是地球，我是最后的人类，请问你们是谁，你们的位置在哪？"接着点击发送。

系统传来电子音："授权无效。"

大K依然没出现，我冲着附脑大喊："你到底要不要帮我啊？"反馈无效，我的坚强和眼泪一并泻下，知道还有很多阻碍需要我去面对、消灭，去感到沮丧，哭泣的身体难计时速，我蜷缩在角落昏沉入睡。许久，通道里响起大K的脚步声，他来到身边，安抚我像安抚一只猫，"小空，别哭了……他们要来了。"

"嗯，谁？"

"徘徊者。"

3

KK-5 和"大眼睛"之间一定存在某种关联,我有种近乎妄想的直觉。正如他所说,两个月后,我们终于等到它的降临。我知道,离答案不远了。

那是神启之日,太阳刺穿云层,一架难辨外形的飞船从天而降,远远能看到机体尾部喷射出的蓝色等离子光束。几小时后,飞船在视线以外的荒漠着陆。那是我第一次见到除能源站之外人类科技的伟大造物,我心跳加速,伫立原地像是等待恩赐的信徒。很快,他们出现了。

那是两架悬浮在空中的单人用飞行器,距离地面约 10 米,他们骑在上面疾速驶来,所过之处扬起一排沙尘。光束喷射的声音越来越大,尘土笼成一幕薄纱,从面罩看出去,只有两团模糊的影子。气流稳定后,他们悬停在前方,接着,飞行器缓缓下降,平稳降落。

我微微颤抖,仿佛坠入一个"胶态"梦境,直到他们从飞行器下来。眼前是一个高高的中年男子,和一个比大 K 更新的机器人。那男人大步靠近,身穿深棕色外套,留着寸头,脸部轮廓分明,嘴上有一层浅浅的胡须。他露出微笑,"你好,小空!"又看向大 K,"你好,KK-5。"

大 K 缓缓挤出一句,"你好,先生。"

他环视周围,没有过多情绪,"很抱歉在这样的环境下跟你们见面,我叫李扬,是这次地球任务的飞行官。"他的声音如同涟漪在耳边回响。

没错,他是人类。

我想象过无数次与人类重逢的情景,我会跪在他面前祈求,抱着他崩溃大哭一场,我要问他所有问题,我要感受人类的温度。也许是近乡情怯,我在他面前近乎失语,"你……你认识我?"

他躬身凝视我的眼睛,"小空,没想到你都这么高了。"

"你没带防护罩?"

李扬指了指脖子上的一圈金属环,"这个就像是隐形面罩。"他看向身后,"给你介绍一下,这是我的助理机器人,NES-3。"

NES-3向我微微点头,算是致意。

"小空,你可以带我们到处转转吗?"

"你想去哪儿?"

"你最常去的地方吧。"

大K今天很反常,一直沉默着。我在前面带路,眼睛一刻也没有离开李扬。他身上有种灵性与兽性的平衡,像是神的使者,绝对无愧能成为天上与大地之间的纽带。快到能源站,我终于顾不上礼貌,"李扬,你是从哪里来的?怎么会认识我?还有其他人类吗?飞船是谁建的?你们都把自己叫作徘徊者吗?"

"小空,我理解你的心情,但这些问题你以后会知道的,我保证。"

我无话可言,和他们一起进入升降梯。光线渐渐撤隐,我们顺着这沉睡巨兽的脊椎下沉到地热泵的核心工作区。面对地球仅存的人类杰作,李扬并无惊讶。简单参观后,李扬让 NES-3 留下来,记录能源站各项数据,大 K 负责协助。而他则要去地面观测,并同意带上我。

骑上飞行器之前,我给它取了名字——"铁风筝"。

大 K 曾用旧布做过一只风筝,他说这是从前孩子们最喜欢的玩具。在废旧的城市广场,他慢慢放开手中的线往前跑,那风筝借着风势越飞越高,接着他把线交给我。风筝肆意摆动,像是获得了某种自由,我不知不觉松开线,任由它消失在缥缈的云雾里。

李扬骑上去,向我伸出手,我突然有种被接纳的奇妙感觉。他发出语音指令:"启动飞行模式。"瞬间,我感觉身体被一种力场牢牢吸住,下半身几乎不能动弹。

"别紧张,这是飞行器自动开启的磁场,保证我们在飞行时不被气流影响。"

"铁风筝"下方喷射出一排淡蓝离子束,反重力引擎启动。我们远离地面,逐渐上升到几十米高空,然后悬浮着往前飞行。飞速而来的气流从机体两旁自动划开,我们似乎处在一个不受干扰的力场环中。我望向地面,从飞行的战栗和快乐中抽离,城市中的荒漠、荒漠中的城市,了无生机。

许久,地面景色开始变得陌生,那是我从未踏足过的地方。视野很开阔,一片连着一片的贫瘠山峦,起起伏伏,一直蜿蜒至远处的海岸线。山的尽头有一座早已倒塌的巨型人形雕像,有一半都被山体和石块掩埋。雕像的头是一张人脸,面容柔和,一双低垂的眼睛平静而有力量,头顶上的螺旋形发髻好似一种特别的装饰物。

地球从前有过伟大的神祇,我记得大 K 说过,被冠上"伟大"一词的人或事物同样会陨其形,不过,它们会以另一种形式存在,永不消逝。

李扬将"铁风筝"停在海岸线一边,开始环境检测工作。我望向海洋,心智被磅礴如宇宙般的大海收摄,兀地想起大 K 所说,地球上的海洋面积已超过 96%,部分海域还残留着核辐射后的剧毒物质,随着洋流运动,很多海洋生物都已灭绝。这是我第一次如此接近海洋,阳光努力穿透云层洒在海面上,海水和天际线紧紧相连,仿佛快要从地球边缘溢出去。

我邀请李扬来地下小屋吃晚餐,大 K 汇报工作进展,他说,不到一年就能重建一座可供五百人居住的小型城市,食物和能源供给也不成问题。而且,海平面在下降,环境会陆续恢复,地球正开启它的自愈功能,他还说,我能在这里生存十几年,说明地球已安全度过漫长的半衰期。我不确定大 K 所说是否经过精密计算,但我知道,他希望李扬是归来的第一只候鸟。

李扬似在自言自语,"关于地球的情况,我会向联邦说明,得到结果之前,我暂时不会离开。"

"什么联邦,和结果?"

他摸着我的头笑了笑,没回答,我感觉头顶一阵温热,这是人类才有的温度,"我就问一个问题可以吗?"

"你说说看。"

"你有没有见过一个短发女孩,脸小小的,声音很甜,我在学校电脑里看到一段录像。"

"学校电脑里的女孩?"李扬想起什么,"唔,她叫阿依娜。"

"阿依娜,真的吗?你确定是她?"

"嗯,有一天你会见到她的。"

我不知李扬来自何处,也不知他的地球任务是什么,还有好多疑问,但无论如何,我的命运定会衍生出新的方向,此时最好收敛心悸与好奇。天黑前,他们回到飞船。

不知从何时起,地下小屋里的空气变得浑浊,我时常感觉胸口发闷,可大 K 的修理工作好几天都没进展。我跟着大 K 进入主控室,这里是藏在厨房背后的一间小屋,两侧是一圈操作台,上面布满按钮。台上有几个被灰尘掩盖的字母,我仔细辨认出来:W、a、n……Wanderer。

我每天和李扬一起工作,去过地球上很多地方。他在 NES-3 的帮助下采样、分析,关于地表、岩层、空气、水质,还有动物和植物,他将所有记录保存在随身携带的晶屏里。

大 K 依然每天让我重复"三原则",不过他的注意力更多放在能源站上,有时耗到电量不到 10% 才回来,但不论我去哪儿,小 K 总是如影随形。在遵守第二原则"照顾和教育我"上,大 K 无比坚定,这个程序设定能让他一生都如此忠诚。那天在能源站听到他与李扬的对话,让我更加深信这一点。

"飞行官,您是否已和徘徊者做好沟通?这次地球任务,你们……"

"我明白你的意思,我也很喜欢他,但命令就是命令,我们要为人类未来的全局着想。你发来报告后,联邦经过决议让我回来,但我们的主要任务可能跟你想的不一样。"李扬的语气颇为无奈。

"可地球很快就能重启,联邦是不是可以将上面的人送一部分回来?"

"这个暂时没有答案,但是,我希望你明白自己的身份。"

大K沉默。我躲在角落,为无数个空等了的日子睁大眼,不去猜测,亦不打破,但绝不自甘如此。

我再次跟李扬去海岸线,工作结束,太阳没入地平线。黄昏的光线格外刺眼,我往前跑,追逐绚丽壮美的落日,想象着跟它融为一体,然后,对着海面上的夕阳余晖挥手大喊:"落!落!落!"我回头看向他,他正望着那光芒出神,海洋不给他重新寻回昔景的妄想,他眼神里的一丝眷恋和不舍,像是刚跟母亲告别。

他的目光移到我身上,"这是你的暗号吗?"

"嗯,落下了就一定会再升起,离开了,就是在回来的路上!"

"乐观的孩子,"李扬示意我跟上来,"我们走吧。"

"我可以在大飞船上住一晚,对吧?"

他犹豫片刻,"算是我补给你的生日礼物?"

当我们飞到大飞船附近,惊觉以后不会再见到比这更伟大的人类造物了。它足有十几层楼高,外观像金属勺子,头部呈流线型的弧度,腹部拱起而尾部贴在地面,比一座山峦更有美感,比能源站更像是钢铁般的巨兽,飞船内部则像是更加宽敞的地下小屋。这是第一个没有大K陪我的夜晚,我略显紧张,他从未教我如何跟人类在同一屋檐下相处。夜幕降临后,外面没有风沙,那速朽的宁静与秩序选中今晚。我从舷窗望出去,"今晚能看见星空,是地球上的星空,保证你从没见过!"

我们坐在船体遮挡的空地,凝望着无数星星也填不满的夜空。他升起一堆篝火,那温暖渐渐将我包围,似乎能蒸发掉身体里的眼泪。"你知道吗,小空,在很久以前,人们会围在篝火旁跳舞、唱歌,一起庆祝收获,也一起等待希望。"

"真的吗?可是,我很难想象……"

李扬从夹克里拿出一个扁平金属容器,喝了几口递给我,"要来点吗?"

我嗅了嗅,是酒的味道,一股醉人的香气涌入鼻腔,接着入侵到五脏六腑,像是有无数星云在头顶旋转萦绕。我浅尝小口,一阵灼热暖流顺着喉咙长驱直入,似在身体里点燃一堆篝火。我看着他眼中映出的火光问道:"酒会让人忘记烦恼吗?"

他挑了挑火堆,不让光亮变弱,"会吧,酒还让我们学会写诗,然后哭泣,会想起很多美好或痛苦的回忆,像是抓住了大把快乐,却又触不可及,一觉醒来后会忘记一切,像是灵魂抽离了身体。"

这股活力让他变成凡人,他被醉意簇拥着,喃喃念了一首诗——

> 我曾经坐在炉火旁,静听檐水欢乐,
> 轻快地歌唱,知道树林吮足了雨水,
> 在即将降临的黎明,会有新鲜的嫩叶,
> 而当今我倾听,心中却渐渐发冷,我的思想远远掠过,
> 空旷苦涩的大海,贫瘠荒芜的峡谷溪岸……
> 于是,炉火便失去温暖,家变得十分遥远。

> 我的心多么苍老，多么苍老……
> 我坐在这路旁小屋等待，
> 直到听到昔日的风汇聚呼号，
> 我将再次离去……

4

在飞船离开前，我看到 NES-3 的工作区显示着倒计时，李扬的"地球任务"不到一个月便要结束，他换上一套新工作服，精神奕奕。今天去能源站工作，一路无话，直到我打破沉默，"你会再回来吗？或者你会带我离开吗？"

升降梯笔直下沉，静静摇倾，他回答，"小空，我很想，但你的任务还没结束，最多五年，不超过十年，你会得到你想要的一切答案……"

"我的任务？"

李扬的眼神有些微游移，轻叹一声后再无别话。跟大 K 汇合后，我把他拉到一旁，"他要走了，要把我们留在这里……"

"你的想法呢？"

"我想跟他去找其他人类，就算不带我走，我也要弄明白这所有一切。"

"我明白了，小空。"

"你明白什么，你能帮我吗？"

大K眼里的光点闪动，那是他在运算和思考，"这是我被制造出来的唯一目的。"

他们在上层忙碌。我去照看蔬菜基地，一些逃离计划在心中慌乱成形。我和大K联手抢走李扬的飞船，然后飞到他们来的地方；或者，我们将李扬绑起来，他的同伴返回救他，他们此后就留在地球；又或者我们将能源站改造成宇宙飞船，跟随李扬的航行路线去造访他们……我自顾自将这些即将到来的情景或幻想，替换抹消掉当下，即使实现的可能性如此渺茫，但不管是前望或回首，我绝不自甘如此。

晚上，大K从废墟中捡来几个小物件，他说，我可以随身带着，以后不会那么孤独，听上去竟像是临别赠言。晚饭后，他有些反常，不停打开胸口的数据板，自行做各项机械检查，金属眼里不时淌出几行机油，好似在流泪。

"大K，你怎么了？"

他慢慢抬起头，"程序自检中……"间隔几秒，他又说，"李扬，会带你走的。"

"他说的？"

"程序自检中……"

这段时间，我跟李扬去了能踏足的整个地球，他比我更留恋日出和夕阳。强风起歇，分隔岛上的杂草，视野开阔，能看到很远的地方。我想象着贫瘠的土地开满了鲜花，一直蔓延到地平线尽头，人们从尽头走回来，满山的彩色花丛糅合成一种香气，将他们包围，阳光照耀，万物有灵。

李扬在山顶找到一处废弃的信号发射站，信号塔下面是碗状的金属凹面，巨如天坑。他说这是用来探测引力波的设备，测试许久，似乎没什么收获。

"什么是引力波？"

"就像宇宙中的一种信号，跨越时间、空间，没有起始，也没有目的，它代表着无限。人类以为探测到它，就能更接近宇宙真相，但其实，我们就像蚂蚁想要丈量整个大地。"

"至少，蚂蚁也有知道真相的权利吧。"

李扬望向远方，眉头紧锁。

连续好几晚，大K都在主控室忙活，把我关在外面。等他忙完，我讲述逃离计划："李扬走的那天，你先把NES-3控制住，抢到飞船控制权，然后以能源站最后的检查为由拖住他。我悄悄潜入飞船，等他要和我告别时，你说我太伤心不想见他。接着等他上了飞船，我故意在里面制造声响，让他离开舱舱，这个空隙，你赶紧上船。等飞船关闭舱门，完全飞离地面后，我们再出来跟他坦白。那时他也没有选择了，怎么样？"

大K点头，这是他第一次没有反对我的任性想法，即使我自己都没有底气。李扬的地球任务很快宣告结束，我不知道他对地球如何评估，亦不知他是否有留念。我更在意其余人类，他们的思想。

大K的反常不只表现在工作上，还有最近他看我的忧郁神情。机器人不会有神情，可我总觉他的机械眼里有些难以捉摸的东西，所幸的是，我们的长久相处，已令彼此成为各自生命的谐拟。某天夜里他突然问我，"如果5年后他们会再回来，你怎么想？"

"我肯定活不到那一天了。"

大 K 沉默片刻，转移话题，"你知道你为什么爱做噩梦吗？"

"为什么？"

"因为你潜意识里害怕未知，害怕失去依靠，但是，只要我们做好现在，未来一定会变好，你迟早会变得更勇敢，会懂得如何保护自己，"大 K 的手放在我头上，冰凉却胜过一切温度，"可是你知道吗？我最担心的不是你的安全，而是怕你不知如何像人类一样去爱。"

我并不明白大 K 话里的含义，也许是多年来积存于心、无以言说的忧患，令他模拟成人类的样子，我却只当他默许了我的逃离计划。

终于，到了地球任务结束的那天。李扬一如往常地记录、检测、回传数据，他没有注意到我的紧张。能源站的功能恢复到 60%，大 K 在跟他汇报什么，我径直来到下层，带走两个刚成熟的果子，返回上层后却不见大 K，他定是去执行计划了。

这里距离飞船有很长一段路，我必须马上出发。外面的空气浑浊依旧，我穿好防护服，边走边回望，想着大 K 很快会来与我汇合。我快步奔跑，轻盈得像一只蝴蝶，周围的颓败被抛在身后，连吸进肺里的空气都夹带着令胸腔鼓胀的蝉鸣。这是诀别，对我来说却意味着全部希望。我沿途卸下时间、秩序和记忆，以为一切会顺利无比，但没料到，"命运"这样的字眼，在此刻不过是初露他面目的一丝一毫。

十几分钟后，身后传来一阵轰隆巨响，那声音捶打着天空，我发现那正是地下小屋的位置。"大 K！"我的声音被完全掩盖。

响声并未停歇，那画面将我捆缚在原地。整块地面渐渐凸起，地下小屋竟然破地而出，缓慢地飞升起来。盖在上面的沙土像瀑布一样往下流,扬起的沙尘淹没了种种可见的墙垣与边界。接着,地下小屋全然腾空悬停,竟是一艘飞船的轮廓,底部持续喷射出淡蓝色光束。原来,我们一直住在飞船里!

那巨响显然是飞船引擎的声音,我迅速往回跑。地下小屋上升到一定高度,机体微微摇晃,尾部冒出黑气,它艰难地朝着能源站上方移动,接着又是一声轰鸣,它停止前行,悬停在能源站正上方。然后,这个庞然大物像是忽然关闭掉引擎,瞬间失去向上的助推力,开始往下坠落。

瞬间,整艘飞船坠向能源站中心,飞船的万吨重量压着能源站中空的通道继续向下坠,地心不仅有地热,还有最强的引力,周围地面也随之往下坍塌,巨大的沙尘遮蔽住萧瑟的毁灭景象,声波和烟尘向外曲折扩散,似以包容承载更多悲伤。我以为犹在梦中,来不及做出任何反应。

已经恢复60%功能的地热能源站被摧毁了,大K可能也一同坠入地下。我朝那个方向狂奔,跌跌撞撞,转眼间,便被沙尘包围,防护服让我的脚步和呼吸都变得黏滞。跑不动了,就趴地上缓慢往前爬,我崩溃大哭,像是一半的灵魂抽离了身体。片刻,小K飞了过来,盘旋在头顶。

不知过了多久,李扬骑着"铁风筝"在不远处停下,他显然不清楚发生了什么。沙尘渐渐散开,他看到那残破的一幕,震惊后又很快恢复理智,接着让NES-3扫描、记录这一切。他站在原地,沉默良久,然后向我伸出手,带我一起骑"铁风筝"回到飞船。

我如愿以偿,没想到是以这样的方式。

5

地热能源站的毁灭，意味着地球成了一个没有价值的荒芜星球，不会再有人回来，同时也意味着，李扬无法拒绝带我离开。登陆飞船前，大K的附脑一直跟随我，只要伸手去够，它就往上飞，一如从前，怎么都够不着。

NES-3安排给我一间睡眠舱，我对里面的构造并不陌生。小K离我不算太远，我假装看向别处，然后一把抓住它，整个黑色圆球的中心有一个摄像头，像是一只正在凝视我的眼睛。

"大K，你在哪儿？你会来找我吗？喂，大K你说话呀！"它没有任何回应。

舱外毫无动静，我不知道该做什么、想什么，只能徒手将命运转交给别人。关于小屋飞船，我只记得那个单词，Wanderer，喃喃念着，便睡了过去。醒来后，飞船已经离开地面，此时此刻我才确定，我永远失去了大K。我从未预料，自己有朝一日终将明白"未来"和"命运"一样是何等玄虚的字眼。

我冲出去找李扬，他正和NES-3掌控着航行，侧身注意到我，"小空，看你睡着了，怎么样，还适应吗？"

"大K他，还……"

"能源站事件，我们都没有预案，大K是智能机器人，程序不允许他……但我们已经无法调查了。出发前我跟联邦汇报过，收到带你回去的命令，所以接下来，我们还有很长一段路要走。"他轻拍我的肩膀,"准备好了吗?"

我点头,没有任何表情。我躺回窄窄的床上,呆望着天花板,那些我想要的答案,那些大 K 不敢跟我提起的事,终于,就像划过地球的流星,经过漫长的穿行,快要到达目的地。我张望即将到来的黑夜,仿佛在寂静处听见它空旷的骨架在我心底某个角落发出巨大的轰鸣。

好几天,我的大脑处于空白状态,有种留下自己一半身体在另一个星球的错觉,大 K 再无机会履行"三原则"了,他的存在和牺牲有意义吗?我被这些想法圈禁着,自责和孤独尚未被自己驯服,很长时间吃不下东西,把自己关在舱内发呆。李扬每隔几小时会来看我,但他和 NES-3 一样,不知如何安慰一个刚刚失去一切的人。

我侧身背对他卧着,他将食物放在桌上,"KK-5 跟我说过,让我不管发生什么,都要保护好你,他还说,你是地球唯一,你的灵魂比银河所有星星都闪耀……小空,你知道吗?他说这些话时并不像一个机器人,他在你身上花的时间让他变得独一无二,而你也同样如此。"

我任凭左眼的眼泪流进右眼里,发觉背对着的远比面向的更广漠,而他会明白我无声的回应。当他离开后,我向饥饿投降,飞船上的食物远比地球的可口。兜里还有俩果子,我想留给阿依娜,拜托 NES-3 将果子真空保存,顺便问它"Wanderer"的意思,它轻描淡写地说:"徘徊者。"

我并无惊讶,这艘飞船到处都是"Wanderer"字样,既然我现在呼吸的一切都与"徘徊者"有关,总有一天我会抵达。这段时间,

NES-3 教会我很多，关于人类世界的各类常识、种族、语言、生活方式，还给我讲飞船的构造、操作方式，宇航员如何在封闭空间生活，各星系和星云的名字……

在飞船上的日子，我每天都会观望星空，和从前不一样，现在是置身其中，我会用过往每一天的余温去想念大K，那个全身铁皮的家伙，那个为了保护我而存在的人。而我终于发现一生中最遗憾的事，就是没有跟大K好好告别。我知道他摧毁能源站是想让他们放弃地球，然后不得不带我离开。有时，没有残存的希望，反而能消磨掉他们左右徘徊的顾虑，这是他运算出的最优计划。

有天夜里，我做了一个梦，梦见一片荒漠废墟中伸出残损的金属手臂，他手中握着一颗红果子，大风吹过，沙尘下露出他的金属脸。醒来后，周围依然是一片摄人的黑暗，我轻声呼唤着大K，似乎能把他从黑暗中召回。

不久后，我在舷窗再次看到"大眼睛"，它嵌入漆黑的深空幕布里依然像一只眼睛，中间的球形轴承支撑着整个机体，外环的环形臂如盔甲般将瞳孔围住，并保持顺时针转动。恒星光芒微微映射其上，银亮如海的光照让它看来如此完美，定是超越天工的造物。

李扬和NES-3每天都穿梭忙碌着，一个月后，飞船渐渐靠近"大眼睛"，它的质量远超想象，而这艘飞船不过是它的一根毫毛罢了。NES-3帮我打理好一切，我身穿洁白制服，站在镜前看见干干净净的自己，眼泪也光滑无依。

飞船和"大眼睛"在做最后的轨道对接，我打起十二分精神，像是阔别多年回到故土的流浪者，和李扬一起站在舱门口。舷窗外有一条悠长通道，对接成功后，舱门完全打开，世界恍然如新即临眼前，在此刻我终于明白，"大眼睛"就是"徘徊者"。

向前踏出第一步，我听到一个熟悉的声音。"飞行官李扬，欢迎登陆徘徊者，地球任务还顺利吗？"她停顿几秒，"看来，还有位新朋友。"是阿依娜的声音，我四下张望，整个通道都不见人影。

"阿依娜？"

李扬点头，然后对她说，"任务还算顺利，但是，小空这边出了些意外。"

她向我问好，"你好，小空！"

"你认识我？"

进入"徘徊者"之后，我才发现，阿依娜无处不在。

李扬领我向通道外走去，强烈的光线刺入眼睛。我缓慢适应这里的光照，抬眼望去，那是一座繁华而梦幻的环形城市，完美得让我失语。我们四周乃至头顶上方都是这样的城市，有完整的生活社区、各式各样的建筑、空中交错的高速轨道、生机盎然的园林和小型湖泊，还有人类，鲜活地存在其中，一个丰乐无极的崭新世界。

我大口呼吸着清爽空气，肺里一阵清凉。脚下的地面光滑而坚固，四周是我看不懂的高科技，通道两旁弹出全息视频，根据阿依娜的提示，我们一直往前走，这个地方类似车站，是"徘徊者"的出入口。我的心智已被这个世界全然收摄，"我们接下来去哪儿？"

"去联邦。"

我们走上一条全透明自动步道，一直通向环臂的外缘。

"那些树是怎么种上去的呢？还有那片湖，在头顶上，不会掉下来吗？这里有好多人啊，有些人为什么长得和我不一样？"

李扬没回答，摘下耳后一枚纽扣大小的感应器贴在我脖子上，"这是'蜂鸟'通信设备，让她来回答你吧。"

耳朵里传来阿侬娜的声音："私人模式已开启。"

眼前出现一段交互影像，"叫我阿侬娜就好。"画面中的短发女孩微笑着，是她，我无数次设想过跟她见面的场景，她也常在我梦中招摇，让我难以成眠，而重逢的氛围在此刻安静地弥散，"你在哪儿？我可以去找你吗？"

我们停留在一个柱形透明管道前，两个胶囊舱从地下缓缓升起，李扬示意我坐进去。一切就绪后，胶囊舱顺着管道，依靠一股超强磁力往前飞行。

舱外的高速气流没有影响我和她的通话，她为我讲解关于这里的一切，她懂我的每一句话，世界是词藻的海洋，我终于将这座孤岛撤销。我提起大K，"事实上，我跟大K……"阿侬娜的话被信号截断，我保有十足耐心，也许下一秒，就能见到她。

胶囊舱停下来，我们位于"大眼睛"的"瞳孔"，穿过长长的廊道，来到控制中心。这里到处都是晶屏投影，上面显示着复杂的数据和图像。

有很多人在大厅内来往穿梭，穿着同一颜色的制服，有黑皮肤、白皮肤，还有蓝眼睛、高鼻梁的，说着不同语言。一个高高的女人经过我身旁，小声对旁人说，"看，那个地球男孩！"

"Hey, you are the boy！"有个黑人男子跟我打招呼，用一种我听不懂的语言，而"蜂鸟"里传出的声音是翻译后的汉语。

"为什么所有人都认识我?"

李扬依然没回答,带我走到一扇门前停下,将手放到我肩膀上,语气格外郑重,"小空,我的任务完成了,一会儿有人带你进去,别紧张也别害怕,不管你听到什么,就当作是一个游戏,好吗?"

"你不和我一起吗?"

李扬摇头,嘴角勉力挤出微笑。电梯门打开,里面站着一个机器人,它金属眼眶里的光点闪了闪,弯下腰致敬,"先生您好!很高兴为您服务,请跟我来。"

"去吧。"李扬的手离开我的肩膀,我感觉身上的保护膜被撕开一角。

"阿依娜,还在吗?"

没有回音,"蜂鸟"的信号似乎中断了。机器人回答我:"所有电磁波信号在联邦中心都会被过滤,然后加密处理,除了基础功能,'蜂鸟'暂时无法启用通信功能。"

电梯里依然能看到环形城市的奇观,很快,我们到达联邦。后来我才明白,我懵懂的少年时代在那一天宣告结束,比一无所知更不能克服的,唯有真相的荒谬。

6

一间偌大的办公间,椭圆形长桌边围坐着四五个人,他们的衣着跟外面的人不一样。桌面上是蓝色的全息视频,一只眼睛形状的虚拟框架应该是整个"徘徊者"的外观。为首的中年男子跟众人说着什么，机器人上前介绍，他才注意到我。

他起身走来，上下打量我。他很高大，眼神深邃，有种隐隐的威慑力，"小空，很高兴再见到你，看，你都长这么高了。"

我故作镇定，"你是这儿的老大对吧？我有很多问题要问你。"

"忘了自我介绍，我是空间站的最高执行官吴宇年，"他露出礼貌的笑容，"以后你就生活在这里，不管你想要什么资源，住处、工作、私人机器人，只要你需要，全都没问题。"

"我想问……"

"对了，还有你的公民身份，一会儿让 NES 带你去办，"他双手抱在胸前，"还有我没想到的吗？"

"我不要 NES，我要跟 KK-5 一样的机器人。"

吴宇年回过头，问一位蓝眼睛女人还有没有 KK 型机器人，她回答说 KK 系列的外壳模型还有，内部系统已经升级过。他说，尽快启用一个。

"你要的机器人很快就有了。"

"我想见阿依娜，我想知道关于徘徊者的一切，还有……"

"小空，好奇心有时会带来痛苦，你已经抵达目的地，还在乎那些问题吗？"

"我能坚持到这一刻，就是为了真相！为什么你们会离开地球？为什么留下我一个人？为什么所有人都认识我？为什么我会住在徘徊者的飞船里？为什么我的命运，全都由别人来做决定？"那些堆积过久的心事再也无法容载，眼泪也随之不争气地滑落。

他沉默片刻,领我往前走,自顾自念一首诗,"我曾经坐在炉火旁,静听檐水欢乐……"

"我听过……"

他看了看我,继续念诵,"于是,炉火便失去温暖,家变得十分遥远。我的心多么苍老,多么苍老……"

"这首诗?"

"就叫作《徘徊者》。"

我们进入一个光线昏暗的房间,里面有很多胶囊室一样的座位,头顶是180度的半圆形巨幕穹顶,这是一个虚拟现实的场景模拟舱。

"你确定要知道吗?"

"确定。"

"小空,其实我有权力封锁一切你不应该知道的事,但对你来说太残酷了,你是我见过最勇敢的小孩,真的。"他的目光寻找落点,语气变得深沉,"你的问题,都因为我们生在徘徊时代,而你,是徘徊时代的英雄。"

"英雄?"

眼前的画面迅速发生变化,我似乎来到了衰落前的地球,森林渐渐荒芜,城市面临能源危机,很多人正经受痛苦和死亡。

阿依娜的声音再次出现:"公元2135年,地球进入'核冬天',与此同时,资源迅速枯竭,自然灾害频发,臭氧层空洞区域超过40%,使得地球超过95%的面积都变成了灰色海洋。瘟疫、饥饿、战争、核辐射,人口数量锐减,地球即将迎来末日。在这个半衰期,刚建立不久的大型宇宙空间站成为人类最后的希望,他们希望逃离地球，重建新家园……"

在接下来的时空图景中，我终于了解了"徘徊者"。

此后，大部分人类都移居到当初为了平衡地月引力所建造的人造月球空间站上，一部分不愿离开的人选择留在地球，他们的任务就是考察地球是否还适宜生存。那个时代，人类一方面继续拓展、建设空间站上的生存资源，一方面也没有放弃重建地球的希望，他们在地球和空间站两者之间徘徊。

谁都无法对未来做出准确预判，谁都不敢轻易做决定，是离开，还是留下，摇摆不定，于是，人类进入所谓的"徘徊时代"。那首《徘徊者》来自一位叫作克里斯托弗·布伦南的诗人，他们以此名字为空间站命名。

因为每一个人类，都是徘徊者。

随着人类的大规模迁移，科技、艺术、历史等人类创造的文明以各种形式被保留到空间站上。我是最后一个自然出生在地球上的人类，那时留在地球的人只剩下不到几万。"徘徊者"曾两次派人回地球考察，我们居住的那艘地下飞船就是他们第一次运输机器人后留下的。我们的部落，有一些KK型机器人守护和陪伴，我们一起劳作、生活、考察，与空间站上暂告安全的大多数人类相比，我们更像是为了人类未来而选择牺牲的先遣者。

不幸的是，因为资源分配问题，地球上发生过一次"内战"，不少人因为这次争斗而丧命。那时，大K抱着还在襁褓中的我躲进那艘荒废的飞船，很久之后，大K再从飞船中出来，发现一场超级大风沙要了所有人的命。

最后，只剩下了我一个人。

不知为何，在那以后，大风沙开始不断降临地球，一夜都不曾消歇。大K核心程序的设定是保护人类，他别无选择，宁愿把我困在无知的安全牢笼，也要让我活下去。

"内战"之后，"徘徊者"再也没有回来过。也许，他们对地球失望了；也许，为了一个人类花费往返地球的能源并不值得；也许，他们把我当作最后一个实验对象，一个小孩如果能在地球活下来，那至少，徘徊着的天秤两端才接近平衡。

那十几年，大K把所有希望放在地热能源站上，他想重建地球，让更多人类回来居住，这就是对我最好的保护。

而"徘徊者"就是一个新地球，目前生活着三百万人口，存放着超过五百万个人类胚胎，它80%的能源来自太阳能，轨道运行的距离是地球的十分之一，上面同样有白天和黑夜，时间单位跟在地球上差不多。"徘徊者"上有人造引力场和氧气层，还有我能想到的一切生存条件，都可以人造，而目前的科技水平，只是从前地球的一小部分。

在这里，没有国家、种族之分，资源共享、人人平等。"徘徊者"上的政治也很单纯，由最初来到这里的高知核心人类组成的联邦中心进行管理，涉及重要事件，由公民统一投票决定。在大难之后，人类终于学会了互相妥协。

眼前的时空还在变化，画面里出现了我。我在地球上生活的点点滴滴，从小到大的每一个瞬间都在眼前划过，我质疑这是虚拟运算的结果，但不可否认的是，这些画面竟然全都来自大K或附脑的主观视觉。

原来,我的一切都被大K的眼睛记录了下来。阿依娜接着告诉我,"徘徊者"之后,"徘徊者"上每个公民都有权利通过自己的"蜂鸟"设备查看地球的实时画面,以便每个人对母星的真实情况进行评估,参与有可能面临的重大事件决议投票。

我不得不接受,我的生命对于他们来说,就像是一场生存实验,一场规模浩大的真人秀。而KK-5就像是"徘徊者"的"附脑",他看着我,同时,那双金属眼睛的背后还有无数我的同类,他们也在一刻不停地看着我,漫无焦距地入侵我的灵魂。然而,他们却从不做出任何回应。

我一直追寻徘徊者的足迹,但没想到,我自己就是最极致的徘徊者。

此刻,早已停止运行的小K还静静躺在我的裤兜里,那是大K唯一留给我的东西。我知道,大K会独立思考,在不受"徘徊者"控制的时候,他对我的关心和悲悯,不像是程序设定,一定来自他机械身体以外的地方,那是无形的,就像灵魂。我不怪他。

我想起李扬的话,"他在你身上付出的时间让他变得独一无二,对你而言,也同样如此。"

是大K的努力换来了第三次地球考察,他向"徘徊者"发出报告,或许是一份有虚构成分的报告:地球正在自愈,地热能源站的重建更是意义重大,丰富的地热能源可以为"徘徊者"提供资源补给。而事实上,李扬对地球生存环境的评估并不乐观。尽管大K努力营造出一种充满希望的氛围,联邦依然想让我和大K留下,继续开发地热能源,并延长这场生存实验的周期,少则五年,多则十年。

在太空政治里,人类命运共同体的存活与发展远远胜过个体,公民们无法做出舍弃地球,或者是重回地球的决定时,只能暂时维持着"徘徊者"和地球之间的脆弱平衡,尽管天秤两端的比例是三百万比一。

大K想帮我赎回生存的意义,为此他每天都要进行超负荷运算,"徘徊者"再次送人类回来的可能性低于15%,我在地球上获得幸福的可能性低于1%。他思考的结果就是,摧毁地球最后的希望,联邦一定别无选择。作为地球上最后一个人类,从我离开那一刻起,"徘徊时代"就应宣告结束。

我在这方空间似乎历经了一世,眼泪仍流个不停。我紧紧握着小K,那是KK-5的心和眼。对"徘徊者"来说,我,可爱的地球男孩,不过是来自地球的吉祥物,我独自咀嚼着老朽的文明史,勉力在新的流放地野放自己。

吴宇年离开前对我说,"孩子,你已经回家了,知道了所有真相,然后,忘掉它,忘掉过去,这样,你才会真正的长大。"

那晚,我第一次在城市里看到夕阳,到了某个设定的时刻,"徘徊者"的运行角度开始自动调整,它背对着太阳,这里便迎来夜晚。我明白,规律和秩序亦是人造,这眼睛一般的造物也终于被塑成遗迹,尽管它曾是我心中的神启,曾一刻不停地望着那颗衰老母亲一样的行星,望着我。

新的KK型机器人给我安排了一处新家,离风景优美的人造湖不远。吴宇年给了我随时去联邦总部的权限,我还可以去学校上学,我对地球生物学很感兴趣,在业余时间,还有一份兼职工作,为空间站做食物培育和采集。

我是城市里的名人,周围邻居对我非常友好,我结交了一些同龄朋友,他们从小就出生在这里,老是围着我问关于地球的事——那个探测宇宙引力波的信号发射站,那个有着一双悲悯眼睛的巨大雕像,那片一望无际的蔚蓝色海洋,那些风沙、废墟,还有星空和夕阳。重力是物质对孤独的反应,而孤独在这里竟也变得可贵,也许我依然像大K担忧的那样,不知如何像人类一样去爱,或许我需要的只是时间。

在两个地球日里,能看到五次夕阳,我把这当作一件充满仪式感的事。在这个神圣时刻,我学会了不回忆过去,也不妄想未来,当下才是终极答案。或许,我跟这个世界还隔着一层隐形的玻璃墙,但我看得一清二楚,什么事都影响不了我。

我沿着一条被驯养的小溪往前,一整片草地散发出欢愉的气息,我不用再奔跑于地球的沙土里,"徘徊者"的运行轨迹代替了我的追逐。我望向远方那渐隐的光线,只是轻声说着——"落、落、落",而那团即将熄灭的火,在我眼里却越燃越旺。

7

在我十六岁生日那天,"徘徊者"为我举办了一次盛大的晚宴,我穿着深蓝色制服,在吴宇年的带领下怯怯地站上舞台。他举起酒杯，郑重地把我重新介绍给公民，第一次有这么多双眼睛注视着我，但我感觉自己像一艘无定无着的小舟，容载于大海却身不在场。

联邦表彰我是"徘徊时代"的英雄，李扬上台为我别上精致的肩章，他如炬的目光变得柔和，嘴角上扬，那微笑我再熟悉不过。他轻轻拥抱了我，我埋在他的肩膀里，想起他喝酒时念诗的样子。

他的声音微细如发，"小空，你长大了。"

"谢谢你，飞行官。"

全新的大 K 端上一个彩色大蛋糕，上面的卡通图形是地球的模样。新大 K 的眼睛里好像少了些什么，它对所有人弯腰致敬，不用经过程序运算。周围人一直鼓掌，庆祝的氛围自动发酵，他们的笑容里带着祝福或是歉意，我挤出礼貌的微笑，眼神不知落向何处。

阿依娜在"蜂鸟"里温柔提醒我，此刻应该说些什么。对了，阿依娜，我日夜盼望的那个人，只是数据组成的人工智能程序。那两个从地球带来的红果子，恐怕早已腐烂。

我听她的话，举起酒杯，一饮而尽，开始幻想所有人都围坐在一堆温暖的篝火旁边，我们一起欢乐起舞、尽情歌唱，头顶是璀璨的星空，脚下的土地散发出草的清香。原来，我们一直都在诗人的笔下受难。

我轻轻吟诵——

> 我曾经坐在炉火旁，静听檐水欢乐，
> 轻快地歌唱，知道树林吮足了雨水，
> 在即将降临的黎明，会有新鲜的嫩叶，

而当今我倾听，心中却渐渐发冷，我的思想远远掠过，

空旷苦涩的大海，贫瘠荒芜的峡谷溪岸……

于是，炉火便失去温暖，家变得十分遥远。

我的心多么苍老，多么苍老……

我走过了多少路，记不清离开了多少住所，

每次离去，仍像离开我心的一部分，

我坐在这路旁小屋等待，

直到听到昔日的风汇聚呼号，

我将再次离去……

2195年，最后一个地球年。

此后，"徘徊者"的时间历算不再以地球为参照，人类将进入全新纪元。她开始偏离地球轨道，张开几千公里长的太阳帆，向着陌生宇宙进发，开启下一个可宜居星球探测计划。

我很年轻，但内心渐渐老去。从空间站舷窗望出去，那颗遥远的、小小的地球，怎么看都像是从悲眼里流出的一滴蓝色眼泪。

无伤嘉年华

> 她因认出了风暴而激动如大海。
>
> ——莱内·里尔克

拂晓在望,仿佛带来忠告。

十分钟前,我拔掉身上所有管子,病房像一只握紧的拳头。随着意识清醒,窗外海景在眼中逐渐成形,胸腔的疼痛也一寸寸复原,仿佛她的名字正在心里搅起一场风暴。

智能手环显示我昏迷了一个多月,邻国那场事故还历历在目,我作为前线记者,受伤只是意外。在她死后,我常常模仿她的无畏,故意将自己抛掷于那些危险事件中,这样自杀式的勇敢令我将一日混淆成百年,得出一生不过一瞬的结论,我才得以在一种心智半盲的状态中活下去。

现在,我惊讶地发现,距离嘉年华开始只剩 29 个小时。我拆掉头上的绷带，扒来一件白衬衣，努力让自己看上去不像一个病患，冲出医院，不顾身后的嘈杂。我想把那场嘉年华当作是人生的赎还，而代价却无法估量。

她常提起嘉年华，在思度星，嘉年华每年举办一次，换算成地球年是每三十二年，那是一颗不同于地球所在位面的星球，她总说，那是宇宙为我们敞开的门。

最后那次，她要去一个东亚半岛国家，我把胃药塞她包里，"你又忘了带药，路上犯病可没人救你。上次去非洲没带防晒霜，回来跟个黑人一样，你能不能记得……"

"你有时候挺像我妈，"她对我眨眨眼，"对了，还有半年，我想参加思度星的嘉年华。"

那段时间，新加坡所有人都在谈论嘉年华，有人说那是跟魔鬼交换灵魂，有人说不过是跟哲学家吃一次午餐。她不知道要付出什么代价，只是说，有些事是直觉，要去做。

我从来都拗不过她，手里抓着一把她不愿带走的伞，"你先平安回来！我什么都答应你。"

她是新加坡《时局》杂志的一线记者，自从妈妈去世后，她常申请去调查报道世界上最危险的事件，非洲疫情、中东战况、灾情救援、人口贩卖、毒品交易……自从开始做编辑，我在经手的文字中看到万物的不同造景，但只有她的陈情攻入心灵，她提纯的世界让我看到有一种宏大的真实隐匿在齿轮之间，而她可以把它们拨回原位。

"肖傲，"她迈出门，又转身接过伞，"你知道，要怎样才能理解别人？我是说，真正的懂得？像父母明白孩子，强者同情弱者，施害者与受害者感同身受。"

我沉默。她随即笑了起来，那双眼睛天真得像是两条通往你内心的隧道。

现在想来，我才醒觉，这个宇宙实际上空前拥挤，以至于在那扇门的内外，不是隔着生与死，只是告白与告别。在时间之外，那是她留下最初和最后的一个问句。

熹微的晨光将我被黑夜抽去的轮廓渐渐还原，我以最快速度冲到国立博物馆。对，去嘉年华的路上，我还有话想对她说。

由于她生前的特殊贡献，AI意识复刻的申请很快通过，很多重要人物在死后都有自己的虚拟人格，被安放在博物馆，成为纪念，好让那些受他们恩泽的人与之对话，他们的思想能继续指导这个世界。

我记得跟她的电子灵魂见面的那天，太阳很大，没有下雨，回家的路上我举起伞，在伞下，我被自己浇了个透。

博物馆二十四小时开放，通道里没有人，我径直奔向"国魂区"，在镜子前瞥了一眼自己的模样：头发凌乱，脸白得吓人，手捂住发疼的心口，衬衣纽扣扣错了位置，整个人就是一个松垮垮的袋子。像个英雄，不是吗？

我站在郑闻夕的名牌前，2010—2037，这名字是她妈妈取的，朝闻夕死，她妈妈说追求真理应该如此。那是一枚红色芯片，卡片大小，刚好能放在衬衣口袋。芯片外面罩着一个玻璃晶屏，骨传导耳机在下方自取。

"嘿，朝闻夕死的那个，是我。"

"肖傲，早上好。"声音从耳机传来，她的数字灵魂羞涩地模仿了她的音色，是脑磁阵列技术将她的意志复刻，然后人工智能对这个电子版本的她稍作润色，在电磁与比特之间，她静静潜行。

"时间不多了，我要去嘉年华，陪我一起。你能解锁吗？"

"你直接打破它可能更快。"晶屏上浮出一个眨眼的表情。

我举起凳子冲那表情砸去，"我只是借你两天，回来记得帮我求情。"

警报响起，只要速度够快，就能从窗户离开，电影里的逃亡流程还包括截下一辆车。我不算礼貌地请司机下来，手环划过他的耳后便携式设备，"钱转给你，车子租两天，我是去参加嘉年华。"他注意到我蓝白条纹的裤子，相信我是个想做英雄的人。

"肖傲，你是帮我完成心愿吗？"她问。

思度。我像一只躲在桑叶间的蚕偷偷咀嚼这个词语。我从未真正了解过她，不支持她做的决定，我畏惧危险，她偏要纵身跃入其中。而现在，她离世后三个月，安静地躺在我胸口，就这样覆盖了我的心跳。

"不，我是为了我自己。"

最近的位面旅行中转站在新加坡东海岸，我拆掉车里的定位系统，抓紧时间赶路，便来得及。热带风吹散一切潦草，车子行驶在磁感应公路上，当公路跃出地面，就能俯瞰街景和人群，我喜欢从几楼高的窗户外滑过那些玻璃方格，看里面的人各自忙碌。

我喜欢在这世界做个旁观者，第一次看到她，便是我镇日从教室窗口望向外面时淘金般的收获。南华中学的少年时代，记忆中并非似南洋应有的明媚，那时的我个头瘦小，因为口吃，汉语口音很生硬，说英语更是洋相百出。我得保护自己不被欺负，唯一的方法是出了教室后不要说话。可学长在我包里翻到了写给她的信，他大笑着朗读给所有同学听。那封信不长，用了许多比喻，将她比成微凉的风、海的气息，比成一颗小石子，投入我平静无波的生活里，还比成一种世外的语言，我说不出口。

他们继续大笑，我躲在角落，渐渐有拳头砸下来，我开始怀疑那些文字是否是对她的亵渎。身后的嘈杂随着她一声大喝而退去，她捡起那封信，看着我，接着她笑了，把信放进包里。你应该像你的名字一样，她说。我能感觉心底那根脆弱的弦在颤动，我站起来挺直背，鼓起勇气与她对视。她比我高半个头，扎着马尾，那脸庞温柔又清冷，眉眼如朝露未被蒸发前一般灵动与纯真。Pro、ud……of……y、y、you，我说。

"'你写得很好，下次，不如自己念给我听'，"我对她说，伤感混淆着甜蜜在喉咙起伏，"当时你这么对我说，从那以后，我每天含着石头练习说话。"

"我也记得，这些故事……"她说，我胸前的芯片闪烁着光点。

服完兵役后，我知道她去当了记者。我早已长得比她高，能说出任何想说的话，以为自己终于长成一个能保护她的人，也懂得了时间的微妙。后来，我花了几年时间考进她的单位，透过她的书写不断发现这世界的破绽。

路牌显示嘉年华的专属通行道在下个分叉口，她帮我计算着公里数和时间。我的手从胸口放下来，车窗外的风声此起彼落，挂在树的高处，这个时常能听见海浪的国度一切都好似在承受着微微的痛感。我常常有许多由此及彼的联想，而她却不，就像她的文字，很少用比喻。

"你算过你写过多少字吗？"我问。

"应该有很多了吧，不过，锐利和诗意是互相抵消的，我呢，还是很喜欢你中学时写的那些句子。"我听到她说的每一个字，像一处处向后撤去的风景，从耳畔掠过，我想抓住它。

"我就哄哄女孩在行，"我说，"说真的，你发表过十六万五千字，有一万三千多字被要求删除，我全保存了下来，还有八千多字的笔记、随想，我都帮你整理过。"

"所以，你看懂了我见到的世界吗？"

我沉默。远处的墓冢刮去了道路旁大半的绿意。她去过世界很多角落，和她妈妈一样，她不懂一饭一蔬的诗意，只做个微明的灯火，在黑夜里固执地、淡淡地亮着。

阳光刺透云层，散射成两点。所有的爱都有一个起点，即使如火柴前端那样微小，我打开车窗探出头，迎向那夺目的光，仿佛点燃自己。一瞬间，我感觉在目的地等待的不仅是一场嘉年华，还有我们那未知的人生，仍在前方闪闪发亮似的。

2034年6月，我多次走访于政府、大使馆、战区，两年前，因为《国际战时中立法案》的通过，获得权限的记者可以在第一时间进入战区国家。五天前的无差别袭击事件发生在叙利亚第二大城市阿勒颇，伤亡人数78人，其中包括两名无国界记者。政府武装辖区连连失守,敌方军队昨夜突破了封锁边境,战事吃紧……

这是她只身前往叙利亚的一次战事报道笔记,冷静客观,越是如此,我越为她提心吊胆。在她发回的其余文字中,我看到了比想象更残酷的场面。

那个遥远而陌生的国度,在深蓝色夜幕下止不住溃散,红色的火光像烟花一样蔓延,那些平凡无辜的人,如何在一次次轰炸和袭击中,扛起体重,成为自己的屋檐。他们不知道一觉醒来是否坠入更深的噩梦,动乱什么时候停止,父母手足什么时候回来,唯独死亡布散确定性。她就在墙垣与边界之间穿梭,血污、断肢、尸体铺就道路,子弹在身边炸开,哭喊声在她耳旁散落成余息。她兴许是忘了自己的存在,一种不在场的即临状态,才能让这些文字惯常如摄影般的冷静书写。

我还记得她回家那一刻,眼眶深陷、衣服粘在身上成槁成灰。沉默,接着是哭泣,仿佛卸下千斤重负。我亦无语,任由她倚靠,战战兢兢伸出双臂护拥她勉强成形。然后,看着她如烧红的铁慢慢冷却,直至深夜,我们同时感到一种疾停之伤。

那次以后,她常在半夜被噩梦惊醒,吃饭时眼神失焦然后突然哭起来,生理期混乱,同时身体越来越易感,上一秒跟她说过的事下一秒就忘掉,有那么几次对我大发脾气,接着抱住我大哭一场,"对不起,我老是梦到那些人,他们在点火,不是照亮黑暗,而是焚人……"

我抱紧她，好像人类的半部文明史全都束勒在这句话的始末之间。

医生说那是创伤后应激障碍，等她渐渐恢复后，我让她辞职，而她不肯，把妈妈穿着白衣制服的照片贴伏在身，一脸荣光。我知道，我将继续为她担心。你没想过离开我吗？她问。没有我，谁给你做最爱吃的椰浆饭？我说。

我后悔没亲口对她说，是她将我灵魂里的缺漏缝合补齐，而当她沉溺在某种孤隔中，同时允许我，容我在场。我知道，这种恩赐一生只此一次。

前方高速路有些堵车，似乎是电磁设备故障，所有匀速行驶的车辆都解除了磁自动感应，路面不断弹出警示。我握好方向盘，似乎可以不让记忆四散。

"你要是试着把时间花在一些别的事上，也许我们连孩子都有了。"我说。

"比如呢？"

"比如关心粮食的价格，学着看懂电器说明书，分清陌生人的友善和虚伪，偶尔忘掉工作，真正地投入生活！"我顿了顿，"或许很可笑，我一直觉得这岛国以外的地方都充满凶险，你会害怕，我也害怕。"

"对，我怕，但我更怕无人知道这一切正在发生。你知道吗？我看到过一个黑黑的小女孩，七八岁大，眼睛大大的，穿着一件笑脸T恤，一个军人端着枪口对准她额头，大声说着她听不懂的话。枪响的时候，我就在几米外……那是他们的生活。"

"我知道,你写了下来。"

"你见过那样的眼睛吗,水一样的眼睛?如果,你能明白我的心情……"AI仿拟她的语气,顿挫中传来的哀伤丝毫不减。

我叹了一口气,"是!我想明白,我想更懂你,可是……"

"一颗流星。"

"什么?"

"今晚会有流星,像我一样短暂。"

我点头,将她的话囫囵吞下。"你知道我努力过……"

我曾经申请无国界记者的资格,去那些危险的地方,去走她的路。申请失败过两次,等到第三次,我突然大病一场,再次错失机会。在那之后,带着这份愧疚,我似乎爱她更深了。

她还是把大多精力放在工作上,偶尔参加公众活动,她在圈内小有名气,网上有不少追随者。只有那些针砭时弊的话题被提出来,她才会保持高度敏锐,当你看到她眉头微微皱起,说明她正在找你话语中的逻辑和漏洞。

而当她真正放松下来,她会完全出离世界,在车上、饭桌上,或是跟你说话的当下,仿佛意识抽身去了另一个平行空间,像个贪玩的小孩。她喜欢笑,笑起来好看又大方,你见过那样的眼睛吗,柔得像水一样?她只在好友聚会上穿裙子,对朋友的想念会让她在某个夜里突然哭起来。她像珍视快乐一样珍视悲伤,更明白快乐和悲伤的短暂难留。

常常,我接到她要在外面加班的电话,会买上椰浆饭和肉骨茶去她所在的位置,一起蹲在马路边吃一顿,边吃边聊美食和天气。她总记不住什么时候买过的新衣服和书,直到又买了同样的回来。她常拖我去看海上日出,拍几张像模像样的照片,光线从海平面上跃起,我径望向她的背影,感觉自己可以像影子一样跟着她走到世界尽头。

真希望那些时刻能成为永恒。

填海工程形成新的陆域将高速路延伸向东海岸,更多车子从后面涌上来,前方的路依然拥堵,前进几米,停下,再几米又停下。这种情况很少见,在磁感应公路上,每辆提前设置好目的地的车,方向和速度均由系统统一调度,车流像电子线路永不会被混淆。有人停止行驶走下车,说这准是位面中转站运行造成的磁场影响。

远方传来轰隆声,是海浪,仿佛从世界尽头推了过来,我跟她描述路况和季候风在树林间穿梭的风景。她的模拟人格同样敏锐,且所有记忆纤毫毕现,让我有种她的灵魂依然游荡在人间的错觉。

我从后视镜看到一辆警车,不妙的信号,离嘉年华专属通道口不远了,我按了按胸口,"原来,你对大家这么重要哦。"

"我现在是公共财产,不过,有一部分的确是属于你。"她语气轻松,似乎配合着眨眼的表情。

车载晶屏弹出警方传送的警告,两位警察从车辆间的缝隙穿梭着跑过来。我踩紧油门,急转方向撞开一旁的公路围栏,朝前方的分叉口驶去,身后的警笛响起,惊起树枝间的栖鸟。

"思度星,也像流星对吧?我们必须得赶上。"我忍住颠簸带来的疼痛,一路加速。

确认警笛声被甩开很远了,我继续沿着嘉年华道疾速行驶,路上车不多,只要不出意外就能准时到达。可此时,一股腥味冲上大脑,随着一阵紧缩的抽痛,我吐出一口鲜血。紧接着是大脑缺氧、呼吸困难,眼前的景物消磨着视觉,直到被一片黑暗汰换掉。

"肖傲,你怎么了?"

我最后一缕意识感觉到,车子智能系统从松软的手里接过驾驶权,继续向前行驶。落日余晖如合上的眼睑,催促我早日让出身躯,她叫着我的名字,同我一起坠入一个胶态梦境。

我梦到过很多次,那个她留下生命的地方。

最后那次,她只身前往东亚半岛报道一起地震灾情,但返回的时间一拖再拖。连续好几个深夜,我都在电脑前等她的消息。空白。三天后,邮箱弹出提示,我看到她传回的部分文字和图片,这是她最仓促且慌乱的一次记录。

强地震导致该地区的原子能发电站爆炸,接着,她随两位专家进入核电站调查,发现有放射性物质泄漏的事故发生,但当地政府只是草草处理,简单修复了核电站的裂缝。而她坚持要求政府发布让附近居民撤离的消息,如果地震和爆炸再次发生,核辐射的危机可能蔓延至整个国家,无数生命会因辐射感染而死。

她在跟死神抢时间。我紧绷着神经,最快速度提交审核流程,只要新闻发布及时,对方政府就不得不采取行动,她也能少一分危险,不管这危险是来自意外,还是来自想让她闭嘴的人。

我竟学会了祈祷。祷词凝结在胸腔,整个房间随我一起瑟瑟发抖。我第一次觉得黑夜如此漫长,寂静在惊惶中蔓延开来,月光溺毙于乌云,我在极度困顿中遥想她已经搁浅在一个生死之间没有坐标的地方。

没多久，我们收到她的噩耗。她在二次爆炸中受到重伤，因救治不及时而长眠于异国他乡。她的离世警醒了所有人，最终，核泄漏得到控制，如梦魇在凌晨止息。

我度过了一段失魂的日子，我常常将她的文字反复朗读，在深夜大声念着几年前的旧闻，"全球——范围——内的——"，得足够大声，才能掩盖喉间的呜咽和邻居的骂嚷声，然后在念诵中插一句，"嘿，朝闻夕死的那个，你眼中的世界到底是什么样？"我费力组织词汇，直到破晓降临，阳光一寸寸爬上背脊，我感到冰凉而沉累。

我去过那个国家，核电站的废墟已被修复，门前有一片空地，一块写着她名字的石头摆在中间，前面卧着些菊花，微风轻拂。我把她的照片贴伏在身，一脸荣光，想着有人纪念她，却没见过她。我在那里站了很久，大口呼吸她用生命换来的空气，抱怨上帝的一时不察，然后躬身把照片放在石头前。

我接着去过她走过的地方，去见她见过的人，甚至是在战场、疫区，冲在最前面，做个孤勇的异乡异客，试着帮她握住一度溃散的笔尖。不久前，我以前线记者的身份去邻国报道一次罢工活动，没想到现场发生暴乱，我被工厂的机器砸中接着被人群踩踏，失去意识之前，我以为会跟她有一个同样的终局，很好。直到我在国内的医院醒来。

"肖傲……"我听见她叫我，那声音正把溺水的人一点点往上拽，我好似一只风帆，在她的海面上倾摇。

睁开眼，呼吸，黏腻的血呛住口鼻，我按着胸口，无名的伤痛向我倾倒肺腑之言，我跟她的声音一同颤抖着，车子像一只握紧的拳头。

"肖傲，还能撑到那儿吗？"

"除非死在路上，"我咬紧嘴唇，故作轻松，"那，你会哭吗？"

"我想，我会的。"

连嘴角扬起一丝笑意都牵扯着疼痛，我从车里的紧急药箱翻出止痛针药，注入静脉，夜变得暗了，有流星划过。

"我看到了，流星。"

"那一定很美。"

那颗遥远的星被注入宇宙的静脉，和这夜幕充分摩擦，终化成银亮的雨滴，短暂而深刻，像极了我想象中的嘉年华。

车子提示电量过低，开始减速，我驶向附近的自动补给站。充好电后，我转过身，一位巡警正打量我，"去嘉年华？"我讷讷地点头。

"请出示你的 ID。"

我伸出手环，他拿出晶屏轻轻一划，显示的信息令他皱起眉头，不妙的信号。

"衬衣口袋里是什么？"

"我……对不起！"我用尽全力推开他，冲上车驶回嘉年华道。

时间不多了，车窗切下一块私有的风景，在这里能看见位面旅行中转站的高塔。在夜幕的衬托下，那建筑更像一块不规则的阴影。

十几秒后，警笛声在后方响起。我索性停车，走下来，车子将继续自动行驶到终点。而我躲在通道一侧，沿着低矮的小路往前走。没多久，警车从上方的路呼啸而过，去追赶那辆空车。

"你还能走多久？我担心你……"她说。

"我现在不痛了，咳咳……"我摊开沾满血的手掌，"就是有点累，没事，不远了，天亮后不久就能走到。"

"肖傲，回去吧，你的伤太重了。"

"跟我说说吧，思度星。"

"你现在……"

"说说吧，我想听你说话。"

她沉默片刻，"我喜欢那个星球的名字，我喜欢祂们愿意和别的文明种族分享自己的思想，祂们将超空间维度转换的出入口向地球开放，这对我们来说是一个绝好的机会！妈妈曾说，永远不要忘记超越。我问她，超越什么。她想了想，捧起我的脸，我们额头相抵，她轻声说，超越思想的维度。"

我能想象她的兴奋。三十二年前，连续好几天，天空中频繁出现奇异的光点，那些光点比星星更大更亮，不久，光点四处散去，和邻近的光点聚拢成一个二维圆面，颜色比天空的背景更暗一些，肉眼还能看到平面边缘的弧形轮廓。这十几个圆面平均分布在南半球和北半球。官方最终宣布，那是一种来自星际外的超空间维度跨越技术，每个平面都是一扇位面之门，是来自另一个星球的友善邀请。

思度星的大门每三十二年在地球开启一次，邀请地球人类参加思度星人的嘉年华，祂们对参与资格没有任何限制，但有一项要求——必须提出一个问题，前提是，这个问题不会影响到该位面星系的稳定，然后用自己最珍惜的东西交换答案。

"嘉年华，更像是一场宇宙家庭大聚会！思度星人，很乐意与智慧生命交换思想，我查过资料，当年很多人都去了，但是大多数人提的问题都不成立。"

"为什么？"

"很多问题会对人类文明进程造成影响，思度星人有责任维护各位面之间的质量平衡。比如，问银河系有多少个文明存在，和如何造访银河系的其他文明，第一个问题才成立。"

"嗯，咳咳……"

"因为，前者问题的答案是一个既定事实，而后者，思度星人则要回答一种地球没有的技术哦！"

"啊，是这样。"

她继续说，人类意识到，思度星的到来或许能帮助我们开启文明的扬升之路，缓解地球环境、政治、文化冲突等各类问题。各国政府先后建立了位面旅行中转站，将那扇二维圆面束缚在一个恒态力场中。比起月球和火星，去思度星成了人类通往宇宙的第一步。

"你想问什么？打算用什么交换？"

她沉默，我没再问。

离那座塔越近，海浪声就越大，甚至能感受到浪层翻卷的形状，能听到回声的回声。经过一个转弯，我看到对面的海，星斗特别无畏地奔流到海面，月亮被自己的光华盛起。我让过路面的阴影，让过与风精疲力竭的相撞，勉力向她描述这一切。

整个夜晚，树林、月光、热带风，样样都在向我们进贡，我甚至想将这最后的夜晚无限延长，好动用倾巢的话语，去抵御那个终将沉默的宇宙。

我们接着像从前一样交换彼此的人生，厚重的时间被压缩成薄薄的一缕，我们短瞬的童年和青春，我们从不喊痛的成年。我们终于在近乎永恒的一天内完成各自对世界的指认，认出了风暴，认出了疆域外的凶险，认出了精神的版图，也认出了自己。

一夜的漆黑都淌尽了，我跋涉到天亮，嘉年华道渐渐变窄，右侧出口距离位面塔不到两公里。

道路永不结束，原来我真的可以像影子一样跟着她走到世界尽头。

我遮掩住自己，躲过门口的安防，搭穿梭电梯从高塔的脊椎直贯而上，视野变得开阔起来。电梯停在建筑顶部，眼前是洁白的测试大厅，一切是那么井然有序。我的狼狈模样成功唤起工作人员的同情，他带我进入下一站。陆续有很多人从不同通道出来，也有家庭和学生组织，聚集在空间又宽又高的中央站区。

我们围在一片状如巨型池子的束缚场周围，一种胶态物质从池子底部漫溢上来，中间架设起一圈环形底座，底座上方是一块二维平面的阴影，从各个方向看都无法判断其大小，它不符合任何透视原理，像一面从所有角度反射周围景物的镜子。这就是嘉年华的入口了。有电磁波在空气中游走，我双手挡住胸口的血迹，感觉手臂上的毛发微微竖起。每个人脸上露出微微紧张的神色，如面对神祇。

"要像你的名字一样。"她说，这最后一句。

我再也说不出一句话，费力地吸入一口空气，似乎有什么在护拥我勉强成形。那红色的光点，像只眼睛在看我，像在观看婴儿在世上的第一场哭泣。

我被领入一个透明蛋形舱体中，舱体外壳薄得像一层膜，接着，舱体悬浮着呈螺旋式攀升，缓缓向位面转换门移动。一个女声传入耳中，"游客您好，前方就是通往思度星嘉年华的位面转换门，请放松全身，闭上眼睛，当舱体完全浸入转换门后，外壳会全部融化，届时已到达目的地。"

不像梦，比梦更真实。不像幻觉，比幻觉更虚妄。我就像蝴蝶一样轻盈地重启了时间。

感官在一瞬间失效，我漂浮在真空，身体的疼痛分明消散了，呼吸间，脏腑的空隙被什么东西渐次填满。不过很快，皮肤传来微凉的触感，眼前的一片混沌正慢慢显影，直到感受到微弱的重力，我才确认，到了另一个星球。

有声音，我试着辨别方向。空气流动的速度很快，我想到一只晒干羽翼的蝉，投入一片声音恣肆的丛林。

我平衡身体往前走，耳畔有回音，视觉恢复后，我看到一片纯白的空间，没有方向、难辨大小，我在中间又像是站在最边缘。那些声音来自哪儿？举办狂欢节的主人是什么模样？嘉年华不是应该有音乐、舞蹈和酒吗？火焰在中间燃烧，把黑夜无限拉长，大家互相祝福和庆祝，期望黎明永不到来。

这样想着，一个身形巨大的躯体在眼前渐渐显影，是思度星人，"这就是你想象中的嘉年华吗，肖傲？"祂声音像热带的风，舒服得让人想睡去。

祂有细长的四肢和躯干，高出我半个身形，身体呈半透明的水晶形态，发着柔和的光芒。它没有五官，但头部中央有一团状如彩色星云的物质在缓缓转绕、流动。我看着袮，没有丝毫恐惧。

"你的肋骨都快要刺穿肺部啦！不过，既然来了嘉年华，就要开心！"

袮话落音的瞬间，我感觉身体里的细胞疯狂生长，肋骨重归其位，肺叶再次成形，奇妙得像淋过一场银色的雨，"这是……"

袮接着伸出两根手指在我眼睑上画了一道横线，等再次睁开眼，时间和空间感被一一废黜，另一个维度的世界突然展开！云雾聚拢又很快散去，然后出现天空和大地，金色的光芒像恒星爆发一样乘着光速散射开去，却毫不刺眼。渐渐地，出现了宫殿、庙宇、集市、庄园，还有其他星球来的生命，无数个位面转换门闪烁着光芒，将来自遥远光年外的客人送到这里。

这些世界像细胞分裂，继续填满无穷无尽的空间，这些形态各异的智慧生命带着自己的问题而来，不对，是思想。袮们四处行走、观赏、赞叹，在所到之处伸出思维的触角。我感到前所有未有的愉悦和自由，这色彩斑斓的聚会是宇宙的盛会，仿佛所有三维世界都被丢入万花筒之中。

"要是饿了，所有建筑都变成食物，渴了，所有河流海洋都是美酒！"袮说。

还有世外的音乐，整个宇宙的音乐都聚集在此发生共鸣，成了这巨大织物中的一缕，我们的身体随着音乐飘浮，轻盈而不会下坠。数不清的光芒与色彩占据着视野，每一个细胞都放松地沉浸在绵软的触觉中，以至于生命中那些庞大的忧伤都在此刻丧失了形状。

我的五种感官突然变得互通，手指尝到了甜味，舌头听到了妙音，耳朵看到了金色。还有无尽的知觉与情感，像海上的风暴冲刷着我的每一根神经，而我终于理解了那句"有就是无，无就是有"的奇妙箴言。

"肖傲，"祂对我说，"你准备好了吗？"

我点头。

祂把手放在我头顶，脸上的星云物质流动着，"唔，身体的伤痛可以恢复，但是，失去她的痛苦，唔，我能理解，甚至感受到了一样的悲伤。嘉年华有让你好一点，你想要逃避，这是个不错的机会，对吗？但你还有更重要的事，一件很超越的事，一个问题。"

祂就像一顶魔法学院的分院帽，"是的，你能阅读我。"

"对的对的，每个生命就像一个数据库。肖傲，你很有勇气，希望思度星不会让你失望。"

周围的狂欢气氛并未停止，我知道，交换思想这件重要的事正以各种方式进行。

"我可以提问了吗？"

"任何。前提是，请注意你问题的内容，你知道，宇宙有很多规则，就那些……唔，每个文明都逾越不了的东西。如果问题无效，你这趟就白来了，孩子。"

"明白，"我闭上眼睛，思维随即变得锐利，"我想问，这世界上所有的人，他们在想什么，他们的思想是什么？我是说，一个人要如何真正地理解另一个人，以及每一个人，不论种族、肤色、阶级、性别？是什么阻止我们互相懂得，让那些分歧、冲突发生？我要如何做到？我想理解他们，像你一样，读懂他们，然后去改变，即使我很快就要死去。"

"唔，你提的问题很特别。"

"是，我一直在找她寻找的东西，并不确定那是什么，但我知道它一定存在，对我而言，理解它至关重要，不仅是出于爱，而是一种责任、使命，人生的目的，否则，在她离开以后，我不知为何而活。"我挺直了胸脯，像在跟上帝交换秘密。

"很有意思，不过，我得提醒你一句，你可能什么也改变不了，就像我改变不了你。"

"明白，所以，你读懂我的问题了吗？"

"我想，那是道，孩子，用人类的话说。你问的是，每一个人的道，是吗？道，是他们的路和宇宙万物的路，就像思想与念头，无形无相，却填满虚空，明明来自源头，但每个人身上却有了各自不同的投影和诠释。他们成为短瞬的童年和青春，不会喊痛的成年，直至年华老去，生与死在他们身上拔河，最终抵消成零。他们的道，尽在其中。

"唔，我想我懂了，这个问题，不能不回答，可是，从哪里开始呢？每一个人，你是说，他们从出生到死去的每一个瞬间的心念、思想，以此形成的行为与人格，他们可能会在一本书、一次伤病、一段爱情中产生信念或信仰，一次次融合而塑成的精神之道，对吗？

"地球上的每一个人，还包含死去的人吧，那要从地球诞生人类的那一天算起，得花上很多时间来回答，怎么样？一百年不够、一千年、一万年也不够，但好像，你已经没有反悔的机会了。"

"那，我没听完就会死去吗？"

"没关系，时间是相对的，便可以混淆，一日长于百年，一生不过一瞬。那么，请听好了，思度星嘉年华的客人，肖傲。我要开始回答你……"

尽成梦寐。

宇宙最初和最后的一个问题。

过去和未来在我身上互相抵消成零的状态。

她的道。我的道。在漫长的恩赐中，正渐渐融为一体。

时间以一种理所当然的健朗驻留在原地，而我得到了全部的答案。

"你明白了吗？"祂问我。我们一起度过了一次文明生灭的时间。

"我想我懂了，谢谢你。"

我想哭，却不是悲伤，我想告诉她一切，我想去重新指认我领悟的所有，像一只暮死之蝉。

"请用你最珍惜的东西来交换。"祂提醒我说。

"我最珍惜的是生命，拿走吧。"

"等等，我不需要你说出来，说出来的不一定真实。"

祂再次把手放在我头顶，"唔，不是，不是生命，你并不那么珍惜，你曾经想要放弃生命，它不是你最爱的东西。"

"那是什么？"

"一个人。"

"可是，她已经离世了。"

"不，死亡不是结束，她还活在你的心里，你的记忆中，你的灵魂里面，她的能量还在轻柔地跃动。"

"你是说，你要拿走……"

"恐怕是的，孩子，这是我们的契约，对吗？用对她一个人的记忆、思念和爱，来换取对每个人的理解。这样看来，你绝对是地球上最幸运的人！"

"我……"

把前景交付给神，神性的解释交付内心。我反复念诵着她在别国教堂中学来的晚祷词。

再无法抵抗也无力抵抗，像是又经历了一次文明诞生所需的时间。这是她的海洋，似乎有人正沿海回收倾巢的话语。我看见她一点点离开、蒸发，从这具盛装感知的身体与灵魂中。

我在过去的所有画面中路过她，路过她的欢笑、眼泪、疼痛、无畏，她对母亲的依赖、对世界的热爱，她一个人在异国行走，在狭小的车厢倾听陌生人的梦想，在篝火旁抬头辨认启明星的方向，在风暴登陆后的海岸线奔跑，在枪火肆虐的废墟中掂量灵魂的重量，在隐匿于山间的寺庙里望见佛祖拈花微笑，在独处的房间因疲累而睡着……

我看见万物造景中那些非逻辑、不合理的部分，在命运的征敛下，被她的笔尖一一挑散。

有那么一瞬间，我看着她站在面前，穿着轻柔的白衬衣，身上发出好看的光。她对我微笑着，那微笑就像她交付给了你什么，你得小心保管似的。

"我懂了！如何让一滴水永不干涸？从见到你的第一天起，就应该懂得的!"我一脸骄傲对她说,"让它回到大海。"

"那么我也懂了,真希望这些时刻能够永恒……再见,肖傲。"

她终于认出了自己的嘉年华,我想。有海风的气息,浪潮回声像一只小鹿撞向内心,我想抱住她,只得张开空荡荡的双手,像环抱着无法环抱的海。

填海工程的新陆域还在建造,高塔上的那块阴影被擦去轮廓。

我回到地面,警察们恭候我多时,我一步步走出去,探出头,如曝现于阳光下的火柴点燃自己。光线很刺眼,他们围上来,眼前的一切就像慢动作画面。看见他们的紧张表情,我笑了,上前抱住他们,拍着他们的肩膀,像对待一位老友。我懂了,我说。

他们拿走那枚芯片,而我不记得它是属于谁的。我看着空荡荡的胸口,好像这心里无处不是这世界,这世界无处不是心的内在。我被他们押缚着回到从前的陆域,周围的一切是那样熟悉。

我的皮肤好像盛装感知,会笑,会痛,但我知道我的本初是另外的东西,不被任何束缚。这种实时的共情感很微妙,就像身不在场,却又深刻地活在每个人的生命中。

太阳很大,热带风把路人的思想吹拂到脸上,我下意识摸了摸心口,想着要对谁说——

我懂得每一个你。

雾中风景

雾很大，我总是看不清前方的路。

这样的天气持续了一个多月，入秋后的重庆阴雨绵绵，街道也湿漉漉的，氤氲的雾气萦绕在半空，酷似仙境。我在金字塔公司工作了很多年，每天从下半城到上半城，要坐两三个小时的空中悬浮快捷车。它就像一条巨大白色蠕虫，从曲曲折折的旧街区出发，跨越江面，飞到空中，朝着繁华喧嚣的上半城前进。所有乘客挤在车厢里，一股难闻的气味飘散着。我的脸快要贴到玻璃上，勉强望向高处，看见城市的轮廓在对岸若隐若现，看见上半城和下半城被一条江水远远隔开，就像存在于不同时代的两个世界。

这是最后一天了，我想。

许久，空中快捷钻入巨大的母体，上半城又是另一番景象，高楼林立，遮蔽天空，交通轨道纵横交错，不断有单人飞行器停泊在各栋高楼的接驳站，那是少数人能负担得起的出行方式。我们抵达大厅，摩肩接踵走出车厢，我往下扯了扯裙子，铺天盖地的信息窗口瞬间涌入个人视域，算法精准地摸透我，给我推送心理咨询、精神药剂的广告。

金字塔公司就像一台永动机器，所有人进入后就必须不停运转。我几乎是被步道推着往前走，声音嘈杂，一旁的墙面晶屏弹出各类数据和图表，这就是我们工作的目的，是金字塔的生命线。一分钟可能有上万用户涌入系统，一分钟也可能有几百万美元汇入账户，而这背后，就在于我们如何精妙地计算，拨动利益网中那些隐藏的弦。所有想要实现的数字都有迹可循，因为金钱和秩序统治着城市里的一切。

我的工位在角落，这层楼有几百个格子间，不会有人注意到谁是谁，桌上屏幕显示待完成的工作和绩效考核。有自动机器在格子间来回穿行，为我们端上一杯咖啡。我瞥了眼旁边的小吴，她手指在键盘上不断敲打，眼睛来回盯着好几块屏幕，面无表情，像刚刚被拧上了发条。

"你在做什……"

她没听见。算了，我回过头呆坐着，无视智能助手不断弹出的工作提醒，叹了一口气。

"大崩溃"后，重庆将越来越多我们这样的人驱赶出上半城。不久前，历史悠久的十八梯也被铲平了，它是这个城市最深处的记忆，是那片江湖最后的标志，重庆从一片荒土到开始出现高楼，再到现在变成一个光影变幻的庞然大物，十八梯就像个老朋友，看着过江索道、地下防空洞、老庙一个个被拆掉，而今也终于迎来了自己的退场之日。

那一阵子，我的抑郁症状加重了，整夜整夜失眠，掉发，吃不下东西，对着镜子看见自己就想哭。每当我踏出房门，就感觉皮肤裸露在真空，那些熟悉的事物早已消失不见，一起长大的老朋友，从面馆老板那儿听来的旧故事，离开多年的亲人……生活在阳光下如同活在阴霾里，我尽量不看别人的眼睛，不和他们说话，因为我害怕人群，害怕多余的热闹让我看起来像个格格不入的小丑。

当然，这种事微不足道，不会有人关心，我很多次盯着通讯录，想找人倾诉，最后还是挥手关掉，没有人必须要听这些。时间越来越久，我习惯了，成为被海水围困起来的一座孤岛。

深夜，外面雾气蒙蒙。

我把冰箱剩下的饭菜都丢掉，把秋冬衣物都塞进小区的捐衣柜，家中一尘不染，看起来至少干净体面，有用的杂物我都打包装起来，谁想要，拿走就行。没有别的要办的事，遗书也不必留。

我躺入温热的浴缸，眼中的世界随着水波荡漾，一股殷红的血在水中氤氲开来，右手腕的疼痛感一寸一寸蔓延。周围安静极了，一切都很好，不会有人发现，也许一周后，邻居阿力会因为飘散的臭味闯进来，发现我的尸体，反正他也从没把我当个女人看。就这样吧。

有蝉鸣或是冥想式的钟声，只有我能听到，这个世界的大门正在关上，我反而轻松下来。可以告别那些无休止的账单，那些格子间里麻木而冷漠的脸，那些我伪装已久的乐观和善良，还有最后逃避不了的孤寂。告别的想法像一粒种子，当每个感受不到快乐的日子穿过我，都在为它浇水施肥。那天，本月唯一一次晴天，我在阳台目送最后一缕夕阳,它缓缓西沉,我的心也渐凉。于是,决定告别。

静止。水和时间一样在凝结。一切都很好。

可就在此时,突然响起了电话铃声。我微弱的意识被一点点往上拽,世界就在开阖之间。浴缸一旁的晶屏投出红色和绿色两个按键,不知为何,电话那头像有一根隐隐的线,拽着我起身按下绿色键。

"快起来!"是一个男孩的声音,语气急切,"不要死,不要……"

我微微惊讶,有气无力地问他:"你是?"

"我叫钟海,我妈妈是林慧,我看到……"

林慧是我的远房表姐,我小时候见过她,长大后很少来往,她住在上半城的富人区,偌大的城市筑起了阶级的高墙,将脆弱的血缘关系远远隔开。钟海,我只在照片上看过他,那时还是个漂亮婴儿。

"什么?"

"再不起来,你很快就会死的!"他带着哭腔说,"阿姨,我能看到未来,我看到几分钟后你就会睡着,再也醒不过来了!"

有什么东西正从身体悄悄溜走,我感觉眼睑沉重,越发困倦,"小海,阿姨见过你照片,都这么大了啊,那个,我……现在有重要的事要办呢。"

他如果真的能看到未来,那正是我想去的,正好。

可是,他却说:"我一个人,害怕,爸爸妈妈去世了,我从福利院跑出来,我怕……"

这句话像带着音乐般的共鸣,我内心深处的那根琴弦仿佛被轻轻拨动。

"阿姨,我没有骗你,我真的能看到!"他稍沉默,接着说,"你打开电视,十秒后,新闻里的男记者会把话筒交给一个穿蓝色外套的叔叔。"

我划开电视画面,不是为了验证他,也许是想在离开前,多和一个人说说话。直播新闻里,男记者在采访一起罢工游行活动,很多人站在他背后,群情愤慨。记者语速极快,接着他把话筒递给人群中一个中年男子,那人上前一步,果真身着蓝色外套。

"三十秒后,你看看!会有一台外卖无人机飞过窗口。"

"还有呢,一分钟后,隔壁会传来吵架声,妈妈抱怨爸爸这个月的工资被扣了,哎……"

是真的,都如他所说的那样发生了,这让我感觉如坠梦境。

"三分钟后,对面街区会停电。不过,三分钟来不及了!阿姨,求你了,不要睡着好吗,我需要你……"他忍不住哭了起来。

我起身,用毛巾包住手腕的伤口,放掉浴缸里的水,重新冲了个澡,穿衣服,吹头发,镜子里是一张僵尸般苍白的脸。就这样吧,最后去见见这个小孩,尽管我对这个世界的不可思议已经失去好奇心,对未来也毫无兴趣,但是,他今晚需要我。

我走出住户楼,绕过弯弯曲曲的通道,走上电梯下降十几楼,到达当街的平地,走到街道的尽头后再爬上天桥,转而穿过几栋紧临的窄楼一直往下,就到了。我远远地看见钟海,他看上去十岁左右,孤零零站在快捷站外,背着皮制书包,身穿定做的毛毡儿童西装,头发卷卷的,小脸圆满得像刚剥好的荔枝,眼里蒙着一层散不开的忧伤。见我靠近,他跑过来一下抱住我,像一头小鹿径直撞向内心似的,化解了初识的生疏。

"嗯，我带你去吃点东西，明天你就自己回去，行吧？"

他没接话，我们并排走着，拖成一长一短的两个影子。关于他和他家里的事，我没多问，反倒是他先注意到我手腕上的纱布，"阿姨，疼吗？"

我摇头，"疼过了，就没啥感觉了。"

"噢。"他踩着旁边的小水洼，"对了，阿姨你就不好奇我是怎么……"

"可能就像小说里写的吧，"我耸了耸肩，"什么实验之类的。"

"对！你是第三个知道的人哦！不过，应该算是意外，我不小心闯入了实验室，实验过后不久，妈妈发现我的大脑有了些变化，是好的变化吧，我有时能看到很多画面，只有几分钟，但后来都成真了！他们想继续研究，说不定能有一些重大发现。"说完，他沉默一会儿，转而又伤心地哭起来，"可是之后，我们出车祸了，我看到了，却来不及，就只剩我一人……"

我不怎么会安慰哭闹的小孩，只能用别的东西转移他的注意力，附近好玩的地方不多，我带他四处逛了逛。这里比不上上半城，游乐场、公园、商场都略显简陋，路过的好几处银行和证券公司门口都有新的砸毁的痕迹，不少地方还能看到各处楼宇投出醒目的文字投影："我们要平等，我们要自由，不要把我们当成机器！""上半城还我们生存空间！"之类的。

他哪见过这些，只紧紧跟在身旁牵住我的右手，我下意识缩回手，然后换到他另一旁牵他，"你不应该过来的，这里很危险。"

餐厅里，履带机器端上一份儿童套餐，他大口吃着，看样子是饿坏了,这顿饭我要工作三个小时才能挣到。电视里正播放九龙坡一间工厂起火爆炸的新闻,场面非常混乱,有人抱着各类财物往外疏散,有人在人群中大声叫喊着。他抬起头,嘴上还沾着饭粒,眼睛直勾勾盯着屏幕。

"小孩子别看这些。"我在他眼前挥了挥手。

"喔,你不吃东西吗?"

"吃不下。"

他吃饱后的样子像只可爱的泰迪熊,我带他往回走,穿过几道桥和隧道,路上行人匆匆,眼神空茫。路边有五彩的霓虹和全息广告刺透薄雾,映在湿漉漉的地面,像是廉价颜料被打翻、晕染开来。我紧了紧衣服,努力分辨回家的路。

"这里一点都不好玩,为什么你不离开呢?"他故意踩在那些水洼上。

"怎样才算好玩呢?"

"反正没我们那儿好玩!三十秒后、一分钟后,都没什么变化,好无聊!爸爸会带我去球场、电影院、火车站,我能看到好多好多东西,就像有另一个世界在前面等着我咧。"

"你提前知道要发生的事,然后呢?"

"然后,就看着它们发生呀!"他眼睛转了转,"不过,看到不好的事,就会想要去改变它,就像看到你……"

我沉默。他接着说,"不如,阿姨陪我一起回去吧。"

"有些规则,我们改变不了呢。就像金字塔,有人在上面几层,总有人在下面几层。"我指向并不遥远的对岸,喃喃自语着,"你看,你们住的地方那么亮，很多人辛苦一辈子都到不了……哪有什么未来呢，就算我也能看到，那又如何？"

"是大崩溃吗？我听爸爸提过。"

夜色笼来，我顿了顿，看了眼脚下的路又继续往前走。

"大崩溃"，没人愿意提起这几个字，尽管经济危机并不罕见，也只持续了不到一年的时间，但是，大多数人的生活却因此发生了剧变。事件起源于一次股灾，一天之内股市熔断五次，几十亿美元瞬间蒸发，不过，灾难只发生在普通人身上，你永远不知道谁才是背后最大的鱼。

涟漪最终席卷成巨浪，从那以后，经济全面崩溃，企业倒闭、人们失业，自杀率、犯罪率上升，在本来就内卷化①严重的下半城，情况更加糟糕。不时有游行、抢劫、示威、纵火的事发生，好几次我在阳台看见那些愤怒的人群往各个巷道流窜，只觉一切毫无意义。

一个月后，市长颁布了一系列强制性条令，将上半城和下半城的经济活动全面分隔，非上半城居民不得在上半城居住，企业的普通职员进入上半城的时间也有限制，越来越高昂的消费将我们排斥在外，下半城变得越加拥挤不堪。维系在重庆上下半城之间的脆弱平衡被打破，为了大局，我们是被弃掉的棋子。

逃不开那些定律，所有权力、资源逐渐向上半城收拢集中。然而，

---

① 内卷化：是指系统在外部扩张受到严格限定的条件下，内部不断精细化和复杂化的过程。

彻底将我们割裂的是——时间。

很快，政府出台了一套针对每个人的精细算法，写进《2046时间经济制法典》，将公民的收入、工时、创造的实际效益等融入大数据计算，最终算出一个比值——时间与价值比，在平均时间内，一个人能产出的经济价值。比如，金字塔公司的老板，平均一分钟能创造三万美元的价值，而普通员工只能创造0.5美元的价值。最终，这个比值将我们分成三六九等，决定了我们需要继续投入的工时的多少。

渐渐地，我们的时间被明码标价，而且必须为提高比值承担更多工作，用时间交换效益。越有钱的人，越有时间，而他们的时间也越值钱，相反，越穷的人越忙碌。衡量我们生命价值的，不是金钱、不是地位，而是时间。谁拥有更多自由时间，谁便真正富有。他们有时间去读书、旅行、玩乐，体验那些能给他们带来快乐的任何事物。而我们的快乐，慢慢被压缩成短暂的休息或是一顿免费的晚餐，就像潜入水底十几小时只能上岸呼吸一口。

所以，陪钟海出来溜一晚，相当于花费掉一周工时创造的价值，对我来说太奢侈了，不过现在，我也无须在意了。

他有很多时间，他还有未来。

可是，以后还有谁能陪伴他？这样想着，我为他收拾好房间，哄他入睡，随口编了几个蹩脚的睡前故事。他认真听着，小眼睛盯着我，期待故事后面的进展，"你说那个机器人会帮我们打败坏人吗？"

"你能预知到我要说的吗？"

他嘟嘟嘴，"那就没意思了，故事有趣是因为，不知道后面会发生什么呀！"

我想到自己一眼能望到头的人生，这个故事后面没有任何可以期待的地方，没有波澜和悬念，永远只是大机器里的一颗螺丝钉，直到被用旧、被代替、被遗忘。

"你说得挺对。"我帮他掖好被子。

等钟海进入梦乡，一切都安静下来，我在网上搜索他父母的消息。钟天寻和林慧夫妇是科学家，一直致力于研究微观物理，关于时间、空间、能量，那些超越我们认知的事物。夫妻俩继承了林慧父亲（也就是我表舅）的科研事业，重启了一项叫作"光子测量纠缠态"的实验。然而，几个月前的一场车祸让钟海变成孤儿，如果他们还在，他们会一起改变未来的，我想。其实，我跟钟海有类似的经历，只不过那些伤痛早被埋在内心深处，只要隔绝阳光，就可以不再生长。

第二天清晨，我准备送钟海回上半城的福利机构，在快捷站内，智能设备取代了大多数工种，进入几道闸机，验证程序自动检索、扣除你账户上的费用。四周人群如过江之鲫，脚步声、议论声，嘈杂如节奏紊乱的音乐。我紧紧牵住他的手，领他登上悬浮快捷。快捷穿过轨道，视野很快变得开阔起来，能看到江对岸的密集建筑，刚驶离下半城，车厢内的电子眼对着每个人的视网膜扫描，计算着外人滞留上半城的时间。钟海呆呆看向窗外，手指在窗户上画着什么。

"小海，你在看什么？"

"看到以后，我会一个人……"

"不会……"

我们一路无话，将他送到目的地后，只简单挥手告别，我看着他,努力挤出笑容,"要乖哦。"路旁的电子眼又对我一阵扫描,不想惹治安官来找麻烦的话,我最好抓紧从上半城返回,转身背对着他和那些高楼,一步步往回走。

"阿姨——"他大喊,"你的故事还没讲完呢!"

那些幼稚的故事,你全都能猜到,结局并没有不同。

我没回头,反而加快脚步,他小小的背影还停留在脑海,不知怎地,我的视线一阵模糊,兴许是雾。

我习惯了排长长的队,领少少的糖,习惯了不说"再见"的分别。钟海会再次看到我的未来,不过这次,要让他失望了。

回家途中,我隐隐感觉不安的躁动从街区和巷道传来,有人大声怒骂,有人冲出来往快捷站方向快步走去,人越来越多,他们大多数都很年轻,身体里那股愤怒还新鲜着。有人伸出空空的双手,和着复古的摇滚乐,在空中舞动,陆续有人加入他,汇聚成一股冲向对岸的浪潮。我在人群中逆行,被推搡着,向前三步,退后一步。

"你听说了吗?空中快捷今晚就会停掉!"一位留着寸头的热血青年拉住我,说完又往前跑去。

"第二次大崩溃就要来了!""所有去上半城的路都会封掉,他们压根没把我们当人看!""必须要反抗,什么狗屁法典,不管了,我们要冲过去!""你是上半城的职员吗,快来,加入我们!"

"封吧,那他会更安全。"我微微失神,抬头望去,感觉自己是江流中的一颗小石子。

声音越来越吵,我在浴室都能听到外面的呼喊,好像全世界的声音都全都倾倒到这里似的。我切掉一切通信联系,继续完成之前那件未完成的事。

我把音乐开到最大声,以掩盖那些干扰——
That long black cloud is comin' down
I feel I'm knockin' on heaven's door
Knock, knock, knockin' on heaven's door
Knock, knock, knockin' on heaven's door
Knock, knock, knockin' on heaven's door
……

重新回到水里,我仿佛看到钟海的小眼睛,干净得让我替他感到害怕。我甩开那些画面,继续沉浸在原本的氛围当中。

我短暂的一生正在迅速回放。在我小时候,时常天还没亮就醒来,睁开眼睛,听见爸妈回家的脚步声。妈妈是制作人,爸爸是导演,工作起来没日没夜,我听见响动就赶紧起床缠着爸妈,想听他们说说,今天片场发生了什么。哪位演员即兴发挥了一大段,哪个未来的科幻场景又增加了预算,导演对哪场戏不满意又多拍了十几条。

现在的我只记得,每次他们从片场回来,身上都有一种特殊的气味,他们闻起来就像这个世界。我那时想,长大以后要像他们一样,去创造一片充满狂想的天地,以身外身做梦中梦。可在我还未长大时,他们就因一次片场的爆炸火灾事故离开了,去了另一个世界。

我的梦被烧成灰烬,那些年,我时常呆坐在房间里,反复播放他们拍过的作品,那些演员在一方荧幕里哭啊笑啊,我也跟着哭啊笑啊。长大后,那些需要用金钱堆积的梦想早已变得遥不可及,在这个魔幻城市里,我只能做一种只用脑而不必用心的职业。

我又想起那天的夕阳,爸爸牵着我漫步在老朽不堪的十八梯,我们一步步攀上去,追逐最后一缕光。

"爸爸,你最喜欢什么电影?"

"嗯,跟你妈妈一样,《永恒与一日》。"

"它讲了什么故事呢?"

"很复杂哦,讲一个诗人孤独地面对生命中的最后一天,在这一天啊,他去世的太太、他年迈衰弱的母亲,还有一位诗人老友,都以一种或真实或梦幻的形态来跟他会面,回答他的问题,比如,他最困惑的是——明天会持续多久?"

我那时听不懂。不过,就像此刻。

"送你苹果会腐烂,送你玫瑰会枯萎,给你我的泪水。"爸爸接着说,"这是一句台词。"

我的泪水正缓缓融化在水中,不必费力告别,只是回归与重逢。

可是,依旧有声响,这片住户楼的隔音效果非常差,密不透风的大楼不时传来回声,许多人正匆匆跑下楼,叫喊着,"已经有联合会的人冲进了上半城!走,去砸烂他们的学校、银行、小区,让他们的孩子体会一下无家可归的感受!"

声音传过来,我感到心慌。

很久前,我被阿力拉着加入了下半城最大的工人联合会,组织以一个倒悬的山峰为标志,里面大多都是些被智能算法抢走饭碗的人,或时间被掠夺的人。此刻,他们就像乌云中的水滴渐渐聚拢,酝酿一场风暴。

我担心的只是小海，没有人会拼了命保护他。我再次挣扎着起身，不顾大脑极度晕眩，慌乱打开新闻。好几个频道都在播报各地的暴动，妆容夸张的评论员指出，第二次"大崩溃"已经开始。联合会的人举着倒悬山峰的旗帜聚集在各大交通要道，身上涂满颜料，将那标志画在任何地方，怒吼着往前冲。有坦克开进下半城主街，奋力阻止他们，大批拿着枪的警察把守在各大主路的出入口，对面是一堵密不透风的人墙，有警察把催泪瓦斯扔到人群里，现场浓雾弥漫、混乱不堪。上半城有几处学校和医院起火，从空中看，火势不小，已经有人突破防线冲了过去。

我发颤的手指开启通信系统，钟海和阿力的消息雪崩般扑来。

阿力语气急切："你在哪儿？外面现在太乱了，赶紧的，我带你去躲一躲，看到快回电话！"

我拨给钟海。电话那一头的声音充满恐惧，"阿姨，福利院刚刚来了很多陌生人，要把我带走，我现在躲在一间教室里，有点害怕……不过，我能看到他们的路线，所以能暂时避开……"

"是什么人？下半城的人吗？"

"不是，是一些穿着正式的人，像警察。"

"难道，他们知道了你的能力？"

"不知道……呜呜……"

"你等着，我来找你！"

我再一次包扎伤口、穿好衣服、拖着极度虚弱的身体出门，此刻什么都不重要，只要他安全，要我做什么都可以。我疯狂找到阿力，他正在加油站附近准备骑车离开，见着脸色苍白的我，吓了一跳。他蓬松的头发挡住眼睛，挂着俩黑眼圈，脖子严重前倾。他是个程序员，晚上写程序，白天睡觉。我们是在阳台上认识的，两个睡不着的人容易交上朋友。

"快……带我去上半城。"

"什么，你疯了吗？去那儿会死人的！"

我失血过多，有些心悸，"没法解释太多，我要去救一个人，我侄儿，他还在那边。"

"真的假的？可现在所有路都被封了啊！"

"千厮门大桥，冲过去。"

阿力的五官扭在一起，"你又给我出难题……去他妈的，死就死吧！"

我坐上他骑的旧摩托，从混乱的大街上穿过，接着蹿入曲折的小巷，驶向大桥，重庆的坡坡坎坎被碾在摩托车下，我们像一艘无主之舟随着波浪起伏。远处街道有火光，警铃声刺破黑夜，滚沸的人影聚在一起，像是糖块上爬满了蚁群。这是地狱的景象吗？我只抱着一个目的，于是，在这朦胧的雾中看到了天使般的风景。

潮湿的风从耳边呼啸而过，我虚睁着眼睛，再次感到自己从各方汇合过来了，呼吸、力气、躯体，一一被召回。

小海与我保持通话，"他们在走廊，十秒后会在到达这间教室门口，我在门背后他们看不到我。十秒后，他们会开灯，我趁那时溜出去……"

"小心点，我很快就赶过来，带你走。"

十几分钟后，我们来到通往大桥的入口，有一些人群聚集在这里，但路被封死了，不少警察把守在这里，气氛紧张。"为什么不让我们过去？！"有人大喊。

耳机里传来花瓶被打碎的声音和几串脚步声，接着，开口的是一位成年女性："钟海，你怎么在这儿，我们找你好久了。"

"我……"钟海一下被惊到。

他很慌张，同时看不到四面八方那么多画面，可能一不小心碰到了花瓶，被他们发现了。他们会带他去哪里，会对他做什么？我屏住呼吸，细细聆听，暗自祈祷钟海的通话设备不会被察觉——

"你们要做什么？"

是一个中年男子："小朋友，别怕，听老师说，你好像有些特异功能。现在，叔叔有些事，希望你能帮个忙。我们接到消息，说有下半城的坏人跑到我们这里，正在很多地方埋炸弹。小朋友，你很神奇，你帮我们看看，炸弹都在哪里？如果成功阻止了坏人，你可是小英雄哦！"

"我不知道，呜呜……"

那男子有点不耐烦，"我们带你去双子大楼，说不定在最高处你能看得更清楚，好吗？"

之后，是小海挣扎的喊声，凌乱的脚步声和车子起动的声音。

阿力上前跟警察们沟通未果，被其中一人推倒在地，这激怒了站在我们身后的人，我们将他扶起，他忍住怒火，退回来跟我商量着接下来的计划。除了这里，没有别的路了。

"阿力，你最喜欢什么电影？"我问。

"这都什么时候了，你……"

我似在喃喃自语，"我最喜欢《永恒与一日》，明天会持续多久，钟海知道。"

说完，我一人骑上摩托，启动引擎，车头脱离地面，声音四散，冲破人群，警察作势上前拦我，他们的动作在我眼中像是慢动作回放，我猛地加速冲过路障，将那片混乱甩在身后。双子大楼在对岸的半岛上高高耸立着，楼尖直抵夜穹，装饰大楼的灯光绚烂如烟火，于眼下一无遮掩。

阿力大喊："封诗佳，你真是个疯子，你想死吗？！"

我不正是一个不怕死的人吗？我好像看见了这一切的潦草，却看不清前方的路，头顶上方盘旋着几架无人机，警察在后面闪着警铃疯狂追赶，可我意识中，只有那座双子大楼。

现在的重庆还能容得下狂想和诗歌吗？

耳机再次传来声音——

"小朋友，我们现在在重庆的最高楼，这样应该会帮你看到更多更远吧。"

小海沉默片刻，"没……没有……"

另一个人突然不耐烦地吼道："小娃娃，你给我专心点！那帮杂碎要搞死我们大家，你知道吗？"

"没有炸弹，真的没有！"

他在哭，声音发抖，害怕极了。我也痛哭着，指甲掐进肉里，我能想象他独自面对的，如暴风般席卷他。

距离对岸还有一半距离，他们的警告我听不见。可就在一瞬间，摩托车的轮胎被击中，高速飞驰的车子骤然减速、失去平衡，我整个身体翻了出去,重重摔在地上。疼痛从全身各个部位袭来,右手腕的伤口再次裂开,血渐渐染红纱布。

"没有炸弹,你们放他走吧!"我挣扎着起身,对着半空的无人机大喊着,"停下吧,没有意义……"

就这样僵持着,警察也停下来,在后面几十米的地方,一步步靠近我。我什么都看不清也听不清,只握住传来剧疼的黏糊糊的右手,重新将纱布胡乱缠绕。

"阿姨!!"耳机里接着传来钟海的呼叫声。

"放下武器!"警察大喊。

他看到了,却已来不及。

乘着风,有一颗子弹穿过我,像一头小鹿径直撞向内心似的。他们似乎把那散掉的纱布误认为是一把枪,果然是雾。

疼痛全部聚拢又恍然散去,是比死亡稍提前一刻的疏散。一刹那,我仿佛置身于无限的光照中,看见薄雾中的天使对我缓缓伸出手,我便这样放任自己耽溺在这样的恒夏中,不舍得离开。

有朝一日,或者是在这些故事发生之前,我终将明白"未来"是何等玄虚的字眼。而此刻,我张望着即将到来的一个黑夜,我仿佛听见它,在我心底某个角落发出巨大的风鸣。

我刚刚看到了未来。

那段未来在很久很久以后,仿佛离现在还很遥远,在我三十多岁的时候。而现在,我只有十几岁,在爸爸妈妈工作的片场,盯着他们已经搭建好的一艘宇宙飞船出神,这艘飞船就像一条巨大的白色蠕虫，在电影里是十分重要的置景。我在几个摄影棚来回走动，看哪位演员即兴发挥了一大段，哪个未来的科幻场景又增加了预算，导演对哪场戏不满意又多拍了十几条。

我有一个秘密，没跟爸爸妈妈说过，我能看到未来。

有一次，我特地去听表舅讲科学课，他正在研究一项能用光子测量选择纠缠态的方式预言未来的实验。我还见到了林慧表姐，我们在他爸爸的实验室里捉迷藏，我躲在一间奇怪的屋子里，没多久，某个奇怪装置发出淡蓝色的光晕，我感到一阵晕眩。

我看见的未来，大多数都如实发生了，我会静静看着它们发生，好像一切都得到应许。但只有这次，我想要改变。

下一场戏，几位演员进入太空舱场景，他们说着台词，说宇宙星系是如此苍茫无垠，说美丽家园远得像是蜃影，说时间本是虚妄，我们很快会老去。我哭了。

这场戏很完美，导演爸爸说，大家休息一会儿。

妈妈放下剧本，匆匆走过来，摸着我的头，"怎么哭了，诗佳宝贝。"

"我被感动了，妈妈。"

"嗯，宝贝你跟别人都不一样，你是一个感受力很强的孩子，相信你长大了以后，也能去创造自己的世界呢。"

"妈妈，爸爸的下一部电影是什么？"

"有两部待选哦，一部文艺片，名字叫《你的电影，我的生活》，还有一部动作片，有很多酷酷的追逐戏和爆炸戏呢。"

"那爸爸决定了吗？"

"没有呢。"

"那我帮他决定吧,就拍《你的电影,我的生活》,好吗?我最讨厌那些吓人的爆炸戏,爸爸不许拍那部,不然,我就再也不理你们了!"

妈妈刮了刮我的鼻子,"好吧,就依你!"

结束工作,爸爸抱起我,"走,我们去老地方,看夕阳。"

雾散开了。

我会跟爸爸妈妈一起度过最快乐的时光,他们看着我长大,变得跟他们一样优秀,我会在未来成为一位女导演,开始去创造自己的幻想。尽管这世界不一定会变得更加公平正义,至少,我会拿起电影的武器。

我还会在未来某个时间,看着钟海出生、长大,看着他看见未来。我会在某一天告诉林慧表姐,我想去看望小海,安静在家等我。

此刻,爸爸和妈妈牵着我,最后一缕阳光洒在我们身上,是那样甜蜜怡然。

我仰起小脸,问他们:"明天还会持续多久?"

爸爸说:"永恒。"

妈妈冲他笑了笑:"或一日。"

灵魂游舞者 —— 段子期

万物生长

  他们生活在青藏高原，从十年前开始，就没有再承受过酷寒和风雪，即使在凛冬时节，这里依然四季如春。他们是幸运的一代。
  可进入夏天，气候却忽然变得异常。高山上的风暴突然侵袭，冷热空气的强对流导致持续降雨，突如其来的低温天气让空气中的水分迅速凝结，地面被一层厚厚的冰雪覆盖。
  山区里的农耕劳作和生产不得不全部停下，这白茫茫的一片，是大多数人记忆中的景象。
  益西荣博家里的老人说："你们没见过，从前的大寒潮又要来了。"
  进入"气候共产时代"后的青藏高原巍峨依旧，连绵起伏的山脉，似波浪般向四周纵横延伸。不过，山顶尖的积雪早已褪去，岩壁披上了一层生机盎然的植被，永久冻土也被浇灌成肥沃的土地，远望去，浓淡不一的翠绿层层叠叠，盈满视线，有碧莹的闪光点缀在山地间，那是清甜的湖泊。从前环境恶劣的无人区，慢慢长出灌木丛林，成了动物的乐园。山峰之间的沟壑也都变成坦途，由四通八达的公路连接起来，平地处聚集有村庄、工厂、县城，延伸到市区。

这是大自然都为之赞叹的工程，由一颗名为"青藏号"的气候卫星主导，和无数台粒子迁流衡动机械组完成。从藏北高原、藏南谷地、柴达木盆地到祁连山地、高山峡谷区，通通变了模样，往昔苍茫荒芜的高原，现在换装成一位水灵灵的温婉少女。人们在焕然一新的土地上扎根，像种子一样将热闹的生活和文化散播于高山之间。

在老一代高原人的共同记忆里，有两件事彻底改变了这里的命运，第一是2006年青藏铁路全线通车，第二便是2028年气候卫星链工程的建成。

十多年来，高原气候机械组一直正常运行，无人机阵列为高海拔地区制造和输送氧气，悬浮在空中的太阳能辐射板将光照放大作用到高山树木上，智能播种车把特种水稻种植在自动生成养料的田地里，甚至还有作用到分子层面的热能和光能调节仪，它们是数不清的纳米机器人，在人们眼睛看不到的地方忙碌着……

不知出了什么问题，负责这片区域的气候卫星链忽然停止工作，就像夜空中的某一颗星星熄灭了光亮，地面的机械组也与之失去了联络。人们好几天都不敢出屋子，毕竟很久没再受过严寒的天气，附近的县市都缺少抵御寒灾的物资。

来自北京的环境气候工程学博士宁昭在昨天匆匆赶到，他和项目组成员都裹着最厚实的防寒服，在拉萨市区附近查看了一番。尽管天空碧蓝如洗，失衡的气候还是造成了大面积寒潮，街道上冰雪封冻、人烟稀少，往昔繁忙的街市大门紧闭。如果不及时修复，包括中国西藏、青海、新疆、甘肃以及不丹、尼泊尔等地区的经济、交通、生活将可能面临瘫痪。

宁博士眉头紧皱，望向书记益西荣博，说："看来，咱们要飞到天空上去修理机器了。"

他说的机器，就是位于地球近地轨道上的"青藏号"卫星链，是全球气候卫星链中负责中国青藏地区的工作卫星群，需要将它重新校准数据、连接地面信号，这里的气候才会恢复正常。

益西荣博五十岁左右的年纪，身形魁梧，浓眉大眼，脸上的胡子都沾上了雪，尽管连日劳累焦虑，他脸上却不见愁容。跟宁博士介绍这几日的救灾工作后，他将他们带去位于几十公里外的达孜区，那里是气候机械工作组的地面控制中心。

一路上，益西荣博骄傲地跟同行的年轻人说，在气候共产之后，青藏高原的变化令世界瞩目，这堪称天工般的奇迹是技术革新后的伟大成果。现在，每家每户都懂得这个系统的运行原理，也知道如何操作各类机器用于农耕业生产。

与他轻松的状态不同，宁博士看起来心情沉重，手握一块晶屏，目光追随不断跳出的数据思索着。益西荣博拧开酒壶喝了一口，再递给大家，看到他们因寒冷而蜷缩着的模样笑了起来，露出洁白的牙齿，说道："不用担心嘛，会好起来的，我在这里生活了一辈子，只知道没什么困难过不去！"

到了目的地，这里海拔四千米左右，土地和公路都被封冻住，积雪快要没过脚踝，寒风割面，所有人都裹得紧实。视线里有一座高塔，他们齐齐向上望去，眼神如凝望神明。它负责接收来自"大脑中枢"——

卫星链的信号,然后将"任务"分配给高原地区所有的机械组程序。

接着,他们前往位于地下的控制中心,中央是一方大屏幕,显示着气象地图上各个工作组件的运行状态,旁边是复杂的数据和图形,越来越多的图形已经变成蓝色,看上去越发显得寒冷。

益西荣博的儿子益西多杰正在操作台前忙碌着。这位二十出头的青壮小伙,看上去还未褪去青春稚嫩的气质,但他已经担任"青藏号"地面工作组的工程师,眼下正和十多位科研人员一起,为解决方案焦急讨论着。见到父亲一行人来了,他匆匆上前,"阿爸,情况不太好……"转而又向宁博士致意,双手合十,"宁博士,扎西德勒,这边就要多辛苦您了。"

益西多杰接着汇报地面气候工作组情况,他指向大屏幕,说道:"信号断掉之后,我们的无人机阵列、纳米机械组等都已停止正常工作,就算没有气候系统的干预,青藏地区7、8月的平均气温也会在5～10摄氏度左右,早晚温差大却不会引发寒潮,而现在气温低至零下10摄氏度,且伴有风暴。虽然没有数据证明,但应该是'青藏号'的故障,导致在断开信号前,将错误的反向'任务'输入进了地面气候工作组的程序中,所以才会出现这样的情况。我们试着在地面总控系统插入修改指令,普通的机械组可以在一段时间内逐步恢复正常,但是,纳米机械组却接收不到这样的指令。时间不多了,如果寒潮持续下去,恐怕会蔓延到我国中部地区,会造成什么样的损失,谁都预料不到……而且,没有'青藏号'卫星链,我们即使跟别国置换气候资源,也很难在短时间完成气候调节。"

一向稳重的宁博士有些慌了,声音微微颤抖,"明白,我联系下吴老。"

听到宁博士口中的名字，益西多杰的紧张神情一下舒展开了。

一个月前，这项技术工程的发明者吴清淼博士，被邀请参加一个宴会。一是为了庆祝全球气候卫星链成功运行十周年，二是祝贺她老人家的七十八岁大寿。吴清淼出生在漠北地区，那里气候恶劣、土地贫瘠，她从小裹在风沙里长大，心里只有一个愿望，就是长大后改变家乡，要让这里变得跟江南一样山清水秀。不知被多少人嘲讽过，说她异想天开，有时间搞研究还不如早点嫁出去。

气候工程学博士毕业后，吴清淼跟那些男性科学家主导的科研机构斡旋，好不容易申请到第一笔资金，带领团队开始研究"粒子迁流衡动"的技术项目，主要用于气候治理。她在沙漠地区展开了第一次实验，将一种纳米材料"光罩"铺在沙漠地上，利用粒子结构共振技术，迅速增加空气中的水分，并从分子层面将沙地土质改造成湿土。

奇迹发生了，半个月后，十几平方米的沙漠地变成了空气湿润的绿地，那是一整片沙漠中唯一的一抹绿，就像一颗毫不起眼的绿宝石掉在沙漠里，发着耀眼的光芒，万物就在那片绿色中悄然生长。

这幅景象她记了一辈子，她跪在沙漠中望着那抹绿，哭得像个孩子。那年，她三十二岁。

吴清淼把大部分生命都献给了这项工程，拼起命来连家都不回，她的丈夫只好带着儿子离开了她。她忍痛坚持在工作岗位，除了完成儿时心愿，她也知道，这几十年来的极端气候灾难夺走过上百万人的生命，如果成功，受益的将是全人类。

她是幸运的，她的团队吸引到各国专家加入，并且不断有资金进入,技术设备也从动力机械发展到近地卫星。她知道,绿宝石可以覆盖到全部沙漠,高原地带会变得四季如春,迟早有一天,从中国到全世界,人们都能生活在怡人的气候环境中——西伯利亚平原将不再寒冷,撒哈拉沙漠将全部变成绿洲,南北极的冰川都不会融化,台风、海啸、旱灾、洪灾也不再出现……

她无数次奔走,以科学家和政治家的身份,她的胆识和气魄赢来了越来越多人的支持。

终于,2016年,联合国在日内瓦举办的全球气候会议上,她和科学家团队提出的气候改造技术方案——"全球气候卫星链计划"得到高票数通过。之后不久,《全球气候联合公约》被写入各国专项法典,气候卫星链工程迅速推进。在地球的近地轨道上,几千颗卫星纵横排列成一张网,互相链接,然后由一层强度极高的纳米膜覆盖在卫星的端口,就像地球在大气层外的第二层保护圈。所有卫星都相对静止,随着地球自转而运行,每一组卫星对应地球上的一个地区,通过投放气候纳米弹以及与地面机械组的协作,来影响基本的天气元素——热能、光辐射、气压、水等。

联合国成立了"国际监委会",拥有卫星链的控制权。作为首届主席,吴清淼在各地论坛宣讲,说这一切得以运转的秘诀只在于——平衡。以及,有了这套完备的运营系统,与之相应的,科技背后亦要依赖于"人的意志"。

她的演讲充满人道主义思想,其中一个关键点在于"需求",人们还可以针对气候进行"投票"。如果,澳大利亚的森林发生火灾,人们能通过投票将各地预报中的降雨送至灾区;如果在冬季的挪威或冰岛需要西藏的太阳光线,很快,那里便会万里晴天……除此以外,在四季稳定的中纬度地区,人们还可以投票选出自己喜欢的晴雨天气。

卫星链工程建好的第一项工作,便是将原本应在热带雨林降下的一场大雨,送去了吴清淼的家乡漠北。当那里的人们沐浴在天降的甘露中时,观看这场直播的无数双眼睛见证了一个新时代的到来。

有人说,"气候共产主义"时代来临了。

那次宴会,吴老被周围人护拥着,她已白发苍苍、满脸皱纹,却依然精神矍铄,来自各国政商学界的人向她致以崇高的敬意。也正是在这个场合,她宣布,把中国区监委会主席的职位移交给年轻的宁昭博士。

宁博士高举酒杯,兴奋地说,今天是在庆祝"人类命运共同体"的形成。人们打开香槟,唱着歌,沉浸在欢乐氛围中。可是,宴会进行到一半,几位国外的资本家从人群中走上前来与吴老交谈,似乎有什么请求。几句过后,吴老脸色一沉,颤抖的手将酒杯摔在地上,用英语大喊一声:"请你出去!"

一场宴席不欢而散,众人追问,吴老的怒气过了半晌才消。这位老人见过太多鄙夷和反对的面孔,这次,她依然没有退让。她说道,这项技术让许多资本企业在第三世界国家掠取廉价劳动力的速度变慢了,因为气候的改善,许多欠发达地区的经济产业结构有了明显变化,那里的人们不再需要为外来资本工作,而是开发当地的自然资源。因此,很多跨国集团的利益遭到大幅削减,气候卫星链对他们来说就像一把斩掉利益链的尖刀。

吴老望向众人,脸上皱纹像高原山脉的褶皱,凹进面颊的双眼却异常有神:"刚刚那些人呐,是来挑衅的,咱们做好准备吧。不过,只要我这把老骨头还在,谁也别想搞破坏!"

果然,那次宴会后不久,卫星链便出现了事故。不难判断,两件事之间隐约存在着一丝联系。

当宁昭千里迢迢去往藏区,从益西多杰那里了解到情况后,他知道,这个时候只有吴老能救命。电话挂断后,宁博士告诉大家,吴老特别着急,现在只有她能利用特殊权限联系太空监测站,希望能在48小时内启动卫星链的修复程序。

接下来,益西多杰继续调整机械组的数据,宁博士则在益西荣博的带领下,在藏区各地查看情况,并把气候调控的细节通报给各级行政区域的管理者。纳木措地区附近的稻田,一夜之间全被冻伤,日喀则山地的羊群,已被关进山洞储藏室里。藏民们都裹上了以往最厚的棉袄袍子,忙着在田地间撑起防雪罩,或是在山林区为野生动物搭建窝棚。宁博士一路上被当作贵宾接待,他似乎能在一片寒灾过境的土地上,看见不久前青藏高原上繁忙的生产、多样的文化,和各类机械在空中、在山上播洒绿色的奇观。

夜晚来临,窗外寒风呼啸,宁博士和益西荣博住进藏民家,两人坐在炕上,一杯高粱酒下肚,从胃暖到脚。好客的加措夫妇围坐在客人身边,听宁博士聊起在世界各地采集气候数据的经历,聊起吴老的童年梦想。一片欢声笑语中,大女儿卓玛唱起歌来,加措夫妇也跟着唱,他们的歌声清亮,仿佛天籁,一股暖阳的气息就藏在这悠扬曲调里。宁博士脸上重又浮现出笑容,从歌声里他感受到了高原人天生的乐观精神,也感受到了他们面对一切困难的心灵力量。

宁博士的提议获得吴老认可,他决定最大限度利用气候共产主义的投票机制,让青藏地区拥有投票权的公民,向别的地区"申领"热能资源。一天后,宁博士在公共频道发表演讲,号召大家开始投票。在区块链技术的支持下,人们登录账号,设置地理区域、能源基数、时间速程等参数,随后,青藏高原正式向全球系统发布气候需求。

控制中心的中央大厅里,益西荣博站在宁博士身后,似在自言自语:"这是咱们第一次大规模申领气候资源,之前呢,我们也把光热能送出去,给那些需要的地方,希望这一次能顺利吧。"

在全球气候通信系统里面,来自青藏高原的信息像飞翔的雄鹰一样传遍系统中一个个据点,在跳动的字节里,是人类命运共同体的每一寸呼吸。

吴老那边也传来好消息,为了争取最快速度拿到国际监委会的许可,她像战士一样奔走,在赫尔辛基总部议事厅,如此高龄的她舌战群雄,再次赢得太空管理监测站的特急处理权限。

一周后,系统收集到来自全球各地的人为青藏高原投出的热能积点,益西多杰兴奋地跳起来,只要天上的卫星链给一个信号,所有热能就能立马送到这里来。

所有人都注视着湛蓝的天空。在头顶遥远的天外之天,位于地球近地轨道的太空监测站,分析员正在处理最后一道指令。很快,一艘搭载了尖端人工智能的探测器从监测站的舱口泊出,径直向"青藏号"卫星链区飞去,直播画面传至控制中心的大屏幕,宁博士、益西荣博父子和工程师们正屏气凝神地注视着。

在宇宙黑丝绒般的背景下,一艘蜻蜓形状的探测器正缓缓划过寂静,这是宁博士他们第一次从这个视角看到整个卫星链。视域似乎在无限放大,地球外包覆着两层朦胧的光圈,在最外一层如纱如雾的薄膜上,镶嵌着各自成列的气候卫星,来自宇宙群星的光芒映在其上,仿佛神明精心点缀的一般。宁博士再次感叹:"这是超越天工的造物呀。"

半小时后,探测器倚在卫星链上方进行对接,如一只飞鸟栖息在一棵巨树上。

很快,太空监测站收到由"蜻蜓"传来的数据,程序系统里出现了一个多余的反向bug,不易被发现,却会在主脑程序中将部分指令改写成错误的逆程式。

"修复和清理需要多少时间?"宁博士在通信系统中问分析员。

"一小时左右,只要把信息通道里的障碍疏通,我们马上就能传递信号!"

益西荣博手捻念珠,不断祈祷。益西多杰和工程师在工作台操作完毕,将地面机械组程式调整到待命模式,眼睛眨也不眨地盯着屏幕,宁博士则负责和太空站分析员对接。空气凝固了似的,只有他们的心跳声在有节奏地指挥着这一切。

不一会儿,分析员传来信息:"距'青藏号'卫星链系统程序修复完成,仅需三十分钟。"

此时,益西多杰似乎在屏幕上发现异常,信号塔的图标在闪烁,他转身看向宁博士:"信号塔出了点问题,可能受到风暴影响,上面接收端的金属部件有损坏,需要派人检修。"

"严重吗?"宁博士语气焦急,"如果信号无法即刻连接,地面机械组就无法恢复,太空监测站的加急权限只有一次,太晚,我们恐怕承担不起……"

益西多杰摇头,"问题不大,两个人去就好,只需要最简单的焊接技术。"他跟旁边的工程师交代几句,便对宁博士说:"我准备一下,马上行动!"

"儿子,我跟你一起去!"益西荣博说。

益西多杰脑海中浮现出小时候父子一起修车的画面,他双手合十,"嗯!"

父子俩穿上防寒服,背着工具袋向冰天雪地的地面跑去。他们迎着割面的寒风,一步步向信号塔上爬,不到几分钟,眼罩已全被雪花遮住。尽管早已习惯了高原的海拔,他们爬到塔上工作舱时还是累得气喘吁吁。

算上时滞,距离"青藏号"卫星链传输信号仅剩十五分钟。工作舱的顶部是一个金属球面型的电磁波接收器,表面极其光滑,再上方是由几百根钛锡合金排布成一起的金属骨架,整体呈伞状。因为骨架前端暴露在外,好多都被风暴折断了。他们要做的就是把断掉的部分焊接起来,益西多杰数了数,有十二根出现断裂。

父子俩加紧检修,金属焊接的火花四处掉落,空气依旧寒冷,他们的额头渗出汗珠。最后三分钟,十二根全部修复成功,益西多杰振臂一呼,打开通讯腕带:"宁博士,是否显示修复成功?"

宁博士的声音略带迟疑:"不对,数字框还是红色的!球面骨架的上面,还有一根横列的桁架是断的,没时间了……快啊!"

父亲立马向上望去,在伞状骨架顶端,桁架的侧面有一条不起眼的裂缝。通往上面的狭窄窗口仅容许一人通过,还没等儿子反应过来,他迅速脱掉厚重的防寒服,爬上窗口,往身后丢下一句话:"儿子，交给我吧。"

　　时间不多了。父亲站在旁边的桁架上，试着保持平衡，他来不及绑安全绳，稍有不慎，便会坠下去。他的双手迅速被冻伤，身子悬在零下40摄氏度的高空中，儿子在慌乱中尽量保持镇定，带着哭腔为父亲祈祷。父亲一手高举焊接枪，一手用铁锤调整桁架破损处的位置，他的五官扭曲在一起，不断飘下的雪花模糊视线。他用手指丈量裂缝的距离，然后迅速将破裂处焊接起来。高温焊枪熔掉他的手指，手上流出的鲜血很快凝结成冰，炽热的火花掉在他脸上和身上，他感觉触电般疼痛，但随即，疼痛感在一点点被风雪封冻住。

　　整个过程不到三分钟，在生与死之间，好似有一股什么力量在支撑着父亲，或许是高山上神灵悲悯的眼神，是儿子刚被任命为工程师的骄傲笑容，又或许是吴老跪在沙漠中望着那片绿洲的幸福眼泪。

　　探测器的修复工作已近完成，卫星链上的指示灯恢复了有节律的闪烁。

　　"好了！"太空站分析员提醒。

　　"成功了……"益西多杰带着哭腔的声音也传至宁博士。

　　"青藏号"卫星链信号传输系统重启，程序自动编写。地面信号塔将于一分钟后接收信号。

　　"最后三十秒！"宁博士发出最后的通知，"29、28、27……"

　　高塔上的风声呼啸，父亲平时如山一般厚实的肩背，在此刻显得如此单薄，儿子仰头大喊着："父亲，再撑一撑！"

　　最后十秒。

　　待他爬上顶端，父亲已闭上了眼睛。

"青藏号"卫星链终于发出指令,那指令如划过银河的一道星光,从阵列天线的中端出发,直奔地球而去。看不见的波段穿过大气层,慢慢接近目的地,经纬坐标确认,信号接收终端确认。来自卫星链的呼召,抵达信号塔附近,金属球面和骨架承接了接收、扩散信号的工作,那束拯救的信号迅速向外面的空间散射出去,就像电子在起舞。

控制中心的大屏幕上显示数据桥接正在进行,各机械组正在重新蓄力,宁博士和工程师们兴奋地振臂欢呼,"成功了!"

"半小时后,地面机械组全面恢复运行,"宁博士大声宣布,"光辐射电板就位,准备释放热能!"

指令游走在空中,顺着被编织好的琴弦各行其路,传至各个机械组。很快,万物开始有序运作。

位于青藏高原各个区域长达几百米的光辐射电板同时从地面舱室缓缓伸出,宛如高原上贴地面飞行的翅膀。之前由全球地区投票而来的热能积点,将通过其余卫星链收集投放,然后经由青藏高原的光辐射电板,将热能散播到空中。

系统全面启动后,宁博士看到这里又恢复了一片繁忙的景象,他立马通知吴老,告诉她最新进展,吴老在电话那头爽朗地笑了,"妥了!"

益西多杰抑制住悲伤,将父亲的尸体背下来,眼泪在面罩里氤氲出一团雾气。信号传下来两小时后,空气中开始微微有湿气蒸腾,仪表显示地面温度在升高,几乎是同时,几百颗胶囊般大小的粒子炮弹发射到对流层中,正慢慢驱散掉多余的云雾和冰雪。

风暴终于停止了。

纳米机械组也正调节空气中的温湿度和氧气含量,当父子俩降到地面，气温已经明显回升。益西多杰打开面罩，泪眼中仿佛看到一抹绿色在远方的土地里悄悄抽芽。

宁博士忍住悲伤，急忙去往各地指挥，他像信使一样，将天上传来的好消息带给人们。不到一周，高原开始全面恢复生产，动力机械车组耕耘在松软的土地里，冻土将再度融化，浇灌机翼飞行在稻田之上，数不清的无人机在空中进行气候数据测量，遍布在山林上的光合晶体镜面正促使绿植释放氧气……

益西多杰处理好父亲的后事，回到工作岗位，看着正在青藏高原上忙碌的机器，它们就像人体里有生命的细胞，一点点将多余的去除，将缺少的补足，那些逝去的人，终将成为大地的养分，而生命的气候也许就在于一种平衡之道。他手捻父亲的念珠，这样想着。

他们去往地面，人们也忙碌起来，收拾物什、整理农场，天变了，人也要随着时令动起来。加措家姑娘的天籁歌声再度响彻山谷，五彩的经幡被藏民们挂在树上，阳光之下，和煦的风吹过，将他们的祈祷带去更遥远的天上。

半月后，宁博士准备离开，他捡了一块好看的石头放进背包，同益西多杰他们告别的伤感，随着一杯青稞酒一饮而下。

他转身，望向远方，青藏高原仿佛刚从一场流感中得到治愈，此时，暖风吹拂，春天的绿色外衣披在山脊和土地上，万物正安适地静静生长。

后 记

从小到大，我经常会做一个类似的梦。在梦中我能飞起来，被一股未知的力量拖着从地面慢慢腾空、起飞。飞行的感觉当然妙不可言，可我总是飞不了多高，只要从高空往下多看两眼，就会失去向上的动力，渐渐往下坠……

以往还有好多"兔子洞"般的奇异世界涌上来，梦里热闹，便觉现实生活平庸且重复。

我一直认为，有些神秘体验是在某个时空里真实发生过的，而现在的经历也许就是从前的倒影。为了自我宽慰，我小时候常给自己编造出一些幻想，诸如飞天扫帚就藏在床下，衣柜里面是童话世界的入口，一觉醒来立马解锁超能力，打个喷嚏就能穿越时空，等等。

长大后，我学会将这些幻想暂时寄存在某个地方，只偶尔打开。后来，我在那些科幻电影中重新找到了它们，那些场面令我兴奋不已，像老友相见。于是，我在电影中一遍遍地体验着那些角色的冒险，在一片黑暗空间里，只有大银幕亮着，那便是全世界，所有人在里面经历爱恨生死，抵达各自的命运。等电影结束，散场灯亮起，我心满意足，走出影厅细细回味着那些人生……

许多电影曾震撼过我的心灵，如《云图》《黑客帝国》《星际穿越》《超体》《罗拉快跑》《无姓之人》……，许多小说曾击中我的思想，如《阿莱夫》《星》《趁生命气息逗留》《你一生的故事》《诗云》……

久了，我便会产生一些近乎幻觉似的顿悟，自顾自地以为，世界之外还有世界，如那些作品所呈现的一样，也如我一直以来对某些未知事物抱持的肯定看法一样——高维生命、多维宇宙、外星文明的存在，时空、自我都是个假象，生命的形式不仅是肉体，自性能造万物，等等。

因此，科幻在我眼中，并不是一种只依凭想象力的幻想，而是宇宙中的实景，一种超越所见的实在。我们迷恋造梦，这是一种与生俱来的自由，或许本性如此。

既然，宇宙不停发问，我们总得回应，写作对于我而言，便是回应的方式之一。

动笔写第一篇科幻小说时，内心是无比惶然的，要表达什么，要从哪里下笔，人物怎么塑造，世界观怎么设定，对我而言基本没什么概念。初期写出来的东西，生涩、干瘪、不堪卒读，许多文章看上去如同孩童耍大刀。于是，返回去"拉片"，去阅读文学作品。

2018 年有幸发表第一篇科幻小说《灵魂游舞者》，之后陆陆续续写过十几个中短篇，大多都算是习作，真正满意的不多，好在还有一腔热情，只得寄希望于未来的自己，期待能再进步。

细心的读者也许会发现，在两本集子的多篇小说里，会有一些相景中再聚到一起。也许，接下来还有《超语者》的故事，以及更多……

我似乎很热衷于发现万物之间在冥冥之中的关联，这种隐秘的联结、因果的铺陈，是"不可说"，是"非常道"，是"无形无相"的存在。然而在某些时刻，这些联结却决定了有形有相的事物的呈现，甚至起到决定性的作用。在电影、小说里，这种联系往往被解释成人物的命运，而种种命运，恰似一面面镜子，折射出我们身处世界的境况，揽镜自照，应该更能看清，我们究竟在以何身做何梦。

如此奇妙，人与宇宙的联系比我们想象得更加紧密，我们拥有的生命体验比已知的更加宽广，于是，屡屡怀着微妙的侥幸与感恩，继续走、继续看、继续写，便有一个未来可以翘首期待。

最后，真挚感谢陪伴我的亲人，感谢给我无限灵感的王轶平师兄，感谢科幻学院的三位院长——张凡、张冉、吟光老师，感谢带我进入科幻领域的杨枫、西夏老师，感谢一起为写作互相打气的阿缺老师，感谢一直以来给过我帮助和鼓励的师友们，还有亲爱的读者，感谢你能看到这里。

请允许我将《失语者》中的最后一句话献上，作为对你的无限祝福——

愿你思如大海。

段子期
2022.2.25

互关联的地方。我之前在写作过程中，有试着去构思一些暗线，把完全不同的小说通过一些线索连接起来，让每个故事、人物、场景、细节之间有一些关联，这样一边读一边发现彩蛋，脑补接下来可能会发展出的更精彩的故事，应该会比较有趣。例如：

《灵魂游舞者》中的主角是物理系毕业的陈思尔（本篇小说中又叫陈沐沐），而《失语者》中的年轻领袖叫陈以然，他是陈思尔的孙子，在失语者族群遇到危机时，是陈思尔一直暗中相助；

《深夜加油站遇见苏格拉底》中，"阿赖耶系统"的发明者赵枫楠，同样在《全息梦》《失语者》中有登场；

《永恒辩》和《悲眼》中，空间站的最高执行官都是吴宇年，而他正是《神的一亿次停留》中那位科幻作家的儿子；

《重庆提喻法》中提到一部电影《你的电影，我的生活》，在《全息梦》中，男主角孟一正是因为拍摄这部电影而受伤的；

《尚可思想的宇宙在此留白》中有一首非常重要的乐曲《永恒辩四重奏》，这首曲子是《永恒辩》的电影配乐；而记者郑闻夕也是《无伤嘉年华》中的女主角；

《初夏以及更深的呼吸》中，出现在父亲葬礼上、来寻找时间仪的封浪，正是《重庆提喻法》中的那位导演，他一直在不同时空中跳跃，寻找能让时空统一的方法。

……

还有许多细节，或许能在小说中找到对应之处，包括人物、对白、技术之中可能埋藏的隐线，将有更多联想空间。我还在想，是不是可以继续，将这一阶段的剧情发展下去，让一些重要人物在更广阔的故事背